苏曼殊文学译作集

SU MANSHU WENXUE YIZUO JI

黄轶 ◎ 编注

中州古籍出版社
·郑州·

图书在版编目（CIP）数据

苏曼殊文学译作集 / 黄轶编注. -- 郑州：中州古籍出版社，2025.3. -- ISBN 978-7-5738-1969-7

Ⅰ.I11

中国国家版本馆 CIP 数据核字第 2025AD9703 号

SU MANSHU WENXUE YIZUO JI

苏曼殊文学译作集

出 版 人　许绍山
责任编辑　李晓丽
责任校对　周　靖
美术编辑　王　歌
装帧设计　贾　悦

出 版 社	中州古籍出版社（地址：郑州市郑东新区祥盛街 27 号 6 层 邮编：450016　电话：0371-65723280）
发行单位	河南省新华书店发行集团有限公司
承印单位	河南新华印刷集团有限公司
开　　本	890 mm × 1240 mm　1/32
印　　张	10
字　　数	185 千字
版　　次	2025 年 3 月第 1 版
印　　次	2025 年 3 月第 1 次印刷
定　　价	58.00 元

本书如有印装质量问题，请联系出版社调换。

前　言

自鸦片战争以来，中国在甲午战争中的失败可能是对知识分子阶层触动最深、影响最大的历史事件，如梁启超在《戊戌政变记》中所言："唤起吾国四千年之大梦，实自甲午一役始也。"[①] 为了推动维新变法运动的发展，全面系统地引进西方新思想、新观念以新民新政，在学术上不得不先来个"新文艺"。在晚清民初这段时间，中国思想文化界急剧变动的态势用"狂飙猛进"来形容可能最为恰切，异邦新知新观的传入与本土传统的交锋，本土传统在自身演进的过程中所产生的裂变与重组，使清末民初一代知识分子的宇宙观、社会观、生命观在潮起潮落中跌宕，新的人格理想的建构面临着转型期的各种困惑，新的文人群落和文艺变局也便在矛盾纠葛中酝酿萌生。梁启超等发起的"文界革命""诗界革命""小说界革命"完全是在一个开放性的世界视野下提出的，域外文学是一个最直接和强力的

---

① 梁启超：《戊戌政变记》，见《饮冰室合集·专集》第1册，中华书局1989年版，第113页。

启发触媒。鲁迅在《〈域外小说集〉序》中说:"异域文术新宗,自此始入华土。使有士卓特,不为常俗所囿,必将犁然有当于心,按邦国时期,籀读其心声,以相度神思之所在。则此虽大涛之微沤与,而性解思维,实寓于此。"①苏曼殊(1884.9—1918.5)短暂的一生适逢这个大转型的时代,他的名字在文学史、佛学史、绘画史、中外文化交流史上都富有眩惑的魅力,对于一代又一代学子永远有解读不尽的召唤力。作为"晚清三大翻译家"之一,苏曼殊的译介成就大致分为三个部分:西方浪漫主义诗歌翻译以及对西方汉学家英译汉诗的搜集与整理,小说翻译,印度文学及文化译介。

苏曼殊是凭借翻译《悲惨世界》(原译《惨世界》)而走上译坛的,他是把雨果作品翻译到中国来的第一人。当时的译界"醉翁之意不在酒",将小说作为"开启民智"的工具寄予厚望,对培养国民积极进取精神和豪迈阳刚气质的注重,要求与之相应的叙事风格,再加上苏曼殊当时的汉语水平差强人意,所以这部世界名著被苏曼殊"乱添乱画""半译半作"。《惨世界》无论从主题思想、行文风格、情节结构、人物塑造还是从白话语言形式诸方

---

① 鲁迅:《〈域外小说集〉序》,见《鲁迅全集》第10卷,人民文学出版社1981年版,第155页。

面来讲，都是对当时翻译界意译时尚的有力注解，后半部分的改写更是如此，真可谓"不达目的死不休"，这也正说明了苏曼殊登涉文坛之初是怀有革命豪情的。我们对此译法不能苟同，但现在他的译本作为一个文化语码的价值已超出了其他价值。

随着苏曼殊在诗坛、画坛以及佛教界名声大噪，特别是在告别了《惨世界》时期峻急的功利性文艺观，开始注重文学审美功能以后，到1907年，苏曼殊进入了文学译介的高产期。他在翻译方面用力最勤的是对西方浪漫主义诗歌的译介，这也是他能够跻身清末民初译林名宿的重要条件，同时也体现了他从万丈豪情的"革命"热望转向文学"启蒙"愿景的心路历程。他先后在日本出版过四个编译集:《文学因缘》，东京齐民社1908年出版，博文馆印刷，上海群益书社翻印时改名为《汉英文学因缘》;《潮音》，1911年日本东京神田印刷所印刷;《拜伦诗选》[①]，1914年由日本东京三秀舍印刷，梁绮庄发行，这也是我国翻译史上第一本专门性的外国诗人诗歌译集;《汉英三昧集》，1914年由日本东京三秀舍印刷，上海泰东书局翻印时改名为《英汉三昧

---

① 此版底页注:"戊申（1908）九月十五日初版发行，壬子（1912）五月初三日再版发行，甲寅（1914）八月十七日再版发行。"但前两版本从未被发现，故柳亚子、柳无忌怀疑是否有过1908、1912年本，也可能已不存世。

集》。

中印文化交流的研究是20世纪以来一个较受重视的课题，印度文化对中国的影响归结到文学方面，数千卷由梵文翻译过来的经典，不少就是典雅、瑰丽的文学作品。作为近代背景下的一位禅门高士，苏曼殊曾经沿蜀身毒道"白马投荒"到东南亚修习梵学。他深究内典，对印度文化倾心仰慕，认为印度古典文学是世界文学史上最灿烂的部分，其"文词简丽相俱者，莫若梵文，汉文次之，欧洲番书，瞠乎后矣"[①]。苏曼殊主要向中国介绍的印度作品有叙事长诗《摩诃婆罗多》和《罗摩衍那》、古典诗剧《沙恭达罗》以及抒情长诗《云使》，他还翻译了印度笔记小说《婆罗海滨遁迹记》。他将歌德的《题〈沙恭达罗〉》一诗和印度女作家陀露哆的小诗《乐苑》翻译成了汉语。苏曼殊也曾经愿力庄严，希望能将《沙恭达罗》和《云使》全本翻译到中土，但"断鸿零雁"的身世之恫和为疾患折磨的身体状况让他终于无法专注译事。

在清末译坛，基本上有以严复、林纾为代表的"意译"派，以苏曼殊为代表的"直译"为主、结合"意译"派，以

---

① 苏曼殊：《〈文学因缘〉自序》，见柳亚子编：《苏曼殊全集》（一），北新书局（上海）1928年版，中国书店1985年影印本（本书所引《苏曼殊全集》均为此版本，不再一一注明），第121页。

鲁迅为代表的"直译"派。在语言应用上，也有文言与白话两种主张，前者代表人物是林纾、严复、苏曼殊，后者是李伯元与吴趼人。走出早期翻译"图解政治"的豪情后，作为严肃翻译家的苏曼殊论及翻译的文章有《〈文学因缘〉自序》《〈拜伦诗选〉自序》《致高天梅》《燕影剧谈》等，他明确提出自己的翻译主张是"按文切理、语无增饰，陈义悱恻、事辞相称"[①]。我曾经在拙文《对"意译"末流的抵制——苏曼殊译学思想论》中对此做出三点阐释：1. 选材精审，以原文文学价值为标准，反对"必关正教"。2. 精通原文和译入语，"按文切理、语无增饰"，反对"浇淳散朴，损益任情"。3. "陈义悱恻、事辞相称"，以使达到神韵与形式的统一。[②] 在今天看来，苏曼殊的译学思想依然可圈可点，"曼殊体"值得当今的译家珍视。

　　无疑，苏曼殊的翻译文本和译学理论都值得我们深入探讨。他的文学译介不仅没有纯粹从政治出发，而实际上恰恰是一种对"文学"的启蒙——引导人们思考文学的特性和功能。他是20世纪最早从审美出发，把"无关正教"的"超功利"文艺观应用到文学翻译实践中的文学家之一。苏曼

---

① 苏曼殊：《〈拜伦诗选〉自序》，见《苏曼殊全集》（一），第127页。
② 黄轶：《对"意译"末流的抵制——苏曼殊译学思想论》，《郑州大学学报》2006年第6期。

殊在1912年给朋友的书札中写道:"拜伦诗久不习诵,曩日偶以微词移译,及今思之,殊觉多事……吾诚不当以闲愁自戕也!"①有学者说"他的'愤激'潜隐着某种失望;他的'颓废'蕴涵着某种清醒,我们只有将其置于具体的'历史'之中才能真正感受到这种'强韧'"②,这句话依照我个人的见解,就是他的"失望"源于"三界革命"到辛亥革命期间,文学并没有找准自己的位置,白白沦为教化工具;其"清醒"就是他所欣赏的文学都具有高贵的艺术品性,凭借"个性化"的艺术之美感染受众、引导向"善",因而他避免了自己的文学创作堕入个人趣味主义,而是实现看似"无用"之"大用",所以有"清新的近代味"③。所以说,苏曼殊的文学译介在中外文化交流史上具有开拓性意义,他像20世纪初一道闪耀着绚丽光彩的"译界之虹",横亘在中外文化与文学交流的时空之上,永远昭示着超迈时代的魅力;更为重要的是,他的"重艺术、轻功利"的审美理念和翻译实绩为中国现代文学导引了一座"浪漫之桥",对五四作家的浪漫一代尤其是以郁达夫为代表的"创造社"作家群体文艺风格的形成有重要作用,对五四一代新青年的

---

① 苏曼殊:《答萧公书》,见《苏曼殊全集》(一),第241页。
② 邵迎武:《苏曼殊新论》,百花文艺出版社1990年版,第23—24页。
③ 郁达夫:《杂评曼殊的作品》,见《苏曼殊全集》(五),第116页。

行为方式和文化风度也有广泛影响。

检索译者的书信、杂著、报刊广告以及时人的书序、回忆等遗存材料，苏曼殊还有《茶花女》《英译燕子笺》《泰西群芳名义集》《沙恭达罗》《埃及古教考》《亚洲和亲会约章》六种译著，或早已失传。收入这本《苏曼殊文学译作集》的是目前能够检索到的苏曼殊全部译作，其中诗文部分按照前文所列四部编译集出版时间先后及内文先后排序；收录的两篇小说亦按发表时间先后辑录，且为读者便利，每篇篇尾均说明原载出处。

笔者从事苏曼殊研究二十余载，一直以学界没有一部曼殊译集为憾。朱少璋先生苦心编纂出版的《曼殊外集：苏曼殊编译集四种》①，对苏曼殊研究者助益良多。由于四本苏曼殊编译集重在辑录西人英译的汉诗或中国人汉译的外国诗歌，他对五四一代影响深远的个人翻译作品一直"淹没"在其各种文集中，这次单独编成此书，也算是实现了苏研界一桩夙愿。为呈现苏曼殊文学翻译的全貌，其述及翻译的序跋、随笔、书札、杂论等也辑录入册，故而全书包括《译诗集》《翻译小说集》《论中外翻译文集》几个部分，因而名曰《苏曼殊文学译作集》。

---

① 朱少璋：《曼殊外集——苏曼殊编译集四种》，学苑出版社2009年版。

同时，该书辑录柳无忌汉译的苏曼殊英文《〈潮音〉自序》、W.J.B.Fletcher（弗莱彻）所撰英文《〈潮音〉序》(《〈拜伦诗选〉序》)、朱少璋汉译的 W.J.B.Fletcher 英文《题曼殊画册》，还有苏曼殊四本编译集目录以及笔者论述苏曼殊翻译的两篇小文《对"意译"末流的抵制——苏曼殊译学思想论》《论苏曼殊文学翻译的史学意义》，作为全书"附录"，以飨读者。

黄　轶

二〇二三年秋于沪上

目 录

译诗集

题《沙恭达罗》/［德］歌 德 ⋯⋯⋯⋯⋯⋯⋯⋯⋯⋯⋯⋯ 2
星耶峰耶俱无生 /［英］拜 伦 ⋯⋯⋯⋯⋯⋯⋯⋯⋯ 4
去国行 /［英］拜 伦 ⋯⋯⋯⋯⋯⋯⋯⋯⋯⋯⋯⋯⋯⋯ 6
冬日 /［英］雪 莱 ⋯⋯⋯⋯⋯⋯⋯⋯⋯⋯⋯⋯⋯⋯⋯ 11
去燕 /［英］豪易特 ⋯⋯⋯⋯⋯⋯⋯⋯⋯⋯⋯⋯⋯⋯⋯ 13
赞大海 /［英］拜 伦 ⋯⋯⋯⋯⋯⋯⋯⋯⋯⋯⋯⋯⋯⋯ 15
乐苑 /［印度］陀露哆 ⋯⋯⋯⋯⋯⋯⋯⋯⋯⋯⋯⋯⋯⋯ 21
答美人赠束发毡带诗 /［英］拜 伦 ⋯⋯⋯⋯⋯⋯⋯⋯ 23
颖颖赤墙靡 /［英］彭 斯 ⋯⋯⋯⋯⋯⋯⋯⋯⋯⋯⋯⋯ 25
哀希腊 /［英］拜 伦 ⋯⋯⋯⋯⋯⋯⋯⋯⋯⋯⋯⋯⋯⋯ 27

翻译小说集

悲惨世界 / 雨　果 ······ 36
娑罗海滨遁迹记 / 瞿　沙 ······ 154

论中外翻译文集

题《雪莱集》······ 186
《梵文典》序 ······ 187
《初步梵文典》启事 ······ 191
《梵文典》启事 ······ 195
儆告十方佛弟子启 ······ 198
《文学因缘》序 ······ 213
《潮音》(中文)序 ······ 217
《潮音》(英文)序 ······ 221
《潮音》跋 ······ 224
《拜伦诗选》中文序【存目】······ 230
题《雪莱诗选》赠季刚 ······ 230

燕影剧谈 ……………………………… 232

致刘三 …………………………………… 236

致高天梅 ………………………………… 238

复罗弼·庄湘 …………………………… 242

《燕子龛随笔》摘编 …………………… 248

附 录

附录1：SAKONTALA ……………………… 256

附录2：SAKONTALA ……………………… 257

附录3：汉译苏曼殊英文《〈潮音〉自序》/ 柳无忌 …… 258

附录4：《潮音》序（英文）（加注释）
　　　　/W.J.B.Fletcher（弗莱彻）……… 261

附录5：题曼殊画册 /W.J.B.Fletcher　朱少璋 …… 263

附录6：《文学因缘》目录 ………………… 266

附录7：《文学因缘》卷二目录 …………… 268

附录8：《拜伦诗选》目录 ………………… 269

附录9：《潮音》目录 ……………………… 270

附录10：《汉英三昧集》目录 …………… 272

附录 11：对"意译"末流的抵制
　　——苏曼殊译学思想论 / 黄 轶 ……… 275
附录 12：论苏曼殊文学翻译的史学意义 / 黄 轶 …… 287

后　记 ……………………………………… 304

译诗集

题《沙恭达罗》

[德] 歌 德

春华瑰丽,亦扬其芬;
秋实盈衍,亦蕴其珍。①
悠悠天隅,恢恢地轮,
彼美一人,沙恭达纶。②

【导读】

《沙恭达罗》是伟大的古印度梵语诗人迦梨陀娑所著诗剧,取材于印度长篇史诗《摩诃婆罗多》。此史诗描述无能胜王豆扇陀与少女沙恭达罗曲折离奇而有情人终成眷属的爱情故事,风格优美而充满悲剧气氛。苏曼殊在《〈文学因缘〉序》中曾经写道:"沙恭达罗(Sakoontala)者,印度先圣毗舍密多罗(Viswamitra)女,庄艳绝伦。后此诗圣迦梨陀娑(Kalidasa)作'Sakoontala'剧曲,纪无能

---

① "春华"四句:赞美沙恭达罗与豆扇陀的美好爱情。
② "悠悠"四句:是说沙恭达罗是世间最美好的姑娘。"天隅"指天上,"地轮"即人间;"悠悠""恢恢",极言天地广大。

胜王（Dusyanta）与沙恭达罗慕恋事，百灵光怪。千七百八十九年，William Jones（威林，留印度十二年，欧人习梵文之先登者）始译以英文。传至德，Goethe（歌德）见之，惊叹难为譬说，遂为之颂，则《沙恭达罗》一章是也。"（见附录1）后 Edward Backhouse Eastwick（爱德华·巴克豪斯·伊斯特维克）将歌德题诗译为英文（见附录2）。

E. B. Eastwick（1814—1883），出生于英裔印度家庭，具有语言天赋。1836年加入孟买步兵队，被赋予政治职位。1843年，他翻译了波斯语的 Kesschi Sanjan，此书介绍了帕西人的印度迁徙史。此外，他还著有《琐罗亚斯德传》和《孟买亚洲社会交易》等。

1907年12月，苏曼殊自上海赴日本东京，闲暇时常读英文诗，从 E. B. Eastwick 的集子中看到其所译歌德的《题〈沙恭达罗〉》英文版，于是"感慨系之"，将其转译为汉文。

此译诗原收于《文学因缘》一书，日本东京齐民社1908年出版，博文馆印刷。《文学因缘》是苏曼殊的编译集，以英译汉诗为主，辅以少量中译作品。1915年由上海群益书社重印，改名为《汉英文学因缘》，署名苏元瑛编。

歌德（Johann Wolfgang Von Goethe，1749—1832），出生于德国美因河畔（莱茵河支流）的名城法兰克福，是德国著名诗人、剧作家和思想家，魏玛古典主义文学最重要的代表。1773年因创作戏剧《葛兹·冯·伯利欣根》蜚声文坛，1774年《少年维特之烦恼》的发表使其名声大噪，1831年问世的《浮士德》更奠定了他在世界文坛的不朽地位。

星耶峰耶俱无生

［英］拜 伦

星耶峰耶俱无生，
浪撼沙滩岩滴泪。①
围范茫茫宁有情，
我将化泥溟海出。②

【导读】

  1908 年春天，苏曼殊客居东京期间常读拜伦诗，这是其试译的一首。这首译诗最早见于苏曼殊 1908 年翻译的南印度作家瞿沙的小说《娑罗海滨遁迹记》，连载于《民报》，同时收入日本东京齐民社 1908 年出版的苏曼殊编译集《文学因缘》。原译诗无题，《文学因缘》题为《曼殊上人译 Byron 诗一截》，柳亚子《苏曼殊全集》、

---

① 前两句是说自然万物如星辰和峰峦皆有生命，当巨浪拍击沙滩的时候，岩石似乎就淌下了泪水，这就是明证。
② 后两句意谓广阔无边的宇宙充满感情，我个人肉身即便化为泥土，精神也将与大海融为一体。围范，即范围，借指天地宇宙。溟海，黑色的海，意指大海深广辽阔。

马以君《苏曼殊文集》题为《星耶峰耶俱无生》。

拜伦（George Gordon Byron，1788—1824），英国伟大的浪漫主义诗人，苏曼殊又译为"拜轮""摆伦""裴伦""裴麟"。拜伦曾游历西班牙、希腊、土耳其，发表长诗《恰尔德·哈洛尔德游记》，后因遭毁谤而侨居意大利，又变卖家产投身希腊民族解放运动，并成为领导人之一，在那里赢得盛誉。拜伦的代表作品《恰尔德·哈洛尔德游记》《唐璜》等带有强烈的叛逆精神，并塑造了一批"拜伦式英雄"，对欧洲浪漫主义文学影响巨大，对中国五四时期文学尤其是浪漫主义创作也有重要影响。

去国行

[英]拜 伦

行行去故国,濑①远苍波来。
鸣湍②激夕风,沙鸥声凄其③。
落日照远海,游子行随之。
须臾与尔别,故国从此辞。

日出几刹那,明日瞬息间。
海天一清啸④,归乡长弃捐⑤。
吾家已荒凉,炉灶无余烟。
墙壁生蒿藜,犬吠空门边。

---

① 濑:从砂石上流过的急水,这里指海滩。
② 鸣湍:发出哗哗声的激流。
③ 凄其:凄凉。
④ 清啸:清爽的长啸,意指心情舒畅。
⑤ 弃捐:舍弃。

"童仆尔善来①,恫哭亦胡为?
岂惧怒涛怒?抑畏狂风危?
涕泗勿滂沱,坚船行若飞;
秋鹰宁为疾,此去乐无涯!"

童仆前致辞,敷衽②白丈人③:
"风波宁足惮?我心谅苦辛。
阿翁④长别离,慈母平生亲。
茕茕⑤谁复顾?苍天与丈人。"

"阿翁祝我健,殷勤尚少怨。
阿母沉哀恫,嗟犹来⑥无远⑦。"
"童子勿复道,泪注盈千万。
我若效童愚,流涕当无算。"

---

① 善来:来时好端端的。
② 敷衽:铺开衣服的前下摆,表示恭敬。
③ 丈人:老人家,即指哈洛尔德。
④ 阿翁:父亲。
⑤ 茕茕(qióng qióng):形容忧思、孤独无依的样子。
⑥ 犹来:还要回来。
⑦ 无远:不要走得太远。

"火伴①尔善来,尔颜胡惨白?
或惧法国仇,抑被劲风赫②?"
火伴前致辞:"吾生岂惊迫?
独念闺中妇,颐容③定枯瘠。"

"贱子有妻孥④,随公居泽边。
儿啼索阿爹,阿母心熬煎。"
"火伴勿复道,悲苦定何言?
而我薄行⑤人,狂笑去悠然。"

"谁复信同心?对人阳⑥太息。
得新已弃旧,媚目生颜色。
欢乐去莫哀,危难宁吾逼?
我心绝凄怆,求泪反不得!"

---

① 火伴:伙伴。
② 赫:通"吓"。
③ 颐(yǐ)容:端庄、沉静的容貌。
④ 贱子:自称,谦称。妻孥(nú):妻子和儿女。
⑤ 薄行:同"薄幸"。薄情、负心的意思,指自己心性冷漠。
⑥ 阳:通"佯",装模作样的意思。

"悠悠仓浪天，举世莫与忻①。
世既莫吾知，吾岂叹离群！
路人饲吾犬，哀声或狺狺②。
久别如归来，啮我腰间裈③。"

帆樯女努力，横趓④幻泡漦⑤。
此行任所适，故乡不可期。
欣欣⑥波涛起，波涛行尽时。
欣欣荒野窟，故国从此辞。

【导读】

《去国行》是拜伦长篇叙事诗《恰尔德·哈洛尔德游记》第一章的第十三节，是故事主人公恰尔德·哈洛尔德在海上所唱的晚安曲。《去国行》开篇描写了海上的景色，随后以问答形式逐步深入表现主人公离开故国后对祖国的情感，其中既有思念，又有失望和怨恨。最后诗人点题，写出主人公不再为祖国伤怀，心无牵念，漂荡于大

---

① 忻：同"欣"，相好、喜悦的意思。
② 狺狺（yín yín）：狗叫声。
③ 裈（kūn）：裤子。
④ 趓（pāi）：越过的意思，这里指航船奋力横渡大海。
⑤ 幻泡漦（chí）：变幻莫测的大海。
⑥ 欣欣：因为要远离不容于己的故国，因而感到欣欣然高兴。

海之上，奔往新的大陆，故乡从此别过。在《断鸿零雁记》中，苏曼殊称此诗"雄浑奇伟，古今诗人，无甚匹矣！"

1909年1月，苏曼殊从上海到东京探望母亲（实为姨母）河合仙，其间生病，住在民报社章太炎寓所，濡笔翻译拜伦诗，《去国行》便是其中一首。章太炎曾经为其润色。

《去国行》原载于苏曼殊编译集《潮音》，又收入其编译集《拜伦诗选》。《潮音》于1911年由日本东京神田印刷所印刷，是英诗汉译、汉诗英译、英诗/英文辑录、汉诗/汉文辑录的编译集。湖畔诗社曾经翻印《潮音》，由上海创造社出版部寄售。

冬　日

[英]雪　莱

孤鸟栖寒枝，悲鸣为其曹。
河水初结冰，冷风何萧萧！
荒林无宿叶，瘠土无卉苗。
万籁尽寥寂，惟闻喧桔槔①。

【导读】

　　1909年春，蔡哲夫将侨居上海的英国人莲华女士赠送弗莱彻的《雪莱诗集》（原译为《师梨集》）转赠给苏曼殊，希望他将其译介给中国读者。苏曼殊得此赠物非常感动，但当时心情欠佳，难以濡笔翻译，写下《题〈雪莱集〉》一首，以表抱愧，原诗为：

　　谁赠雪莱（原译师梨）一曲歌？可怜心事正蹉跎。

　　琅玕欲报从何报？梦里依稀认眼波。

　　之后，苏曼殊译出雪莱诗《冬日》一首，载于其编译集《潮音》。

---

① 桔槔：桔槔。一种运用杠杆原理打水的工具，声音较大，因此说"喧"。

雪莱（Percy Bysshe Shelley，1792—1822），英国著名作家、浪漫主义诗人，被认为是历史上最出色的英国诗人之一。雪莱生于英格兰萨塞克斯郡霍舍姆附近的沃恩汉，1810 年进入牛津大学，1811 年因发表《无神论的必然性》被牛津大学开除。之后因参加爱尔兰民族独立运动，被迫侨居意大利。雪莱有著名诗剧《解放了的普罗米修斯》《钦契》以及不朽名作《西风颂》。与拜伦过从甚密。

弗莱彻（W. J. B. Flether，当时译作佛莱蔗），1871 年生，英国诗人、翻译家，曾任职于英国驻华大使馆，在上海、广州、福州、海口等地担任翻译和外交官。弗莱彻离任后依然留在中国，曾在中山大学任教，并最终逝于广州。

去 燕

［英］豪易特

燕子归何处，无人与别离。
女①行蔼②谁见，谁为感差池③。
女行未分明，蹀躞④复何为？
春声无与和，呢喃欲语谁？
游魂亦如是，蜕形共驰骋。
将翱复将翔，随女天之涯。
翻飞何所至，尘寰总未知。
女行谅自适，独我弃如遗。

【导读】

　　1909 年初，苏曼殊自上海到东京，一时旧病新瘗叠加，阅案

---

① 女：汝，指燕子。
② 蔼（ǎi）：意为隐蔽。
③ 差池：参差不齐的样子，这里指燕子飞行时双翅扇动。
④ 蹀躞（dié xiè）：小步走路的样子，意思是犹豫不决。

头英吉利古诗,译出数首。《去燕》为豪易特诗作,通过吟咏燕子,抒发对自由世界的向往。原载于苏曼殊编译集《潮音》。

豪易特(William Howitt,1792—1879),英国作家,著有《四季》《英国农村生活》等。在《潮音》中,苏曼殊对其《去燕》大加赞赏,认为它和雪莱的《冬日》、拜伦的《答美人赠束发毵带诗》等一样,"情思幼眇""十方同感"。

赞大海

[英]拜 伦

皇涛澜汗,灵海黝冥;①
万艘鼓楫,泛若轻萍。
芒芒九围,每有遗虚;
旷哉天沼,匪人攸居②。
大器自运,振荡粤夆③;
岂伊人力,赫彼神工。
罔象乍见,决舟没人;
狂謈④未几,遂为波臣。
掩体无棺,归骨无坟;
丧钟声嘶,逖⑤矣谁闻?

---

① 灵:即神异。黝:黑色。冥:指幽深。"皇涛"二句意思是:神秘的大海波涛浩瀚,黝黑深广。
② 匪人攸居:指大海不是人类能够安居的地方。
③ 粤夆(pīng féng):指大海摇曳震荡。
④ 謈(bó):因疼痛而大喊大叫。此处指大海激荡轰鸣。
⑤ 逖(tì):远的意思。

谁能乘蹻①,履涉狂波?
藐诸苍生,其奈公何!
泱泱大风,立懦起罢②;
兹维公功,人力何衰!
亦有雄豪,中原陵厉;
自公之匈③,擿④彼空际。
惊浪霆奔,詟魂慑神⑤;
转侧张皇,冀为公怜。
腾澜赴涯,载彼微体;⑥
拯溺含弘,公胡岂弟⑦!

摇山撼城,声若雷霆;
王公黔首⑧,莫不震惊。

---

① 乘蹻:穿着鞋子。
② 立懦起罢:让懦弱者坚强,让疲惫者振作。罢,通"疲"。
③ 匈:同胸。
④ 擿:扔,抛掷。
⑤ 詟:恐惧。慑:惧怕。詟魂慑神:英雄豪杰们被吓得丧魂失魄。
⑥ "腾澜"二句:指海浪把落水者推送到岸边。
⑦ 拯(zhěng):同"拯"。含弘:宽容,宽大为怀。岂(kǎi)弟:平和近人的意思。"拯溺"二句意为:大海包容阔大,拯救了溺水者。
⑧ 黔首:平民百姓。黔是黑色,意思是老百姓风吹日晒,肤色黝黑。

赫赫军舰，亦有浮名；

雄视海上，大莫于京。

自公视之，藐矣其形；

纷纷溶溶，旋入沧溟。

彼阿摩陀①，失其威灵；

多罗缚迦②，壮气亦倾。

傍公③而居，雄国几许？

西利、伽维，希腊、罗马。

伟哉自繇④，公所锡予⑤；

君德既衰⑥，耗哉斯土。

遂成遗虚，公目所睹；

以敖以嬉，潘回涛舞⑦。

---

① 阿摩陀：或译为"阿马达"，意为"无敌"，是1588年西班牙出征英国时的舰队名，败退时大半船只被海上风暴覆没，被英军俘虏的船只也大部分葬身大海。
② 多罗缚迦：或译为"特发拉加"，是1805年英国海军战胜拿破仑的法、西联合舰队的地点。
③ 傍公：指许多国家都濒临大海。
④ 自繇：自由。
⑤ 锡予：赐予。
⑥ 君德既衰：那些国家的君主政治腐败堕落。
⑦ 敖：遨游。嬉：嬉戏。潘（fān）：也写作潘，水流翻腾的样子。此二句意为：大海的波涛照样奔腾嬉闹，沿岸国家的衰亡根本不在它的心上。

苍颜不皲，长寿自古；
渺弥澶漫，滔滔不舍。

赫如阳燧①，神灵是鉴。
别风淮雨，上临下监②。
扶摇羊角，溶溶澹澹③。
北极凝冰，赤道淫滟。
浩此地境，无裔无襜④。
圆形在前，神光棻闪。
精彪变怪，出尔泥淰。
回流云转，气易舒惨⑤。
公之淫威，忽不可验。

苍海苍海，余念旧恩。

---

① 赫：巨大。阳燧：古人在强烈的日照下取火的工具，一般用铜做面，形状似镜，反射太阳光线取火。
② 别风：列风，即烈风。淮雨：淫雨。监：盘结不散。
③ 扶摇：暴风般盘旋而上。羊角：像羊的角一样盘旋，指旋风。溶溶：广大。澹澹：水波动荡。
④ 裔：衣服的边缘。襜：衣服的腋下部分，引申为两侧。"无裔无襜"意思是无边无际的广大。
⑤ 舒惨：指大海变幻万千，气氛时而舒缓，时而惨烈。

儿时水嬉，在公膺①前。
沸波激岸，随公转旋。
淋淋翔翔，媵余往还。
涤我匈臆，憺我精魂。
惟余与女，父子等亲。
或近或远，托我元身。
今我来斯，握公之鬈②。

【导读】

《赞大海》，原载苏曼殊编译集《潮音》，标题为《大海》，与拜伦原题 The ocean 一致，收入《拜伦诗选》时题为《赞大海》，现研究者常用《赞大海》为题。此诗是 1909 年春苏曼殊旅居东京期间所译，译稿经章太炎、黄侃润饰。

《赞大海》和《去国行》一样，选自拜伦长篇叙事诗《恰尔德·哈洛尔德游记》，是其中的第四章第一百七十九至一百八十四节。

作为拜伦的代表诗作，《恰尔德·哈洛尔德游记》以抒情日记的形式呈现了贵族青年哈洛尔德在欧洲各地旅游的经历，不仅描述了所到之地的自然风景、风土人情，也揭示了当地被压迫人民的生存现状、悲惨命运以及对自由的渴望。《赞大海》这六节诗感

---

① 膺（yīng）：胸。
② 鬈（shùn）：乱发。

情奔放,思想无羁,表达了诗人冲破黑暗和束缚的磅礴气魄,深受苏曼殊喜爱。

乐 苑

[印度] 陀露哆

万卉匝①唐园,深黝乃如海。
嘉实何青青,按部分班采。

郁郁曼皋林,并间②竦苍柱。
木棉扬朱唇,临池歌嘹喻。

明月穿疏篁,眉怃无比伦。
分明照菡萏③,幻作一瓯银。

佳人劝醇醪,令我惊魂夺。
伫眙④复伫眙,乐都长屑屑。

---

① 匝(zā):周也。
② 并间:棕榈。
③ 菡萏(hàn dàn):荷花,莲花,也称芙蕖。
④ 伫眙(zhù yí):指看了又看眼前繁复的美景。

【导读】

  1909 年 6 月，苏曼殊客居东京期间，曾陪伴母亲到逗子海滨，7 日，给刘三（刘季平）致信，内有其翻译的印度女诗人陀露哆（Toru Dutt，1856—1877）的《乐苑》诗。他在信中写道："陀露哆，梵土近代才女也，其诗名已遍播欧美。去岁年甫十九，怨此瑶华，忽焉雕（注：凋）悴，乃译是篇，寄其妹氏。"又在信尾以自己和末底（章太炎）之名介绍陀露哆为"梵土女诗人"，"为其宗国告哀，成此一首。词旨华深，正言若反。嗟乎此才，不幸短命。译为五言，以示诸友，且赠其妹氏于蓝巴干。蓝巴干者，其家族之园也"。可见苏曼殊对其极为推重。陀露哆有《法国田园上的一捆稻草》《达梵女士日记》《印度斯坦民歌》等行世。

  《乐苑》译诗后收入苏曼殊编译集《潮音》。

答美人赠束发氍带①诗

［英］拜 伦

何以结绸缪②？文纨持作绲③。
曾用系卷发，贵与仙蜕伦。

系着氎衣④里，魂魄还相牵；
共命到百岁，殉我归重泉。

朱唇一相就，汋液皆芬香。
相就不几时，何如此意长！

以此俟偕老，见当念旧时。
挚情如根荄⑤，句萌无绝期。

---

① 氍带：束发用的带子。氍（mén），一种毡类毛织品，多为红色。
② 绸缪：情爱深厚，难舍难分。
③ 文：花纹。纨：镶边的滚条。绲：编织的带子。
④ 氎（kuài）衣：暖衣。
⑤ 荄：草根。这句话是说爱情如草根般萌发。

鬒发乃如铣^①，波文映珍髢^②。
　　颔首^③一何佼，举世无与易！

　　锦带约鬖髻^④，朗若炎精敫^⑤。
　　赤道薵^⑥无云，光景何鲜晫^⑦！

【导读】

　　1909年春季，苏曼殊在东京结识调筝人百助枫子，并与之深深相恋。在此期间，他译出了拜伦这首情诗。该诗原载于苏曼殊编译集《潮音》，亦收入其编译集《拜伦诗选》。

---

① 鬒发：秀发。铣：有光泽的金属。
② 珍髢（dì）：珍贵的头发。
③ 颔首：容貌美好。
④ 鬖髻：盘桓髻，一种发型。
⑤ 敫：光波流动，这里指日光。
⑥ 薵：日出而无云。
⑦ 鲜晫：鲜亮，明亮。

颎颎赤墙靡

[英] 彭 斯

颎颎赤墙靡①,首夏初发苞。
恻恻清商曲,眇音何远姚!

予美谅夭绍②,幽情申自持。
沧海会流枯,相爱无绝期。

沧海会流枯,顽石烂炎熹③。
微命属如缕,相爱无绝期。

掺袪别予美④,离隔在须臾。
阿阳早日归,万里莫踟蹰。

---

① 颎(jiǒng)颎:同"炯",光,明亮。这里指爱人就像初夏含苞待放的红蔷薇一样鲜艳夺目。墙靡(qiáng mí):后译为蔷薇。
② 予美:我的爱人。夭绍:形容女子体态轻盈优美,意为"窈窕"。
③ 烂炎熹:被焚烧、熔化。炎熹,焚炙。
④ 掺袪(shǎn qū):意为拉着衣袖,指与爱人依依惜别。

【导读】

彭斯（Robert Burns，1759—1796），苏格兰诗人，出身农民家庭，家世贫寒，破产的农村令他痛心，其诗作歌颂了故国家乡的秀美，反映了劳动人民的生活和智慧，抒写了劳动者纯朴的友谊和爱情。研究者认为，彭斯的诗歌复活并丰富了苏格兰民歌，其诗歌富有音乐性，可以吟唱。彭斯生于苏格兰民族被异族征伐的时代，其诗歌充满了激进的民主自由思想，在英国文学史上占有特殊地位。《颎颎赤墙靡》原载于苏曼殊编译集《潮音》，亦收入其编译集《拜伦诗选》。

哀希腊

[英] 拜 伦

巍巍希腊都，生长奢浮^①好。
情文何斐亹，荼辐思灵保^②。
征伐和亲策，陵夷^③不自保。

---

① 奢浮（Sappho）：优秀的古希腊女诗人，大约出生于公元前610年，卒年不详。曼殊又译为"沙浮"，现多译为萨福。她出身于勒斯波斯岛（Lesbos）一个贵族家庭，青年时期可能因为当地的政治斗争被逐出故乡。在被允许返回后，她曾开设女子学堂，以"护花者"的心态教授妇女们诗歌和音乐。

由于当时很多希腊女子慕名来到勒斯波斯岛，拜在萨福门下学习诗艺，传出不少逸闻；再加上萨福被视为描写女性爱情的圣人，从19世纪末开始，萨福成了女同性恋的代名词，"Lesbian"（意为女同性恋者）与形容词"Sapphic"（女同性爱的）等，均源于萨福。由此，萨福也被近现代女性主义者和女同性恋者奉为始祖。

萨福擅长写爱情抒情诗，被认为是古希腊第一位描述个人的爱情和失恋的诗人，对后世欧洲抒情诗的发展有重要影响，柏拉图称颂她为"第十个缪斯"。

② 荼辐思灵保："荼"指荼岛，爱琴海中的小岛，传说从海里涌出，是希腊神话中太阳神的诞生地。"辐"指太阳神福波斯。全句是指在荼岛上怀念神灵福波斯。

③ 陵夷：山丘变为平地，比喻古希腊面对强敌入侵，国势衰落，无法自保。

长夏尚滔滔,颓阳照空岛。①

窣诃与谛诃②,词人之所生。
壮士弹坎侯③,静女揄④鸣筝。
荣华不自惜,委弃如浮萍。
宗国寂无声,乃向西方鸣。

山对摩罗东⑤,海水在其下。
希腊如可兴,我从梦中睹。
波斯京观⑥上,独立向谁语?
吾生岂为奴,与此长终古。

---

① 这两句意思是如今的希腊仍像古代一样气候温暖宜人,但往昔的繁华却无处寻觅了。滔滔:不绝、无尽的意思。
② 窣诃(sū hē):即斯罗岛,在爱琴海中,相传是希腊史诗《伊利亚特》和《奥德赛》的作者荷马的诞生地。谛诃:即岱奥斯,希腊城市,在小亚细亚海岸,传说是希腊抒情诗人阿那克里翁的故乡。
③ 坎侯:箜篌,借指竖琴。
④ 揄:牵动,此处指弹奏。
⑤ 摩罗东:即马拉松,在雅典以东,希腊平原。
⑥ 京观:积尸封土成高丘。马拉松战役中,波斯侵略军惨败,大批将士丧生,所以这一古战场是希腊光荣历史的一部分,也是希腊人怀古伤今之地。京,高丘;观,坟如阙形。

名王踞岩石，雄视逤逻①滨。
船师列千艘，率土皆其民。
晨朝大点兵，至暮无复存。
一为亡国哀，泪下何纷纷。

故国不可求，荒凉问水滨。
不闻烈士歌，勇气散如云。
琴兮国所宝，仍世②以为珍。
今我胡疲苶③，拱手与他人。

威名尽坠地，举族共奴畜④。
知尔忧国土，中心亦以恧⑤。
而我独行遥，我犹无面目。
我为希人羞，我为希腊哭。

---

① 逤逻：萨拉密斯，又译"萨拉米"，希腊海岛名。公元前480年，波斯大流士一世之子赛尔克赛斯一世为了一雪马拉松战役之耻，率领大军再次入侵希腊，亲临海边石崖助战。希腊海军将士在萨拉密斯岛附近海域迎战波斯军，波斯军大败而溃。
② 仍世：累世，这里指诗琴世世代代被视为希腊国宝。
③ 疲苶（nié）：困惫，不振作。
④ 奴畜：指希腊威名不再，人民沦为异族奴隶。
⑤ 恧（nǜ）：意为惭愧。

往者不可追，何事徒频蹙。

尚念我先人，因兹糜血肉①。

冥冥蒿里间，三百斯巴族②。

但令百余一，堪造披丽谷③。

万籁一以寂，仿佛闻鬼喧。

鬼生纷鰒鰒④，幽响如流泉。

生者一人起，导我赴行间。

槁骨徒为尔，生者墨无言。⑤

徒劳复徒劳，我且调别曲。

注满杯中酒，我血胜鄙渌⑥。

---

① 糜血肉：血肉成糜，意为希腊人祖先为国家独立而浴血奋战，粉身碎骨。
② 冥冥：昏暗的样子，说明当时战斗打得天昏地暗。斯巴族：斯巴人。斯巴达，是古希腊的一个城邦，波斯战争时，与雅典结盟。公元前480年，赛尔克赛斯入侵希腊时，斯巴达王列奥尼达率三百勇士死守德摩比利峡口，全部壮烈牺牲。
③ 披丽谷：又译"温泉关""火门山峡"，希腊北部和中部交界处的险要关隘，处于高山与海岸之间，地势险要。
④ 鰒（rú）：鬼叫声。
⑤ 墨：同"默"。这两句意为死去的人化成鬼魂白白慷慨激昂，活着的人苟且偷生、一声不响。
⑥ 鄙渌（líng lù）：美酒名，现泛指一切美酒佳酿。本句的意思是自己满腔爱国热血比不上一杯美酒受人欢迎。

不与突厥争，此胡本游牧。
嗟尔俘虏余，酹①酒颜何恶？

王迹已陵夷，尚存羽衣舞。
鞞庐方阵法，知今在何许？②
此乃尔国故，糜散随尘土。
伟哉佉摩书，宁当诒牧圉？③

注满杯中酒，胜事日以堕。
阿那有神歌，神歌今始知。
曾事波利葛④，力能绝天维。
雄君虽云虐，与女同本支⑤。

---

① 酹（lèi）：把酒泼在地上，古人饮酒前的一种祭神仪式。
② 鞞庐方阵：相传希腊人鞞庐创立的一种骑兵阵法。这两句是说那些绮艳之舞倒是存在，但决胜的战法却失传了。
③ 佉摩：即希腊神话中的英雄卡德摩斯。相传他是腓尼基王阿革诺尔（一说是腓尼克斯）之子，他把腓尼基字母介绍到希腊，从而创造了希腊字母，这里借指灿烂的希腊文化。诒：传授。牧圉：牧童和马夫，古代这类人多为奴隶，这里指沦为亡国奴的希腊人。这两句是说希腊人创造了伟大的文明，难道是为了传给亡国奴们吗？
④ 波利葛：又译波吕克拉忒，古希腊有名的暴君，文治武功，盛极一时。
⑤ 女：通"汝"。本句中是指同为希腊人，同一个民族。

羯岛有暴君,其名弥尔胝①。
阔达有大度,勇敢为世师。
今兹丁末造,安得君如斯?
束民如连锁,岂患民崩离?

注满杯中酒,倏然怀故山。
峨峨修里②岩,汤汤巴加湾③。
繄彼陀离种,族姓何斑斑!④
俔⑤念希罗嘎,龙胤未凋残。

莫信法郎克⑥,人实狉尔者。
锋刃藏祸心,其王如商贾。

---

① 弥尔胝(zhī):又译"米太亚得""密尔太提斯",古雅典统帅,暴君,早年治理羯岛,即蒄尔索尼斯岛,今天的达达尼尔海峡加里波利半岛,这里当时为雅典殖民地。弥尔胝返回雅典后,用一万一千兵力击败了十万波斯大军,赢得盛名。
② 修里:今译苏里。在希腊西部和阿尔巴尼亚南部山区,那里民风彪悍。苏里的斯巴达后裔在土耳其统治期间,长期坚持抵抗。拜伦在希腊时,曾招募五百苏里勇士参加独立军。
③ 巴加湾:又译"波家湾",苏里的海港,在希腊西部。
④ 繄(yī):同"惟"。陀离种:斯巴达种族。斑斑:同"彬彬",形容外表、本质美好相合。
⑤ 俔:同"倩"。
⑥ 法郎克:希腊人对西欧人的称呼,此处指各国统治者。

骄似突厥军，黠如罗甸^①房。
尔盾虽彭亨^②，击碎如破瓦。

注满杯中酒，樾下舞婴娑。
国耻弃如遗，靓妆犹娥娥。
明眸复善睐，一顾光娄离^③。
好乳乳奴子^④，使我涕滂沱。

我立须宁峡，旁皇云石梯。
独有海中潮，伴我声悲嘶。
愿为摩天鹄，至死鸣且飞。
碎彼娑明杯，俘邑安足怀！^⑤

---

① 罗甸：拉丁种族名，本来是指古意大利罗马城附近的拉丁姆人，后来泛指拉丁语系的各个地区，如意大利、法兰西、西班牙、葡萄牙。这里和"法郎克"同一个意思，即指西方各国。
② 彭亨：涨满的样子。
③ 娄离：一般用作离娄，传说中视力特强的人，这里指美女的目光闪烁明亮。
④ 好乳乳奴子：如此姣好的女子竟然喂养了这样的亡国奴后代。
⑤ 娑明：今译萨摩斯，岛名，在爱琴海中。波吕克拉提时代，该岛经济文化相当繁荣。这里借指萨摩斯美酒。俘邑：在战争中获取，因而对其拥有所有权的城邑，此指希腊成为奴隶之国。

【导读】

1909 年春季，苏曼殊在东京与章太炎同住期间，着力翻译拜伦诗。他在托名"学人飞锡"、摈于集外的《〈潮音〉跋》中写道：1908 年，杨仁山在南京创办祇洹精舍，"阇黎尽瘁三月，竟犯唾血，东归随太夫人居逗子樱山。循陔之余，惟好啸傲山林。一时夜月照积雪，泛舟中禅寺湖，歌拜伦《哀希腊》之篇。歌已哭、哭复歌，抗音与湖水相应。舟子惶然，疑其为精神病作也"。他的《题〈拜伦集〉》是这样写的："秋风海上已黄昏，独向遗篇吊拜伦。词客飘蓬君与我，可能异域为招魂？"由此可见，苏曼殊与拜伦之声气相投。

《哀希腊》是拜伦长篇叙事诗《唐璜》的第三章，是希腊行吟诗人所唱的歌曲。诗人拜伦漫游欧洲各国，作此歌时已经回到被奥斯曼帝国蹂躏的希腊，他表达了自己对希腊的忧患和满腔赤子之情，他曾经积极参加希腊独立战争，并成为领导者之一。译作收入苏曼殊编译集《潮音》，亦收入其编译集《拜伦诗选》。

翻译小说集

悲惨世界

雨　果

第一回　太尼城①行人落魄　苦巴馆店主无情

话说西历一千八百十五年十月初旬，一日天色将晚，四望无涯。一人随那寒风落叶，一片凄惨的声音，走进法国太尼城里。

这时候将交冬令，天气寒冷。此人年纪约摸四十六七岁，身量不高不矮，脸上虽是瘦弱，却很有些凶气；头戴一顶皮帽子，把脸遮了一半，这下半面受了些风吹日晒，好像黄铜一般。进得城来，神色疲倦，大汗满脸，一见就知道他一定是远游的客人了。

但是他究竟从什么地方来的呢？暂且不表。

只见当时有几个童子，看见是远来的生人，就跟在他的后面。只见他还没走到二百步，便在街上泉桶里痛饮了

---

① 太尼城：迪涅莱班（Digne-les-Bains），简称迪涅（Digne），法国东南部一个小城市，在阿尔卑斯山西麓，离马赛市东北约100公里，接近意大利边界。

两次。随后绕一屋角转向左边，直走到一座衙门。他将身进去约有十五分钟，又走出来，就和颜悦色地脱下帽子，向那坐在门旁的宪兵行礼。那宪兵也并不还答，还睁圆眼睛，留神看了他一回。

此人转身就走。行不多时，来到一所客寓门前。抬头一看，上写着"苦巴馆"，乃是太尼城中有名的一个客寓。此人就放步一直进去。只见那厨房门大开，又就一直走进厨房，眼睁睁地看见那铁锅子里的汤，一阵一阵地冒出热气，那煤炉子的火光烘暖了墙壁。店主人亲自下厨，忙忙碌碌地正在做些好菜，和那隔壁房子里赶车的受用。那时此人心里正在羡慕那赶车的。

店主人猛然听得开门的声音，瞥见来了一个新客人，也并不转眼望他一下，但随口问道："你来做什么事体的呢？"

答道："要叨光在贵寓里住一住。"

店主人道："这倒容易。却是有一件事，你回头看看那些客人，一个个的都是不能欠账的哩。"

此人在身边拿出一个大皮袋，对着店主人说道："你还不知道我这里还有点钱吗？"

店主人说道："这倒可以的。"

此人重复把大皮袋收在怀里，气忿忿地拿着行李，用力放在门边下,手里提着短铁棍子,向火旁小椅子上坐下。

却说这座太尼城,原来建在岭上,也就有些招风;况且到了十月的天气,更觉得寒风刺骨。此人正在耐寒不住,忽见店主人仓仓皇皇地前来查看。此人就顺便问道:"饭已做好了吗?"

店主人答道:"快好了。"

这时此人仍是向火。忽然见有一管事的人,名叫做扎昆的,跑将过来,在袋里摸出一支铅笔,又在窗台上拿一张旧新闻纸,撕下一角,急急地写了一两行字。写罢,又折起来,交把一个用人,并对着那用人的耳边唧唧咕咕地说了一会。那用人点了点头,便一直跑到衙门里去了。

此人也不理会这些事体,只管又问道:"饭做好了没有?"

店主人答道:"还要等一会儿。"

此人糊里糊涂又过了一会。忽然看见那用人手里拿了一片纸,飞跑回来。店主人接过了那片纸,用心用意地看了一遍,又低头沉思了一会,就放开大步,癫狂似地走近此人身边,说道:"我却不能留你住在这里。"

此人忙立起身来问道:"你怕我欠你的账吗?若是要先交钱呢,我这里还有点银子。你不知道吗?"

店主人说道:"哪里是为着这些事体!"

此人道："那么是为着什么事？"

店主人道："你是有银子。"

此人道："不错。"

店主人又道："怎奈我没有房子留你。"

此人急忙接口道："就是在贵寓马房里住下，也不打紧。"

店主人道："那也不能。"

此人道："这是什么缘故？"

店主人道："我的马已经住满。"

此人道："也好。那边还有一间搁东西的房子，我们等吃了饭再商量吧。"

店主人道："有什么人供你的饭吃？"

此人耳边陡听了这句话，正如跌在十丈深坑，心里同火烧一般，长叹了一口气，说道："难道我就要饿死不成？我从白日东升的时候动身，可怜一直走到现在，走了好几十里。咳！老哥，还求你给一餐饭我吃，一发算钱给你。"

店主人道："我没有什么给你吃。"

此人闻说，便微微地一笑，回头指着那锅里说道："没有吗？"

店主人道："这个已经是别人的了。"

此人道："是哪个的？"

店主人道："是那车夫的。"

此人道："车夫共有几个人？"

店主人道："有十二个人。"

此人道："那些东西，二十个人吃也够了。"

店主人道："怎奈他们一齐买去了，便怎么样呢？"

此人又坐下，低声说道："我好容易来到这个客寓，肚子里又饿得了不得，教我到哪里去呢？"

店主人就附着此人耳边说了三个字，就叫他浑身发抖起来。

看官，你道是三个什么字呢？就是那"快出去"三个字。

此人听了，垂头丧气地弯下腰，忽而向了火，忽而又背着火，不知道怎么才好。正想开口说话，那店主人站在一旁，凶狠狠地圆睁着两个眼睛，看了此人，嘴里不住地说道："快去！快去！快去！"还问道："许我说出你的姓名吗？你姓金，名华贱①。你是何等人，我也知道。刚才你来到我这里的时候，我就有些疑心。现在已经告诉了衙门里，这张纸就是回信。"随手便将那张纸交把华贱，说道："你自己看看吧。"

华贱接过看罢，正在默默无言，那管事的人在旁边说道："我平日待人，一概都是有礼仪的。你快快出去吧，免

---

① 华贱：以《惨社会》之名在《国民日日报》连载时，此人姓华名贱；《惨世界》单行本上华贱为名，金为姓。

得我无礼起来。"

华贱只得站起身来,行了个礼,连忙拿起他带来的行李,独自伤心去了。

要知他去到何方,做些什么事,且待下回分解。

第二回　感穷途华贱伤心　遇贫客渔夫设计

话说华贱被苦巴馆赶将出来,就随着大道慢慢地走去,每逢到了一所房子,就格外现出伤心的样子。这时他若是还回走旧路,那苦巴馆里管事的和那班客人,必定闹到街上,千人百众,指的指,说的说,人多嘴杂,大家都要评评他的来历,世上人的嘴是很轻薄的,那时倒不好看。好在华贱心里也晓得这个道理,就顺着路,歇一会,又走一会,不知不觉已经走得很远。心里凄惨已极,也就忘记疲倦了。忽然肚子里因饥饿得很,一阵苦痛起来。这时天色已晚,四顾无人,惊惊慌慌的,不知去到什么地方,方才可以安身一夜。忽然前面远远地望见有一所小客寓,华贱就一意去到这下等的客寓去栖身。恰好这时候街边闪出一点灯光,那边松枝上也挂出一盏铁线灯①,他就急忙趁着灯光,向那

---

① 铁线灯:一种利用铁丝设计的灯具,一般光线比较微弱。

客寓飞奔前去。

却说这个客寓，名儿叫卢茶福。华贱跑到这里，停了一会，就对着窗户眼儿向里边一看。只见小桌上灯光如豆，那锅子的火倒十分热，有好几个汉子正在那里痛饮，店主人自己坐在火炉子旁边，铁锅子里煮的东西已经热腾腾的。这客寓有两个门：一个大门对着街上，一个耳门在巷子里头。华贱不敢走大门进去，就静悄悄地走到巷子里头。停住脚步，听了一会，将门一推，那门便开了。

店主人高声问道："是什么人？"

华贱答道："是一个找饭吃的、找地方住的哟！"

店主人道："那怎么不到这里来呢？"

华贱一听得这样说法，即忙起身走进去。当时他的脸上颜色憔悴，又照着灯光，倒是有些怪相。那旁饮酒的几个人，个个都回过头来，对华贱瞧着，眼睛动也不动。

店主人接口对着华贱道："火在这里，饭还在锅里煮着哩。朋友，你到这里来向火吧。"

华贱就将身来在火炉旁边坐下，闭了眼睛，把两只脚一伸，靠在炉旁向火。这时他浑身疲倦已极，脸上的颜色好像死人一般。忽然瞥见锅里喷出一阵喷香的热气，就将他的灵魂唤回来一半，周身精神全围绕着那香气左右。怎奈身子又疲软不能动弹，那眼睛小小的光彩藏在眉毛眼毛底下。好像那树林子一点萤火,不断地照在那铁锅子上。

看官,你想这时候的华贱是什么味道,现出了什么光景?若是请一位看相的先生来把他看看相,他到底是个什么相呢?闲话休提。

却说华贱正在纳闷,同坐的有一位渔夫,自从这日早晨,就在路上遇过华贱一次。待到华贱在苦巴馆被逼的时候,他在马房里系马。随后他也就来到这卢茶福店里,却又看见华贱来了,不觉吃了一惊,寻思道:"我却忘记在什么地方遇过这古怪的东西,莫非是在爱士可弗论[1]么?不料现在又碰着他,看他这种疲倦的神气,好不讨人厌。"想着,便凶狠狠地对华贱浑身上下打量了一回,又令华贱坐在他背后。自己急忙立起身来,径自开门去了。

不多一会,便急回来,将华贱的来历,一一告诉了这客寓里管事的,还低声说了些别的话。

华贱看见这种情形,正想起苦巴馆的事。忽见这店里管事的走近华贱身旁,便用手拍了一下华贱的肩膀道:"哼!又要赶你出去哩。"

华贱还和颜悦色地接着道:"哎哟!你知道吗?"

那管事的道:"知道。"

---

[1] 爱士可弗论:Escoublon,位于法国东南部的一个小市镇。

华贱道:"别的客店已经赶我出来。"

管事的忙道:"我这里也要赶你出去。"

华贱道:"那叫我去到哪里呢?"

那管事的道:"到处都可以的。"

华贱闻说,没奈何,只得拿了铁棍和行李出去,刚走出门,就有几个童子,是从苦巴馆跟他来的,看见华贱出来,就预备捡起石头来击他。华贱一见,不觉怒从心发,提起棍子向前便打,那几个童子都吓得鸟飞似地一哄而散。

华贱又向前走了几步,忽然看见一所牢狱,门上挂着一条铁链,此铁链可以通到门铃。华贱即便按一下这门铃。不多一会,那门就开了。华贱取下帽子,躬身向前行礼,说道:"管监的大哥,你可准我暂且在这里住一夜?"

那管监的道:"这里是监狱,并不是客店。若是你犯了罪拿到这里,那就可以住的。"说着,即忙就把门关上。

华贱眼见无法,又只得向前走到一条小街。此小街的景致,倒有很好的几处花园,都是篱笆围着。那当中却有一所寻常人家的房屋,从窗户里透出一点火光。华贱就走到窗前,向里一看,那屋里却很白净。里面床上铺着一条印花布。那屋拐下又有一个摇床和几张木椅,墙上挂着一杆快枪。中间放着一条桌,桌上铺着粗白桌布,上面点着一只黄铜的火油灯。靠着桌子旁边,坐了一位男子,约摸有四十多岁，抱着一孩子坐在腿上，嘻嘻笑笑地玩弄。又有一位青年妇人，坐在男子身旁，正在喂孩子奶吃。

华贱停住脚步，立在街上，探看多时，见他这般家庭的乐趣，不免见景伤情，心里寻思着："或者可以在这里借歇一夜，也未可知。"就轻轻地将窗户敲了几下。哪晓得也静悄悄地竟没有一人答应。又用力再敲几下。只听得那妇人道："我的夫呀，我听得好像有人敲门的声音哩。"

那男子道："哪来的话？"

华贱又把窗户敲了几下。那男子听真了，便起身拿了灯来开门。

华贱便道："先生，求你宽恕我来得唐突。请你给点饭菜我吃，还求将花园拐角下的小房子给我歇宿一夜，明日走时一发算钱给你。不晓得可能俯允吗？"

那男子问道："你是什么人？"

华贱道："我是一个行路的客人，今日早晨从昧神丘①动身，一天到晚，跑了几十里，粒米也不曾吃过。我实在不能再走了，总求你给我一宿一餐才好。"

那男子道："无论哪项客人，若是有钱给我，便可留他。但是你为什么不去到那些客店里住呢？"

---

① 昧神丘：Puy Moisson，位于法国东南部的小市镇。

华贱答道:"因为那些客店都没有余空的房子。"

那男子道:"呀!哪来的话?哪来的话?今天又不是开市日期,说什么没有空房子的话呢?你曾到苦巴馆吗?"

华贱道:"到过。"

那男子道:"怎么样呢?"

华贱便不好说出,踌躇了半晌,答道:"不知什么缘故,他们不肯留我住下。"

那男子又道:"你还到过卢茶福没有?"

华贱这时更难回答,也只好硬着颈脖子答道:"他们又不肯留我。"

那男子听到这里,霎时面孔上现出一种疑惑的神色,对着华贱从头到脚细细地打量一番,忽然大声问道:"你是一个人吗?"急忙转过身来,将灯放在桌上,把那墙上挂的快枪取到手里。

那妇人只听得"你是一个人吗"一句话,猛然吃了一惊,便扑地立起身来,拉了他两个孩子,急忙躲在那男子的后面,便开口道:"赶出去!赶出去!赶出去!"

华贱又道一声:"求你发一点儿慈悲心,给我一杯水喝。"

那男子急忙道:"待我放一枪给你吃吧。"

说着,就急忙将门拼命用力一闪;一霎时,又听里面锁声豁琅的一声响亮;停了一会,那窗户也紧紧地闭上了。

华贱当时正是黑夜更深,走投无路;还碰着天地无情,那亚立山①上的寒风,又吹得一阵阵的凶恶起来。

要知道他后事如何,且听下回分解。

第三回　世态炎凉有如此狗　婆心恺恻②仅见斯人

话说华贱见那男子将门窗闭上,正在进退为难的时候,朦胧间忽见街前花园里,有一个泥和草做的小屋,即放步向前,直从那花园的木栏杆进去,走到那小屋面前。只见那屋的门口窄而且低,好像正在建造,还没有完工的样子,寻思道:"这屋必定是过路的行人所做,预备一时过往用的。这时又冷又饿,在这黑夜里,哪里再寻得着这样好的去处?"就不问好歹,决意进去躲一会儿冷,亦是好的。随即低下身来,爬将进去。哪晓得这屋里十分和暖。又在里面寻得一张稻草的床铺。他这时疲倦已极,急忙去坐在床沿上。歇息片时,又将背上的行李放下,当做枕头。正想解衣睡

---

① 亚立山:Alps,今音译阿尔卑斯山,位于欧洲中南部,自亚热带地中海岸法国的尼斯附近向北延伸至日内瓦湖,然后再向东北伸展至多瑙河上的维也纳,覆盖了意大利北部、法国东南部、瑞士、列支敦士登、奥地利、德国南部及斯洛文尼亚。此山是欧洲最大的山脉,景色迷人,是世界著名的风景区和旅游胜地。

② 恺恻(kǎi cè):和乐恻隐,有慈悲心。

下，耳边忽听得一种凶恶声音，汪汪地叫来。华贱注目看时，只见是凶狠狠的一匹恶狗走进门来。华贱才猛然醒悟这屋是猛狗的住窝，心中又惊又恼，只得用棍子将行李挑起，拼命地跑出门外。

定了一会，忽然看见自己身上穿的蓝布衣服，比前更破，已经有些伤心。不得已仍向栏杆绕出来，孤身只影站在街上，长叹一声道："我无居无食，又冷又饿，就是这愚蠢的狗子也不能容我。我如何到了这样地步？啊呀！这是怎么好呢？"即便坐在地下，身上更加寒冷了。不觉两眼汪汪，落下泪来，自己埋怨道："我这穷人，比狗还要下贱些了！"

独自伤心一会，只得收起眼泪，想个去路。便立起身来，想去到城外，寻个树林子干草堆上，好去躲冷。主意已定，便垂头丧气，不言不语地直往前走，不觉走到田间，才知道离城已远了。抬头看时，只见黑云朵朵，压到山顶。忽又见那黑云丛里，露出一线小小的月光，射到地面。这时正是欲雨不雨的光景。华贱看见天上现了这种凶恶样子，就停了脚，不住地战栗起来，低声自语道："唉，太尼城呀！太尼城呀！你就真个没有我立脚的一块土吗？"

说罢，急忙转身照着旧路又回到太尼城，哪晓得城门已经关上了。华贱到此，真是无法可设。

却说这太尼城，因为以前经过兵乱，所以到了现在，环城四面还有围墙。围墙旁边,又有几座破坏的方塔。华贱四面一看,便计上心来,即忙从那破坏的缺口爬进城去。这时已经八点多钟,他又不曾认识路途,只得冒险向前乱走。走过了多少大街小巷,忽然走到一所衙门,又经过一个学堂,随后来到一所礼拜堂旁边。这时华贱浑身发软,手脚不住地战栗起来,不能向前面走了。在这礼拜堂的屋角,有一所印刷局。华贱疲倦已到极地,又没有什么指望,便不觉一跤跌倒,睡在这印刷局面前石椅上面。

不多时,忽有一年老妇人,刚从礼拜堂出来,黑夜里忽见有人躺在石椅上,大吃一惊,说道:"我的朋友呀,你为什么在这里呢?"

华贱就带着怨恨的声音答道:"我的慈善婆婆呀,我就在这里睡了啊!"

老婆子道:"就睡在石椅上吗?"

华贱道:"十九年前,我还有一张木床;今天夜里,就变成石头床了。"

老婆子道:"你曾当过兵吗?"

华贱道:"不错,我曾当过兵。"

老婆子道:"为什么今天夜里不到客店里住呢?"

华贱答道:"因为没有钱,哪有人肯教我白吃白住呢!"

那老婆子听他这样说来,便叹道:"这样真是可怜!我现在袋里只有四个铜角子,就一齐给你用吧。"

华贱接在手里,便道一声:"多谢!"

那老婆子又道:"这几文钱,虽然是不能够作客栈的用费,但是我看你疲惫已极,必不能挨过今夜,你这时又饿又冷,他们见了,也必当见怜。"

华贱长叹一口气,说道:"已经问过好几处了。"

老婆子道:"那怎么样呢?"

华贱道:"都不肯留我住下。哪有什么法儿呢?"

老婆子就拉着华贱的手,指着那边一所房屋说道:"你曾问过那里了吗?"

华贱道:"未曾问过。"

老婆子道:"何妨去问问?"

要知道他走到那里,后事如何,且待下回分解。

第四回　鬼蜮官场万般不管　人奴贱种遇事生风

却说太尼城有一位孟主教[①],一日晚上,到太尼城四处闲游。后又因公事忙碌,所以睡得稍迟,到了八点钟的时候,他还搁着一本大书在腿上,手里拿着一块小纸,正在不住

---

① 孟主教:《惨社会》上没有名姓,直接称为"和尚"。

地写字。忽见使唤的女仆凡妈,拿了些饭菜和那吃饭用的银器。孟主教见饭已拿来,便收了书,走到吃饭的房里。

这间房子,长而窄。墙壁里嵌了一个火炉子,火正热着。大门对着街上,窗户口正向着花园,窗户门大开两扇。凡妈正在那里一面收拾吃饭的桌子,一面同孟主教的妹妹宝姑娘东讲西讲,说得十分高兴。不多时主教也进来了,凡妈又同主教、宝姑娘你一句,我一句,说得出神。

随后说到小心门户的话,凡妈忽然想起一件事来,忙道:"我今天出外买菜的时候,各处喧传有一个可厌的无赖汉,来到这城里面,不知躲在某处。若是有人夜间行路遇着,必定要受他的大害。现在各桩事体,又不能靠着那班巡捕来保护。现在这一班大小官员,一个个地都只晓得吃饭弄钱,民间的是非祸福,一毫也不管,还要互相嫉忌;他们倒很情愿出了这种不法的事体,借着还可诬害良民。有主意的人,总得要自己小心,各人保护身家,万万不可不小心门户哩。"

凡妈说话的时候,孟主教正在火炉旁向火,另外还想着一桩事体,因此也没听他说些什么。凡妈就从头至尾再说了一遍。

宝姑娘却颇留心,就放着娇嫩嫩的声音说道:"凡妈所说的话,哥哥可听真了?"

孟主教道："我听是听了，还是没有懂得那细情。"即忙转过身子，抬起头来，笑呵呵地问道："是什么事体？是什么事体？我们难道要遭什么大祸不成吗？"

凡妈见主教这样说，更大张其词说道："有一赤脚无聊的恶叫化子，来在这城里。他今天傍晚的时候，手里提着一捆行李和一杆小铁棍子，从假新党①小路进城。进城以后，在街上踱来踱去。他曾到苦巴馆投宿，被店主人赶出来了。"

孟主教接口道："不错，确有此事。"

凡妈闻说，以为主教听得她这些言语，一定吃惊，又洋洋得意地说道："主教，这是真事呀，人人都是这样说法。但是，这城的巡捕却很混账，街上都不曾设些路灯，很不妥当。主教呀，不但我这样说，宝姑娘也是这样说。"

不料宝姑娘在旁听得，便接口道："咦！哥哥，我并不是这样说的，我和哥哥的意思一样。"

凡妈假装着没有听见，接着又道："我们的门户现在却不稳当。主教，你肯叫我去寻个收拾门锁的来吗？不过十分钟，就可以把门锁收拾妥当。现在时风可怕，主教总得要不论日夜，都不许生客进来才好哩。主教呀，主教呀，生在这样世界上，何必要做好人？古语道得好：'杀人放火

---

① 假新党：意谓假维新。清末主张或倾向维新变法的人，被称为"新党"，而这里称其为"假"，是对以康有为为代表的新党的反对、嘲讽之意。

金腰带,修桥补路有尸骸。'这两句话,还说错了吗?"

凡妈刚说到这里,忽然听得门外大声一敲。

欲知来者何人,为着什么事体,且听下回分解。

第五回　孟主教慷慨留客　金华贱委婉陈情①

话说主教听得敲门的声音,便道声:"请进来。"

忽而门已大开,只见一人将身进来,立在门后,背上驮着行李,手里拿一短棍,脸上现出一种狞恶的神色,俨然是一个觅食投宿的凶汉。当时凡妈吓得浑身发抖,满嘴的牙齿碰得直响,想说话又做声不得。宝姑娘立起来,半惊半走,悄悄地到了炉火的旁边去向火,看见他哥哥不在意,也就不十分打惊。孟主教只管平心静气地注眼看了华贱,待将要开口说声"你要什么",华贱就对着这屋里人一个个地轮流看了一遍,大声说道:"请各位听来。我姓金,名华贱,曾经犯罪,坐监一十九年,四天前才释放出来。现在我想

---

① 据柳亚子《〈惨社会〉与〈惨世界〉》一文记载,《惨世界》第五回回目在原《惨社会》版本为"贪和尚慷慨留客,苦华贱委婉陈情"。

到潘大利①去，前天就从道伦②动身，今天已经走了好几十里。今晚我到这城里的时候，就到一所酒馆里投宿。他们因为我曾犯案，照例拿一张黄色的路票，就是解放罪人的凭据，报了此地的衙门，所以不肯留我住下。我又走到别间客栈，他们也是照那样办法赶我出来。这时没有一人能容我。到了一所牢狱，那看狱的人也赶我出来。甚至于爬进狗窝，那狗也咬我，不许我停留一刻。你想我这时候如何是好？我随后又想到田里，睡在星光底下，哪晓得天上又没有星，还要下雨的样子。因此我又转身回到城里，想寻一家大门弄儿里，暂且避避冷。恰好来在那印刷局的面前，我就睡在石凳上。忽然看见一个慈善的婆婆，他叫我到府上来求宿一夜，所以我才来到这里。府上是不是客店？

我身上还带了一百零九个银角子和十五个铜角子。我曾经坐了十九年监，这些钱都是在监里做工所得的。我必不少你的饭钱。你看怎么样呢？我已经走了不少的路，又倦又饿。你肯留我住下吗？"

孟主教听到这里，就对凡妈道："多拿一碟子菜来。"

---

① 潘大利：Pontarlier，法国东部杜省的一个市镇，今译作蓬塔利耶区，临近瑞士边境。

② 道伦：Tou Lon，今译作土伦。法国东南部滨地中海的港湾都市，瓦尔省省会，在马赛以东65公里处，位于土伦湾内，半岛环抱。

华贱闻说，便走近三步，立在桌子旁边，说道："你可知道我是什么人？我是一个有罪的犯人，刚从监里出来。"华贱一面说着，一面就在衣服袋里取出一张黄纸，给主教一看，并说道：

"这就是我的路票。我拿着这个票子，什么地方都可去了。你情愿我念给你听吗？我在监狱里的学堂曾读过书，待我念给你听吧。这路票上写的是些什么呢？"只听得华贱高声念道："有一某地方人，姓金，名华贱……"

主教接口道："是什么地方人呢？"

华贱答道："你不必管他是什么地方人就是了。"又接着念道："他曾经坐监十九年，前五年因为夜里做贼，后十四年是因为他想逃跑四回。这是一行为不正之人也。"念毕，还问一声主教道："人人都要赶我，你可能留我呢？你这里是客店吗？请你给我一餐饭吃和一安身的地方。府上有马房吗？"

主教看见他这样说，又对着凡妈道："铺些白布的棉褥在那边屋里床上。"说罢，便对华贱道："我已经叫那个女人预备一切了。"

凡妈听了主教的话，即便转身去了。

主教又对华贱道："先生请坐下向火，我们就要吃饭了。吃完饭的时候，你的床铺也就可以收拾妥当了。"

华贱听他那样说，好像疯疯癫癫一般，大声问道："你真留我吗？不赶我吗？你为什么称呼我做先生，却不叫我做狗，赶出去，和别的人那样说法呢？哎呀！那老婆婆真是慈善，教我来到此地，有得吃，又有床睡。我已经十九年都没有床睡了。你真留我吗？你真是好人了。我明日去时，便一发算钱给你。请问你高姓大名，你是不是一个店主人？"

孟主教道："我乃是住在这里的一个教士。"

华贱道："哎呀！难道还是一位有钱的教士？那你必不要我饭钱了。师父就是在那大礼拜堂的主教吗？"

主教接口答道："是的。"

华贱道："呀！不错，我还没有留心看师父的帽子，真是太糊涂了。"

说罢，便将行李和棍子放在屋角下，又把路票收在衣衫袋里，坐下。宝姑娘对他看着不转眼，很觉得有趣。

华贱说道："师父既然是一个慈善的人，就不用算我的饭钱了。"

哪晓得在这个悲惨世界，没有一个人不是见钱眼开，哪有真正行善的人呢？

孟主教果然忙答道："不然，不然，一定要算饭钱的。你共有多少钱呢？你曾说你有一百零九个银角子。"

华贱道："还有十五个铜角子。"

主教道："你费了几多天的功夫，才得这些钱呢？"

华贱道:"十九年。"

主教叹道:"十九年吗?"

华贱道:"不错。现在这些钱还在身边,没有用去。"

孟主教听得华贱说一声现在钱还在身边,急忙把门和窗户闭上。

不多时,凡妈拿了一碟菜进来,放在桌上。主教令她放在火炉旁边。又对华贱道:"亚历山上的风很大,先生一定受寒了。"

你看孟主教口口声声只叫华贱做先生,那种声音,又严厉又慈爱。你想他把"先生"二字称呼罪人,好像行海的时候,把一杯冷水送给要渴死的人,不过是不化本钱的假人情罢了。闲话休絮。

却说主教忽对凡妈道:"这个灯不亮。"

凡妈会意,便去到卧房里架子上拿来两只银灯台,点了两枝白蜡烛,放在桌上。

华贱洋洋得意地道:"现在蒙师父待我这样好法,师父这一片仁心,我真是感谢不尽。既然是这样,我也不必瞒着我的来历和我的苦处,待我细细地说把师父听吧。"

主教用手拉着华贱的手,和颜悦色地道:"你也无庸将你的来历告诉于我。此处不是我的家,是上帝的地方。无论什么客来,也不问他的姓名和他的脾气。而且你已经受苦,又饿又渴，我必欢迎你，你切莫要使客气吧。"

华贱道："我现在很饿，又渴。当我进门的时候，见了师父这样仁慈，也就令我忘记了。"

主教道："你曾十分受了苦吗？"

华贱长叹道："哎呀！狱里那野蛮的惨状，真是不堪闻问了，姑且说他几件事就知道了。用双重铁链捆了我的手脚，坐在那黑窟里头，青天白日里也看不见天日，夜间就睡在一片板上。夏天热得要死，冬天就冷得要死。那窟里空气闷人，常时一病不能起。我这样在狱里过了十九年，今年四十六岁了，才得了一张黄色的路票。你看好不可恼！"

主教道："但是你现在知道伤心悔过，却比好人更加快乐。你出狱以后，若还以恶意待人，那就格外悲惨；若以好意温和待人，又何处不是乐土呢？"

主教说罢，凡妈拿饭进来。

欲知后事如何，且待下回分解。

第六回　孟主教多财贾祸　宝姑娘实意怜人 [①]

话说凡妈拿饭进来，华贱看时，有汤，有水，有盐，

[①] 据柳亚子《〈惨社会〉与〈惨世界〉》一文记载，《惨世界》第六回回目在原《惨社会》版本为"宝姑娘多情待客，富和尚假意怜人"。

有油，有猪肉，又有羊肉，又有无花果，又有一大块烘干的面包，又有一大瓶红酒，样样都用银器盛来，光彩闪闪，映在铺桌子的白布上面，真觉异样好看。孟主教满面堆着笑容，请华贱坐在自己左边，宝姑娘又坐在华贱的左边。坐齐了席后，孟主教就按教例念了祷告。念罢，即便用饭。此时华贱心中乐不可言，那种神气，可惜没有照一个像下来，把大家看看。

却说他三人吃了一碟，又上一碟，完了一样，又来一样。华贱放量饱餐一顿，好像老虎吃蚊虫一般。幸亏主教寻常吃饭都有六样，还可以饱了华贱肚子。不知不觉，一会儿就吃罢散席。

华贱对主教说道："盛筵难再。哎呀！苦巴馆那班车夫，不许我和他们同桌吃饭，不料竟蒙师父这般厚遇，真是难以报答了。"

主教道："此事虽可痛恨，但是他们也比我劳苦。"

华贱道："那也未必。我想他们比你更有银钱。但是上帝若居心公平，一定是保佑你。"

主教道："哪有上帝不公平的道理呢？"少停，又道："华贱先生，你明日真要到潘大利那里去吗？"

华贱道："这也是不得已罢了。我想明日趁着日头未出来的时候，就要起行。这一次又很辛苦，白天里虽然稍暖，夜里却是很冷。"

主教道："你这还不算十分受苦。前几年正当革命的时候，我全家都被毁了，我跑到东方，交瑞西国界那富郎之情①地方，却靠着我两只手寻饭吃。那地方有机器局，有制纸局，有酒厂，又有油厂，至于铁厂也有二十多处，倒好找工做。"

主教说罢，又对宝姑娘道："我们有无亲戚在潘大利住？"

宝姑娘答道："有的，卢逸仙②先生不是在那里住吗？他还是故川洞口的船主哩。"

主教道："不错。"

此时华贱并不留心他们的谈话，自己也一言不发，那种神色，却是十分疲倦了。

主教见华贱这样情形，就回头来同凡妈谈了片刻，又对华贱道："先生，你必是要安睡了。"

宝姑娘又在一旁吩咐凡妈道："今天夜里很冷，去到我

---

① 富郎之情：Franche-Comte，现译为弗朗什孔泰，法国东部古地名，与瑞士接壤。公元 10 至 11 世纪，形成布尔戈涅－孔泰地区，公元 1678 年正式并入法国版图。中文名叫弗朗什孔泰大区，辖杜省、汝拉省、上索恩省和贝尔福地方省。
② 卢逸仙：这里指孙逸仙，即孙中山。1903 年夏，苏曼殊在东京，曾经遵循孙中山的号召参加武装活动。

睡房里，把那一件鹿皮袍子取来，铺在客人床上。"

不多时，凡妈回来说道："床铺都预备好了。"

主教便同宝姑娘在客厅里按教规行了祈祷的礼。宝姑娘就对华贱同主教各施一礼，并请一声"晚安"，独自走进睡房去了。

此时主教就在桌上拿一盏银烛，又把那一盏交与华贱，说道："先生，我带你到卧房去睡觉吧。"

华贱就起身跟着前去。走过主教卧房的时候，凡妈正在要将银器放在孟主教床头下碗柜里面，放急了，碰得豁浪一声响亮。

主教只顾引了华贱，还没听见。不知不觉地已到了卧房。主教令华贱把烛台放在桌上，指着床上道："今晚请先生就此安歇。明天早晨起来，再请用一杯新鲜牛奶。"

华贱答道："多谢师父。"说罢，歇了半刻，华贱忽然现出一种稀奇的样子，两只手捏了拳头，睁了一双凶狠狠的眼睛，对主教道："哎呀！现在你留我住下，还离你这样近吗？"刚说到这里，就停住了，忽然又哈哈一笑。

主教看见这样情形，心里倒有些惊慌。

华贱又道："你情愿我告诉你听吗？我是一个凶手，你还不知道吗？"

主教答道："上帝总难瞒过。"说罢，又低声祷告了一会，便转身去到自己的卧室安歇去了。

华贱看见主教已去,即忙熄了火,并不脱衣,就和身倒睡在床上,即刻鼻子里呼声好像打雷一般。

这时,一屋的主客,个个都化作庄生蝴蝶①了。

欲知后事,且待下回。

第七回　无赖村逼出无赖汉　面包铺失了面包案

话说孟主教一家主客,都悄悄睡去,没有了人声。这事随后再表。

却说从前法国有一个村庄,名儿叫做无赖村。里头有一个姓金的农夫,这农夫有一个女儿和一个儿子。他的女儿成人出嫁之后,只剩下一个儿子。那儿子倒很聪明伶俐,只是可惜一件,因为他家道困穷,他的亲戚和那些左右隔壁的邻舍,虽说是很有钱,却是古言道:"为富不仁。"那班只知有银钱、不知有仁义的畜生,哪里肯去照顾照顾他呢?因此他自幼就没有钱上学攻书,天天玩耍度日。

却说那农夫的女儿,一日在家闲坐无聊,忽然想去探看她的父母兄弟,就立刻起身,锁好了门户,独自出来。

---

① 庄生蝴蝶:典出《庄子》的《齐物论》篇,文内写道:"昔日庄周梦为蝴蝶,栩栩然蝴蝶也。自喻适志与!不知周也。"这里是指进入了梦境,熟睡了。

不知不觉已到她父母的家，只见门还未开，就吃惊道："为什么现在还没有开门呢？"停一息，又听见她兄弟在里面不住地号啕大哭，说道："奇怪！奇怪！"即忙把门敲了几十下，也没有人来答应。此时她心里好像火烧油煎一般。幸亏这个门都是用烂木头做的，她此时性急了，拼命用力一推，连门闩都推折了，一直飞奔进去。

只见她的兄弟从房里出来，脸上挂着几条眼泪，直跑到她面前，行了一个礼，急忙说道："我的姐姐呀，你来了吗？你为什么不早些来呢？我从昨天下午直到如今，都没有吃饭，肚子里又饿又痛。"

他的姐姐即忙问道："为什么没有吃饭呢？阿爹阿妈都到哪里去了？"

她兄弟道："都没有出去，自从昨天下午，他们就未曾起身，只是呆呆地睡在床上。后来我的肚子饿极了，就叫他们起来弄饭我吃，不知道什么缘故，他们不肯起身，又不和我说话。我又大声叫他们多少次，还是不肯动弹。我已经痛哭了一天多，那左邻右舍人家也没有一个来看看我的。你快去弄饭给我吃，随后再叫他们起来吧。"

他姐姐听说，即忙跑进房里，只见她的父母都直躺躺地睡在床上，便知道她的父母都到五殿阎王①那里去了，不由得放声哭了一会。

她的兄弟站在旁边说道："姐姐呀，你的肚里不饿吗？不要哭了，我们快去弄饭吃吧。"

他的姐姐闻说，也就收了眼泪，对她兄弟说道："你随我去，到我家里吃饭吧。"

说着，即忙携了她兄弟手出了门，又把门户锁好，手里牵着她的兄弟跑回家里。急忙弄了些饭菜，和她的兄弟饱餐一顿。不多一会，她的丈夫也回来了，她就带哭带说地把这桩事情告诉了一遍。

她的丈夫就糊里糊涂地说道："我现在觉得肚皮有些疼痛，随便你自己去办吧。"说罢，就睡在床上。

他的妻子看见这样情形，就一言不发，只得忙忙地在箱子里拿了些银子，又吩咐了她的兄弟在家里等他回来，不要跑在街上玩耍。说罢，就起身急忙跑到父母家里，就去叫了一个教士和几个土工，忙忙碌碌地一直到了天黑的时候，那斋祭埋葬的事体，一一料理妥当，照旧将门户锁好，回到自己家中。

从此，她的兄弟就在她家里。住到三四天，忽然对他

---

① 五殿阎王：阎罗王，民间传说中主管人死后的往生之地即地狱的阎王共有十个，阎罗王排位第五，所以称五殿阎王。

姐姐说道："我要回到家里，看看我的阿爹阿妈。"

这时候，他的姐姐就不免落下几点伤心眼泪来，又见她兄弟不懂事，只好说道："阿爹阿妈现下还没有起来，你不好回家里去；你倘若一定要回家去，还没有人弄饭把你吃哩。你天天就在我这里过活便了。"

她兄弟又说道："我在这里，虽然是有饭吃，难道我的肚子饱了，就忘却我的父母了吗？"

他的姐姐见他说出这般可怜的话来，就不得已直说道："阿爹和阿妈已经在地下了。"

她兄弟又问道："为什么在床上还睡不够，又去地下睡呢？真真是睡得长远了。"

他姐姐听得他这样说，还未开口，先已酸心，忍着眼泪说道："阿爹阿妈，再没有能同我们相会的日子了。"

她的兄弟听见这样说法，也就号啕大哭起来，倒睡在地上，声声说道："我定要回家里去，看看我的阿爹和我的阿妈。"

但是，他的姐姐哪里肯放他回家？从此，都靠着他的姐姐照料。日月如梭，不觉过了十多年。他姐姐已经生下子女七人，那最小的才一岁。到了她丈夫死的时候，她兄弟刚刚二十五岁，已经可以回家，接管他父母的几间破屋，成家立业，也好照应他的姐姐，这本是分所当为的。当时她姐弟二人也无他项生活，或砍柴度日，或帮人耕种。到了夏天树木茂盛的时候，每天可寻得十八个银角子。但是他姐姐膝前儿女如是之多，又不能自谋生计，就不得不稍受贫寒。

却不幸遇着一千七百九十五年，那年冬天极冷。有一礼拜日，雨雪连天，寒风刺骨，也就不能出外做工觅食了。那时一家人口，都白白地饿了一天。

看官，你看他们将来作何打算，难道就袖手待死不成吗？按下不表。

且说同时法国巴黎有个财主姓范的，他三两年前在乡下本很贫寒。随后来到巴黎，就胡乱学了几句外国话，巴结外国人，在一个外国洋行里当了买办，两三年间就阔气起来，因此人人都唤他做范财主。

这范财主只生一子，名叫做阿桶①。那范桶自幼养得娇惯，到念②多岁，还是目不识丁。只因他家里有些钱财，众人都来巴结他，要和他做朋友。一日，有两位朋友前来探访。你道这两位是什么人呢？一个姓明，名白，字男德。一个姓吴，名齿③，字小人。范桶见他们来到，就和他们各

---

① 阿桶：姓范，即为范桶，谐音"饭桶"，常用于指称无能。
② 念：即廿，数目字，二十。
③ 姓吴，名齿：即吴齿，谐音"无耻"。

施一礼坐下。范桶便开口道：

"今天很冷。"

那小人急忙连声答道："是，是，是，是，是，是。"

那男德便问道："今天报上可见什么新闻了？"

范桶就答道："我天天只晓得吃饭和睡觉两样事，哪里还要看看那报纸？有什么好处呢？我的父亲他倒欢喜天天看那个什么《新闻报》，也不过是为着生意的行情和那彩票开彩的事、考试发榜的事罢了。"

男德闻说，便道："哎！世上的人，有几个真真知道报纸是什么东西的呢？"心里还寻思道："这等的人，目不识丁，只知道有几个臭铜钱，这也就难怪了。"又对范桶道："你去拿今天的报来我看看吧。"

不多一会，范桶就拿了一张来。男德接着，就道声："多谢。"随手放在桌上，那双眼睛，一直盯在那张报纸上。

此时范桶又随口说道："很暖。"

那小人也在旁边说道："我热得了不得。"

范桶问道："你也暖吗？我因为穿了这件虎皮外套，所以觉得很暖，难道你穿了这件夹衫，还不冷吗？"

小人又道："不是这样说。我的身体本来觉得很冷，不过我无意中跟你说出罢了。"

这时男德回头向范桶问道："你是无赖村的人吗？"

范桶道："不错。有什么事呢？"

男德道："没有什么要紧，不过有一桩事体，我心里觉得很不平。请你看这条新闻吧。"

范桶听说，忽然满脸通红，说道："我不想看，请你念给我听听吧。"

男德就看着报纸念道：

前天晚上，无赖村有个面包铺的主人正去睡觉的时候，忽听得铺面的窗门一响。那主人立刻翻起身来，只见窗门上有一个拳头，将玻璃打破。忽然又见一双手从那窗孔里伸入，拿去了一块面包。那主人就一直飞也似的跑出去，捉住那人，用脚狠狠地踢了他一顿。那人就把面包丢在地面，浑身被那主人踢得鲜血淋漓。后来又送到衙门，衙门里就定他为夜入人家窃盗的罪名。此人姓金，名华贱，原来是一个安分守己的工人，只因合家人口冻饿情急，就到了这样地位。

那范桶听罢，便道："呵，金华贱乃是我的老友。我早几年前在乡下住的时候，不时到他家里去，又是饮酒，又是吃肉。他怎么现下居然做了贼呢？真真是想不到的。那支那①国的孔夫子也曾说道：'君子固穷，小人穷斯滥矣。'这两句话真说得不错。"

那小人就在一旁接着道："是，是，是。"又向男德道："你还有什么不平的事呢？你看那做官的大老爷都定了他的罪名，难道你说做官的还办错了不成吗？"

男德只听到"做官的"三个字，立刻火发心头，不由得一脚踢得那小人魂不附体，还大声骂道："你这无耻的小人！我早已忍了你一肚子的气，你现在又在我面前放什么臭狗屁！"

这时范桶惊慌无措，好容易才将男德劝住。小人也就爬起身来，对男德躬身行礼道："我说错了，你休要动气吧。"

男德气愤愤地答道："你这小人！我恨你，我又可怜你。人家吃饭，你就吃饭；人家吃屎，你也就吃屎。"

这时，范桶只好在一旁劝道："休要发气。请你慢慢儿将你不平的事，告诉我听听吧。难道孔夫子的话，你都不服吗？"

男德即忙答道："那支那国孔子的奴隶教训，只有那

---

① 支那：亦曾译作至那、脂那等，是古印度对中国的称呼，经佛教经典传入中国及周边国家，9世纪传入日本。1912年中华民国建立后，日本官方用"支那"指称中国，始含有歧视之意。第二次世界大战期间，日本所称"支那人"亦包括海外华人。1946年，日本政府通令日本国公文书中不可再用"支那"名称。

班支那贱种①奉作金科玉律，难道我们法兰西贵重的国民，也要听他那些狗屁吗？那金华贱只因家里没有饭吃，是不得已的事情。你看那班财主，一个个地只知道臭铜钱，哪里还晓得世界上工人的那般辛苦呢？要说起那班狗官，我也更不屑说他了。怎么因为这样小小的事情，就定他监禁的罪名呢？所以我就不平起来了。"

范桶道："只是他做了贼，就应该这样办哩。"

男德闻说，立刻站起身来，就一拳头把个范桶打得扑地滚了一丈多远，大声骂道："你这木头人，只知道吃饭，还知道什么东西？"

那小人见事不好，即忙跑出门外，也不知道他到什么地方去了。

那范财主在房里听得外边吵闹，慌忙跑出看时，只见范桶刚在地下爬起来，一一告诉了他的财主老子。此时那范财主见男德的体格生得十分强壮，也知不能奈何他，只好说道："你这样年少气盛，我也没法儿和你说。但你是一个有见识的人，怎么就帮起做贼的来呢？"

男德气愤愤地答道："原来我是一个明白的人，所以才如此。我并不帮贼，也不过是心里为着世界上的穷人不平

---

① 支那贱种：新中国成立前，西方对中国人的侮辱性称呼。

罢了。"

那范财主道："世界上总有个贫富，你有什么不平呢？"

男德道："世界上有了为富不仁的财主，才有贫无立锥的穷汉。"

范财主道："无论怎地，他做了贼，你总不应该帮着他。"

男德道："世界上物件，应为世界人公用，哪注定应该是哪一人的私产呢？那金华贼不过拿世界上一块面包吃了，怎么算是贼呢？"

范财主道："怎样才算是贼呢？"

男德道："我看世界上的人，除了能做工的，仗着自己本领生活，其余不能做工，靠着欺诈别人手段发财的，哪一个不是抢夺他人财产的蟊贼①呢？这班蟊贼的妻室儿女，别说'穿吃'二字不缺，还要尽性儿地奢侈淫逸。可怜那穷人，稍取世界上些些东西活命，倒说他是贼。这还算平允吗？况且像你做外国人的奴隶，天天巴结外国人，就把我们全国人的体面都玷辱了。照这样看起来，你的人品比着金华贼还要下贱哩！"

这时候范财主又羞又气，一息儿②也做不出声来，脸上只是青一阵，白一阵，呆呆地立了多时。

---

① 蟊贼（máo zéi）：吃禾苗的害虫，比喻危害人民或国家的人。
② 一息儿：一呼一吸，形容时间仓促，一会儿。

男德寻思道："这也难怪了，你看世界上那些抢夺了别人国家的独夫民贼，还要对着那主人翁，说什么'食毛践土①''深仁厚泽②'的话哩，何况这班当洋奴的贱种，他懂得什么呢？我何必和他计较？"想着，便转身气愤愤地出门去了。

欲知他出去之后情形如何，且看下回分解。

第八回　为世不平侠士题壁　恩将仇报恶汉挥刀

话说明男德和范财主争论之后，不说范财主父子后事如何，且说男德以范财主不足教训，便愤愤出门，回到自己家中。原来男德也住在巴黎，家道小康。父亲明顽③，生性固陋，也只生男德一人。男德自离娘胎的时候，就有些蠢气，因此一家人都瞧他不起。他的脾气也与众不同，不屑事家人生产。到了十五岁的时候，就在中等学堂里读书。岁月如流，光阴似箭，不知不觉地又过了三年。

---

① 食毛践土：毛，指土地上生长的植物。原意是指吃的食物和居住的土地都是国君所有，因此封建官吏用"食毛践土"以表示感戴君主的恩德。出自《左传·昭公七年》："封略之内，何非君土；食土之毛，谁非君臣？"
② 深仁厚泽：指深厚的仁爱和恩惠。宋陈亮《书欧阳文粹后》："初，天圣、明道之间，太祖、太宗、真宗以深仁厚泽涵养天下盖七十年。"
③ 明顽：即"冥顽"，指人愚昧顽固，迂腐不化。

这一天,男德就和范财主争论回来。他父亲明顽,手里捏着一支铅笔,正在那里算账,猛然间看见男德气愤愤地回来,大声问道:"男德,你到哪里去了?"

男德本是一个爽直的汉子,从不会撒谎的,也就把在范桶家里的事情,一一说出。

只见那明顽听罢,立刻就把他的大眼镜子取下来,厉声骂道:

"你这小孩子,也应该讲什么为世界上不平的话吗?你莫羞死我吧!那世界上的事体,是你们这样贫穷的人讲得的吗?你若不去用心读书,以图功名富贵,好事养父母,你就快些去做叫化子罢了。世上的人若能尽了这'孝顺'两个字,就是好人,不用讲什么为世不平的邪话。"说罢,将铅笔放在桌上,还满面堆着怒容。

男德也知道他父亲是个冥顽不灵的东西,只好一言不发,听他辱骂。后来见他父亲住了口,才悄悄地去到自己的书房。闷坐多时,猛抬头,只见玻璃窗外雨雪满天,把一座巴黎城都化作了银花世界。男德见此凄凉景象,触目惊心,不由得长叹道:"唉!世界上这般炎凉凄惨,暗无天日,也和这天气一般,倒是怎么好呢?"正在独自感伤,忽见后面佣人送信进来。男德接过来拆开一看,只见信上约略写了几行道:

男德同志赐鉴：

　　顷有一位志士从尚海①来，托弟介绍于兄。倘蒙不弃，祈移玉②来敝处一聚是祷。

　　　　　　　　　　　　弟某顿首

　　男德看罢，寻思道："尚海那个地方，曾有许多出名的爱国志士。但是那班志士，我也都见过，不过嘴里说得好，其实没有用处。一天二十四点钟，没有一分钟把亡国灭种的惨事放在心里，只知道穿些很好看的衣服，坐马车，吃花酒。还有一班，这些游荡的事倒不去做，外面却装着很老成，开个什么书局，什么报馆，口里说的是借此运动到了经济，才好办利群救国的事；其实也是孳孳为利③，不过饱得自己的荷包，真是到了利群救国的事，他还是一毛不拔。唉，这种口是心非的爱国志士，实在比顽固人的罪恶还要大几万倍。这等贱种，我也不屑去见他。"便随手将这封信放在桌上。这时那壁上挂的自鸣钟，正叮叮当当打了十二下。男德就叹一口气道："哎！这钟的声音，也不过是不平则鸣，

---

① 尚海："上海"的谐音。
② 移玉："移玉步"的略写，对别人走动过来的敬辞。
③ 孳孳为利：努力不懈地追逐利益。孳孳，通"孜孜"。

况是我顶天立地的大丈夫男德吗！"说着，就到饭厅里去吃饭。

不多时，佣人拿饭进来。这赤心侠骨的男德和那尚海喜吃大菜的志士不同，也不问是什么味道，胡乱吃罢。即忙起身回到书房，坐在书桌面前，七上八下地乱想一会，叹道："哎！世界上这般凄怆模样，难道我就袖手旁观，听他们这样不成吗？只恨那口称志士的一班人，只好做几句歪诗，说两句爱国的话；其实挽回人间种种恶习的事，哪个肯亲身去做呢？"又忽然想到他父亲身上，叹道："哎！我的父亲，这样顽固……"又住了口，寻思道："凡人做事都要按着天理做去，却不问他是老子不是老子。而且我的身体虽是由父母所育，但是我父母，我祖宗，不仗着世上种种人的维持，哪能独自一人活在世上？就是我到这世上以后，不仗着世上种种人的养育教训，也哪能到了今日？难道我只好报父母的恩，就把世上众人的恩丢在一旁，不去报答吗？"

想罢，便立起身，在房门口探看一回。立刻又转身进房，将挂在壁上一件半新不旧的外套拿下来，穿在身上。又取一把锁匙，打开箱子，拿出十多块银钱，放在外套的袋里。向书桌架上寻出一柄不长不短的快刀，用一条白毛手巾包裹起来，放在外套里面的长袋里。足下换了一双旧皮靴。

顺手在桌上拿了一支铅笔，看了一看，又放在桌上。这时诸事预备妥当，又低头沉吟了一会。立刻跑到厨房里拿了一枝黑炭，静悄悄地从厨房的后门走出。来到那小花园里，便提起那枝黑炭，向着小花园的墙壁上，歪歪斜斜地写了四行字。写罢，自己又念了几遍，便即将这枝黑炭丢在地面，放开大步，一溜烟走了。

看官，你想男德到哪里去了？他写的这四行字是些什么字呢？随后再表。

那金华贱自从那大雪的时候，眼巴巴地坐在家里忍不住饥寒，就偷窃面包犯案。衙门里定了罪后，就把一条铁链子锁起他的手脚，用一辆罪人的马车，解到道伦地方的监里。走了二十七天，才到了道伦，就把华贱换上一件蓝布的罪犯衣服。那衣襟上面有个号头，没有什么金华贱的姓名，那华贱的号头，乃是第二万四千六百零一号。

过了十个多月，有一天晚上，天色已经黑暗，华贱坐在这监狱里面，想起从前在家里砍柴的苦境，又想到他的姐姐还有七个孩子，也不知道现在怎样受苦，不由得一阵心酸，落下泪来。正呆呆地坐在那里，越想越难受，朦胧间忽然瞥见一个黑影儿来到面前，渐走渐近。这时华贱吓得两手捏了一把汗，不由得战栗起来，不知是人还是鬼。不多一会，来到身边，才知道是一个年轻的男子，站在华贱身旁，对着他的耳朵，低声说了好一会。

说罢，华贱接口道："你想把他弄死吗？"

那人答道："不是，不过是用这般手段，来吓他一吓，他自然就会中了我的计；我焉能因为要救一个人，就来弄死一个人哩？"

华贱道："言之有理。"

那人即刻跑到看监的房里，瞥了那看监的一眼，就凶狠狠地一手把他的衫襟扭住，一手伸在外套里面，拔出一把光闪闪的明刀，说道："你不要吃惊，我不是来杀你的，不过到这里要救出那个金华贱。你快快地把那铁门的钥匙和他手脚链子的钥匙一齐交给于我；你若不肯依从，那却怪不得我，就要将你结果！"

那看监的吓得魂飞魄散，口里不住地说道："我……我……我……把钥匙交给你。"说着，就在衣衫袋里摸出两把钥匙，说道："这把大的，是开铁……铁门的；这个小的，就是开铁……铁链子的。"

那人接在手里，随将刀子收好，就扭他一同来到华贱面前，将华贱手链脚链一发开了。照样把那看监的手脚锁将起来。就和华贱一齐抽身跑到铁门旁边，将铁门打开，两人逃出。

华贱说道："将门锁起来。"

那人答道:"使不得,把他锁在里面,恐怕没有人知道,不叫他饿死在里面吗?"

华贱又道:"不把他锁在里面,我们不怕后患了吗?"

那人道:"今夜一定没有人知道的,你看铁墙这样高法,就是他高声喊叫,也没人听见,我们乘着夜里快跑吧。"

两人说着,就飞似的一直跑了三里多路,未曾停脚。忽然瞥见路旁有一丛黑影儿,二人吃了一惊;待慢慢地向前走去,一直到了面前,才知道是一大丛树林子。这时二人又惊又喜,就来在树林子里坐下歇息歇息。

华贱便开口问道:"你是什么地方来的呢?你的名字叫什么呢?"

那人答道:"我姓明,名字就叫做男德,巴黎人氏。自从去年听得你的事体,心里就不平起来,一定要来救你。那时便在家中取些银两……"

说到这里,华贱就破颜一笑,问道:"现在你还有银子吗?"

男德答道:"现在还有几两,在外套的袋里,我们明天的路费总够用了。"

华贱又问道:"你从哪里来的呢?"

答道:"我从巴黎而来。"

华贱道:"咦!这样远的路,怎么你就来到了呢?"

男德道："我一路叫化，将近一年，到了前月才来到这里。初到的时候，我不知道你的监房在哪里，只好在这地方左近，天天找些工做，得便打听你的消息。前几天我才遇见一个工人，他道：'有一个做苦工的人，自去年就收在这监里。他家里的姐姐还有六七个子女，都没饭吃，他也不知道怎么样好，真真是可怜。'我听得这样说法，就一一知道你的消息。"

华贱道："你怎么就能够进了那监呢？"

男德道："到了今天早晨，恰好那个看监的开了铁门，出来扫地，我就出其不意，跑进他的房里，将身躲在床底下。一直到了今晚，我才乘他不在房中，出来救你。"

华贱听罢，就长叹一口气道："哎！你真真是我的救命恩人，但不知哪一天才能报答？"

男德道："哪里话来！我并不像那做生意的人将本求利，也不过为着世界上这般黑暗，打一点抱不平罢了。"说着，就脱下外套，对华贱道："现在初交冬令，觉得有些寒冷，你穿上这件外套吧。"

华贱欢天喜地地即忙接了穿在身上。

男德道："我们二人今晚早些睡觉吧，明天还要早些跑路。"

说罢，就躺在草地上睡了。

这时华贱寻思道："我身上现在一文没有，既然遇见这种奇货，却不要放过了他。"正在那里胡思乱想，只听得男德睡得呼声如雷。忽然翻身爬起来，跑了三四步，又住了脚。便在外套袋里摸出那一把光闪闪的刀，口里说道："世界熙熙，皆为利往；天下攘攘，皆为利来。我金华贱这时候也为金钱所驱使，顾不得什么仁义道德了。"说着，就拼命地用尽平生气力，把刀尖儿正对着男德身上，飞似的丢将过去，抽身便走。

欲知道男德性命如何，下回就知道了。

第九回　忍奇辱红颜薄命　刺民贼侠剑无情

话说华贱丢刀来刺男德以后，就飞也似的一直奔出丛林去了。按下不表。

且说当时男德身体十分疲倦，也就一事不知地一直睡到次日早晨日上三竿的时节，才爬起身来。忽然看见离身旁只三四寸远，有一件东西，大大地吃了一惊。你道看见了一件什么呢？就是他的那一把明闪闪刀子，插进草地里有三寸多深。四面一看，又不见了华贱。

这时候，男德心里也就明白了，说道："险哉！险哉！不错，不错，我昨晚说还有钱在外套袋里，他就破颜一笑。"

说着，又长叹一声道："哎！臭铜钱，世界上哪一件惨事，不是你驱使出来的！"

说到这里，便探头一看，四面均是丛林大树。低下头来沉思了一会，又道："这桩事，也没有什么奇怪，在这种惨世界上，哪一个人不和华贱一般？我想是非用狠辣的手段，破坏了这腐败的旧世界，另造一种公道的新世界，是难救这场大劫了。"说罢，便把那快刀拔将起来，说道："我一生仁义道德，都仗着你才能够去做，怎好不小心收藏起来？"说着，就把刀又收在袋里。

这时，男德身上一钱没有。你看男德为着世界上不平的事，去舍身救人，倒弄得这样下场，怎不令人灰心短气？哪晓得那男德是一个天生的刚强男子。不像尚海那班自称什么志士的，平日说的是不怕艰难，不愁贫困，一遇了小小的挫折，就突自灰心短气起来；再到了荷包空的时候，更免不得冤张怪李，无事生端，做出些无理的事情，也顾不得大家耻笑，这就到了"小人穷斯滥矣"的地步。那男德虽然这样失败，这样困穷，没有一点儿悔恨的意思，还是一团心安理得、上不愧天、下不愧人的气象。那一种救世怜人的慈悲心事，到底终身一丝不减，只是和颜悦色地手靠着背，向丛林外面走去，口里还高声唱道：

一天风雪压巴黎,世界凄凉无了期。
游侠心酸人去也,众生懵懵^①有谁知?

唱罢,自己说道:"这不是我离家的时候,写在那小花园墙上的诗吗?咳!如今还是不能达我的志愿。"

说罢,又向前走,不知不觉地已经出了那丛林。只见前面远远地有许多人家烟户,心里想道:"那必定是一座村庄,但不知道这个村庄叫什么名儿?待我到那村庄里叫化叫化罢了。"想着,就放步一直向那村庄走去。不多一会,就走进村里。刚走了十多步,劈面看见一座高楼大厦,正在路旁。男德就将身来到那大屋的厨房门口,呆呆地立了多时。只见一位年轻貌美的妇人,手里拿着一个破碟子,走进厨房,一见男德,便开口问道:"你来做什么事体呢?"

男德答道:"大娘,没有什么,不过来讨一块面包吃。"

那妇人道:"我看你神色,倒不像个叫化子,为什么要来讨面包吃呢?你现在向我讨面包吃,你还不知道我的苦处,我不久也就要做叫化子了。"说着,流下几点伤心香泪来。

这时男德即忙问道:"大娘,你不是这大屋的主人吗?"

---

① 懵懵:指众人懵懂无知。

那妇人道："是的。"

男德道："你既是这大屋的主人，怎么好说出这样凄惨的话来？请你把这凄惨的情由，说给我听听。"

那妇人道："不必说了，说着也无用的。世界上都是这般狼心狗肺的事，也就没奈何。"

这时男德听说，越发着急，就忙说道："既是像这样可恶的事情，更要请你细细说。我听了，或者我可以替你出了这口气，也未可知。"

那妇人寻思道："你这个小小的孩子，有什么力量来救我？"

也只好说道："也罢，就讲给你听听，也好叫人知道我的冤情。"

这时，男德便抖起精神，站在门旁，竖起耳朵，来听那妇人的说话。

只见那妇人说道："前两年，我的丈夫出了外洋去做生意，辛苦了两年，一直到今年二月，才带些银子回到家里，买了这座住屋。还没有多少时候，就哄传到这村的官府耳朵里。那官府……"

男德刚听到这里，就癫狂似的咬紧着牙根，用力把脚一顿。

那妇人惊问道："你发了什么毛病？"

男德忙答道："我没发什么毛病。请你快些说吧,那官府怎么样呢？"

那妇人又接着道："他姓满,名儿叫做周苟①。他见我家有了点钱财,就红了眼睛,天天到我家来拜访,外面看起来,倒很亲热。那时我就有些放心不下,时常劝我丈夫,不要攀扯这班做官的,恐怕得不着什么好处。我丈夫哪里肯听我的话？还骂我不知道人情世故,多半阔气的官府,肯和我们这样儿的人家交接,这就是一条好路,趁着巴结巴结他,后来或者可以提拔我们也未可知。我也就不便和他再讲。到了三月底,那官府……"

男德听到这里,又把脚一顿。

那妇人见男德这样情形,转身就走,嘴里还埋怨道："你这发癫的小孩子,我也没什么和你说的了。"

男德连忙拉着那妇人的衣服,说道："大娘,我并不发癫,不过听了'官府'两个字,就不由我火上心来。请你休要见怪。"

那妇人听他这样说法,也就回转过身来,正对着男德面前说道："你真能替我出这口气不成？"

男德道："果然有了这桩事体,就是我的责任了,岂有

---

① 周苟："走狗"的谐音,此人又姓"满",所以苏曼殊有意借此名骂清朝统治者。

袖手旁观的道理？"

那妇人又道："你这说大话的小孩子，真真可笑了。你现在还找不着一块面包吃，好讲什么责任的话吗？"

男德道："你倒不要问这些长短，请你把这事体快快地说给我听吧。"

那妇人说道："满周苟有一天来到我家，口称：'现在政府里财政告乏，国库空虚，要设法接济接济。因此就下了一令，要从新颁发钞票三百二十万金镑，当作现钱使用。从前的旧钞票，一齐注销。不久又发出一千万元的钞票。所以银票就渐渐跌价，我们官场里也就因此大大地吃亏。我现在正有紧急的用项，要向你借一千元，快快地拿给我吧。'那时我丈夫就答道：'舍下一时实在拿不出这样巨款。'那官府听说拿不出，就立刻变了脸，厉声骂道：'你这大逆不道的东西！我是朝廷堂堂的一位命官，难道你都不怕吗？也罢，我知道你是有钱难舍。限你十天，倘然过了这十天，还是没有，就要按着不敬官长的律例，办你的罪名，你可要当心着些。'说罢，就凶狠狠地去了。我丈夫见他这样凶恶，也就算官令难违，只得东挪西借，方才凑齐，交给于他。从此以后，他也就一步不到我家来了。这时我丈夫已是后悔无及，只好忍气吞声，再到外洋去做生意，剩下我母女二人在家度日。我丈夫已经去了一个多月，也没有一文钱寄回家来。我现在'穿吃'二字，天天要用。倘若再过一月不寄钱来，我母女二人只得饿死在这屋里了。"

男德听到这里，不由得眼圈儿一阵发红，忍着眼泪说道："大娘，我男德定要替你出了这口恶气，才得过去。"

那妇人看见男德这样替他不平，心里又感激，又悲酸，也不免落下几行珠泪，呆呆地看着男德，口里说不出话来。过了好一会，才开口问道："你为着什么事体，从什么地方来到这里呢？"

男德道："你不要问我这些闲事吧。我现在肚子里饿得很，请你去看看有什么东西，给一点我吃吃吧。"

这时，那妇人现出那一种又怜又爱的样子说道："不是你提起，我倒忘怀了。"

说着，即忙抽身走进客厅。不多一会，就带了他的四五岁一个女孩儿，急忙忙地走出来。左边手里拿着一大块新鲜面包，交给男德；又伸出右手来，说道："你拿了这一块银钱去吧。"

男德道："我不要，还是你留下自己用吧。"

那妇人道："我看你这样的小孩子，实在可怜，不忍叫你空空地回去。我虽是贫穷，但是现在也不重在这一点，你快些拿去吧。"

这时，男德寻思道："我看这财帛原来是世界上大家公有的东西。现在我行囊空空,就领了他这番厚意,也不甚打紧;况且我男德从来受人的钱财,却和那食人之惠不思报答的人不同。"

即便将银钱接在手里,道声:"多谢大娘!我男德一定要替你打个抱不平,大娘你且放心。"

那妇人道:"你且去吧,还在这里说什么大话,吹什么牛皮呢?"

男德也就不和他辩论,躬身向他母女二人各施一礼,抽身就走。一面走,一面自言自语道:"燕雀那知鸿鹄志①?"说着,忽见一座古寺,来在面前,便将身进去,拿出那块面包,饱餐一顿。

吃罢,又走出去,一路看山玩水,只见一片秋末黄花,正是荒村风景,恼煞愁人。男德举目四顾,只见那一轮红日西倾,几行归鸟悲鸣。这时,他凄惨惨地独自去到一所客店,算过了账,用过些酒饭。一宿无话。

到了次日早晨起来,就问那客店主人道:"这个村庄名儿叫做什么?"

那客店主人道:"这里叫做非弱士。"

男德又问道:"你可知道这村官满周苟的家是在哪里?"

---

① 燕雀那知鸿鹄志:语出《史记·陈涉世家》,原句为"燕雀安知鸿鹄之志",意思是平庸之人无法理解英雄豪杰的远大志向。

那店主人道："哼！这个恶人吗？住在这村里的人，没有一个不知道他的。你找他做甚？"

男德道："没有什么，不过想见一见他。"

那店主人道："这也容易。他就住在这村外，相隔不过两里多路。"

男德就细细地打听了一番。又向他要一张新闻纸看看。

店主人道："有一个叫做《难兴乃尔①（即国民之意）报》，才送来的。"说着，就走过去，拿了一张来。

男德接在手里，看了一看，忽然看到那一条地方新闻，猛然吃了一惊。那条新闻上面写道：

前晚八下半钟，盗犯金华贱为一年轻的男子所救，逃出狱外。昨日下午四下钟，才在丛树林旁拿获。该犯身穿一件半新不旧的外套，袋里还有几块银钱。那救出该犯的男子，现已杳无踪迹云。

男德看罢，也不做声，就交还那店主人，说道："我就要动身了。"

---

① 难兴乃尔：英文全称为 international，源于法语的 internationale，"国际"的意思，瞿秋白译作"英特纳雄耐尔"。在《国际歌》中指国际共产主义的理想。

那店主人就满脸堆着笑容说道："你就要走了吗？那我就把你的账算来吧。"

男德闻说，急忙问道："昨日晚上我刚到这里，就问你是几多店钱。你说是五角钱，那时候我就如数交给了你。你现在就忘记了吗？"

那店主人闻说，就凶狠狠地圆睁着眼睛，紧捏着拳头，说道："你这生来的客人，怎样就敢骗起老夫来？快把五角钱拿来。如若不然，我就把你拿住，当作骗子，送到衙门里办罪。"

这时，男德心里想道："这也是惨世界上人的本色，我也犯不着和你这班无知无识的东西争个长短。"就在袋里拿出昨晚他找还的那五角钱，交给了他，便一直出门去了。

这时，男德身边银钱一元，都被那店主人诈去，目下两手空空，便开口叹道："呀，呀，呀！这好惨的世界，好惨的世界！我男德若不快快设法拯救同胞，再过几年，我们法国的人心，不知腐败到何等地步。"因此他的怜人救世的热心，越发抑压不住了。

一路不言不语地走到太阳落山的时候，就决意去到那路边的丛林里歇宿一夜，明日再作道理。不多一会，他就走进丛林里面。这丛林又高又密。男德就在林下草地上，默默无言地坐了多时。忽然觉得那树林阴风飒飒，有些鬼气，这时男德心里倒是着了惊慌的样子，探头东瞻西望，朦胧间，忽然瞥见左边有一条白闪闪的东西。男德定睛看时，才知道是条一尺阔的小路，两旁松柏参天。那小路的右边，似乎有一面大镜子。男德心里也就知道，这个地方一定是紧傍着海边了。忽然又瞥眼看见离这小路七八丈远，隐隐有个好像豆大的一粒灯光。男德寻思道："那里莫非有个农户人家？"

说着，就站起身来，一直顺着那条小路前去。走了不多一会，只见乃是一座泥砖做的茅草屋，还有个小楼。男德就停住脚在门外静听了一会。只听得里面有一个老婆子的声音唠唠叨叨地骂道："你这不懂事的丫头，我的话你也敢不听吗？自从你父母死后，就把你托在我家照料，那时候你还是一个手抱着的小孩子。现在养到你十七岁了，就想忘恩负义吗？况且我乃是你的姑母。"

这时，男德正呆呆地站在门外。忽然又听得里面有一年轻女子哽哽咽咽地啼哭，和那藤鞭子打的响声。这时，男德听不出头脑来，心里正在那里怀疑。忽然又听得那女子的声音说道："我的姑母呀，我从此再不敢违抗你的意思了。"

只听得那老婆子就笑哈哈地说道："我心爱的美丽呀，你看世上的人，哪一个不是弃少贪多呢？你现在天天在那村外制造局做工,每天也不过是一元钱,还要辛苦格够。怎么就会不情愿做这快活的生意?你可以享些清闲福,我也就有了摇钱树,这该多般好!"

男德听到这里,那侠心又忍耐不住,就伸手将柴门敲了几下。立刻就有一个五六十岁的老婆子前来开门,脸上还带有怒容。男德就脱下帽子,对她施了一礼。即便在衣衫的袋里摸出一个大古老的黄铜表,看一看,对着老婆子说道:"现在已经七点钟,时候不早,我不能赶回家里去了。求你借一间屋给我住宿一夜,明天早晨就走。不知尊意如何?"

那老婆子即忙笑呵呵地答道:"这有何妨呢?请进来吧。"

男德即便跟他进去。走到客厅,老婆子便道声:"请坐。待我到厨房里弄些东西你吃吧,我看你的神色是很累的了。"

男德便道一声:"多谢。"老婆子就走进厨房去了。

不多时,只见老婆子手里拿着一大块面包和牛油、牛肉出来,说道:"我是贫穷人家,这就薄待了,还求贵客见谅。"

男德忙说道:"哪里话来?我来的时候,真真还梦想不到有这样快乐的光景。"

说罢,就用手接过来,放些牛油在这大块面包上面,胡乱吃了一顿。老婆子见他吃完,就收好盘子。又在袋里拿了一条锁匙，去将柴门锁好。转身来说道："客人，请你今晚在楼下睡吧。我们睡在楼上。目下此地太平无事，请你放心睡觉，不用害怕。"

说罢，就上楼去了。不多一会，又拿了一个大竹篓子和一张旧红毡下来，对男德说道："客人，你今晚就用这张旧红毡盖着睡吧。"

这时，男德就对老婆子说了一声："晚安。"老婆子也温温和和地答了一声，即忙上楼去了。男德就吹灭了那支蜡烛，把红毡子铺在地上睡去。立刻忽又醒来。这时夜静更深，只听得楼上的自鸣钟丁丁冬冬地响了十一下。男德寻思道："这个老婆子真真奇了。"忽然又听得楼梯上面好像有皮鞋子走着的声音。男德心里正在那里胡思不定，不多一会，就瞥眼看见一个妙龄少女，手里拿着一支白蜡烛，一直向着男德面前走来。男德即忙问道："你是鬼，还是狐呢？"

这时，那个妙龄女子就将白蜡烛放在木桌子上面，放着一口娇滴滴的声音说道："我的朋友呀，我是一个人，你休要吃惊。我且问你，身边是有一个大金表吗？"

男德见她说得离奇，不由得发怒，扑翻身起来，大声骂道："你来做什么？我没有什么金表，只有一个是铜的。你快快离开此地，不要胡思乱想。"

那女子听说，就立刻低下头来，满面通红，呆呆地立在一旁，一动也不动。男德一见，更觉怒气冲天，连声说道："快走，快走，快走！我不是寻常的男子。"说着，还圆睁着两只大眼睛不住地看着他。

那女子就低声说道："妾也不是寻常的女子。客人休要他疑，我实在是来救你性命的。"

男德闻说，便忙问道："这是什么缘故？请你快快把细情说给我听。"

那少女就含着眼泪说道："现在时候不多了。我略略告诉你几句吧。今晚，我的姑母因为看见你有个金表，就顿起贪心……"

男德接口道："她打算怎么样？"

那女子就放着悲声道："要将你杀死在此。"

男德听到这里，虽然吃了一惊，心里还是半信半疑，就问道："这有什么凭据呢？"

那女子答道："客人呀，你跟我上楼去，就自然明白了。"

男德道："这个使不得。请你把她要杀我的凭据，一一告诉与我就是了。"

那女子也不愿多说，立刻拿起蜡烛来，说道："我没有什么说的了，你跟我上楼来吧。"

男德就细想了一番，说道："也罢，就跟她去看看到底是什么怪事。"

说着，就跟着那女子一步一步地一直来到楼上。那女子刚开了左边那衣柜的两扇门，男德就猛然看见两大把光闪闪杀人的钢刀，放在那柜里面。男德对着那女子说道："我也知道你是一个好女子，我今晚在门口也听得了你的苦情。现在你的姑母往哪里去了？"

那女子道："她去到张三、李九的家里，叫他们来帮着动手。她出去的时候，就吩咐我坐在这里静候着她，不要将你惊醒。她说十二点多钟就要回来。那时我也曾百般劝她，不好做这样谋财害命的惨事。她反骂我是呆子，不知图利。我又说将来一定有后祸的话。她道：'我现在去央来几个帮手，就将他分为几段，装在那大竹篓里面。待到来日天明，偷偷地丢下对面大海，随着波涛流去，那时就人不知鬼不觉了。你只要静悄悄地在家里待我回来就是了。'说罢，就急忙出去。现在时候不早了，恐怕她就快回来。你快想一个避难的法儿才好，倘待着张三、李九到来，那就不好了。"

男德道："张三、李九是什么人呢？"

女子道："他们都是一班帮闲儿的混账王八蛋，和我姑母时常来往。我从前也曾苦苦地劝我姑母，不要和他们做那些勾当。她不但不肯听我的话，而且将我天天打骂不休；还说我不听她的教训，就是大大的不孝。我也只怨得自己命薄，父母双亡，无人怜爱于我，只好饮恨吞声，任她凌辱罢了。"

　　这时，男德寻思道："我当初还不知道她是怎地。不料这女子说出这些话来，倒是句句可靠，字字可怜。咳！世界上竟有这样老实、这样孤苦的女孩儿，怎不教我男德见怜？"这时那女子也看见男德生得英雄模样，心里又是佩服，又是怜爱，也就相对无语，泪满香腮。还走近男德身边，在自己衣衫袋里拿出一条雪白的手帕儿，眼泪汪汪地看着男德说道："我的朋友呀！你用这手帕儿抹干你的眼泪，好逃到别个地方去吧。不然，他们到来，那时候我怎么对得住你呢？"

　　男德接着手帕，将眼泪抹干，又交还于她，说道："我现在并不是怕他们害我的性命。不过见你这样苦的运命，落在这班奸人手里，不免令我伤心起来。"说罢，就低下头来，细细思想一番道："古人说得好：'可以死，可以不死。'我想救这人间苦难的责任，都在我一人身上。倘若白白送一条命在这班小人之手，于世界上也没甚益处，我男德岂肯这样轻身吗？"既而又寻思道："只是丢下这可怜的女子，见死不救，我自去逃命，也不是道理。"就心生一计，向那女子道："你既肯按照大义，来救我的性命；我不忍独自逃生，想设个法儿，救你出了这层地狱，才放心得过。但不知你可肯和我一齐逃走？这才算两全其美。"

那女子闻说，便就低头想了一会。

男德又说道："我想你的姑母既是这样不知天理的畜生，你倘若在她手里，将来必定没有好结果。"

那女子接口道："客人，你既然有这般好意，肯带我逃出，这就从命了。"

男德道："时候到了，事不宜迟，就此动身吧。"

说着，那女子就急忙紧紧地握着男德的手，一齐跑下楼来，向后门逃出，飞似的顺着门口的小路，一直跑了七八步。那女子道一声："不好了！他们回来了，你且听吧。"

男德忙答道："我们快躲在那边大树后面去吧。"

不多一会，只听得男女三个人的声音，一路走，一路说道："我看他那个金表，一定值得一千金。"一人道："照我看来，那样大的，一定还不止千金。"一人道："我看他身上一定还有许多银子。"说着，他们三人都正从这树边走过。

那女子吓得一身冷汗，就拿出手帕儿抹干了。男德说道："不要多耽搁了，我们快跑吧。"说着，两人就拼命地向一丛树林子里跑去。忽然听见后面有一阵喊声追来，男德回头看时，只见一人前来拼命揪住他的衣衫，厉声骂道："这样大胆的东西，要想往哪里走？"

这时，男德见事不妙，探头四面一望，也不见那女子往哪里去了。当时男德忽然心生一计，急忙在衣衫袋里拿出一把刀来，向那人的手刺过去。那人连忙撒了手，大叫一声：“不好了，你们赶快来救我！”

这时，男德抽出刀子，转身拼命地跑出那树林，还不敢立住脚，足足地跑了一点钟之久。忽然迎面看见一座高屋，乃是一所败落寺院。男德忙跑进去，躲在大门旁边，心里恍恍惚惚，想睡不睡的。正在那里纳闷，朦胧间，忽然看见有两个大汉进来，只听一人道：“李九，你快把绳子将他的狗脚捆住。”

又一人道：“张三，你还不快些动手？”这时，男德虽然看见他们这样光景，心里却想和他抵抗；怎奈四肢无力，连一动也不能够，只好任他怎么残害罢了。忽然又见一个大汉双手举起一根大铁棍，叫声李九道：“你看我送他归天。”说着，就用力正对着男德当头劈下。

男德大吃一惊醒来，才知道是南柯一梦，浑身出了许多冷汗。心里还七上八下地想道：“哎呀！有什么法儿才能将那女子救出来呢？咳！只好待到明天，去找一个安身的地方，再作道理。”

正在愁绪满怀，不觉东方已白，男德就扑翻身爬起来。正想出门，忽然劈面看见一个明眸皓齿、金发朱唇的女子，脸上还带着几条泪痕，一直向这寺院跑来。见了男德，就满脸发痴，目瞪口呆地立了好一会。忽然大声说道：“我的爱友呀！你在这里吗？"

这时，男德才知道正是他心里所惦记的美人，急忙亲亲热热地用手一把搂住那美人的细腰，连亲了几个嘴（这是西俗，看官别要见疑），哽着喉咙说道："我的爱卿呀，我怎么想得到还能和你在此相会呀！"这时候，他二人那一种又伤心又欢喜的模样，真是有言难表了。

男德又开口道："现在白日青天，我想那贼必不敢追来。你且坐下，把我二人分散的时候你的情形说给我听吧。"

那女子道："昨晚那贼追来的时候，我见事不好，就抽身跑到一丛小树里面藏躲。幸亏那贼未曾知道，今天才能够到此与你相见。那时我也知道你被他们拿住，我就想出来和他们拼个死命。随后我又想到，倘若我也被他们拿着，将来恐怕没有人知道，来替你伸冤，因此我也就忍着不动。但不知你是怎么样才能逃到这里？"

男德就将他逃走的情形：如何拔刀刺贼，如何跑到这寺院，如何得了恶梦，细细地说了一遍。

那女子听罢，又伤心起来，放着悲声道："哎呀！倘若你昨晚有个好歹，我也不能和你同死，那教我怎么对得住你？"

男德道："你不要这样呆气。天下事祸福无门，悲欢莫定。人生的苦处，全在这喜、怒、哀、怨四个字的圈儿里头拌来拌去，好不可怜。况且我们经了这点小小风波，哪值得伤心不了？"

这时，那女子听了他这番劝解，就拿着雪白的手帕儿，抹干了香泪，低声说道："照你这样说起来，倒是没有什么伤心的事体。俗界悲欢，莫非妄念？还是定了心，快在此地拜谢上帝的恩吧。"

男德忙道："你还是这样愚蠢。我平生不知道什么叫做'上帝'。"

那女子忽然呆看着男德，不懂什么缘故他说出这样奇怪的话来。

男德又道："我们去到神龛面前，好将这道理细细地讲给你听吧。"

那女子就拉着男德的手，走了十多步，来到神龛面前，双双坐下。

男德便开口说道："这世上的人，天天说什么'上帝'。你以为真有什么上帝吗？不过因为上古野蛮时代，人人无知无识，无论什么恶事都要去做，所以有些明白的人，就不得已胡乱捡个他们所最敬重的东西，说些善恶的果报，来治理他们，免得肆行无忌，哪里真有个上帝的道理呢？我从前幼年的时候，有一礼拜日，跟我的父亲去做礼拜，只听得那主教说道：'凡人倘若时常敬重上帝，有钱的时时拿些钱来，放在寺院铁箱子里面，将来他父母死后的灵魂，就会上升天堂。'对他这种荒唐的话，那时我就有些不信。"

那女子道："我看来，你这种见解恐怕有些不对。你看世上的人，有哪一个敢不尊敬上帝的吗？"

男德听到这里，心里十分可怜世人迷信宗教的苦处。又道："你还不信吗？待我再讲把你听，就明白了。这上帝到底是有是无，我也没有凭据，我定说没有，料你心里还是不信。我现在只好把不可迷信上帝的道理，说把你听吧。即或就是有一个全知全能的上帝，管理人间的万般事体，我也不必天天去对他烧香磕头。譬如地方上有一位明白正直的君子，我也是一个明白正直的人，但是我不送些钱财礼物把他，又不天天去巴结他，难道那明白正直的君子就说我是恶人不成吗？世界上那班无恶不作的东西，倒天天去拜上帝，一出礼拜堂，便提刀杀人。难道上帝受了他的恭维，就恕过他的罪恶吗？我想哪里有这种卑鄙无耻的上帝呢？"

那女子道："不信上帝，人生在世，就该信仰什么呢？"

男德道："照我看来，为人在世，总要常时问着良心就是了。不要去理会什么上帝，什么天地，什么神佛，什么礼义，什么道德，什么名誉，什么圣人，什么古训。这般道理，一定要心里明白真理、脱除世上种种俗见的人，方才懂的。"

这时,那女子道:"我从来没听过这番议论,所以也就随着俗人之见,人云亦云,好像呆子、瞎子、聋子、哑子一般,不会用自己的知识去想想真正的道理。现在我才算是大梦初觉了。"

这时,男德心里暗想道:"这个女子,倒是十分聪明。"

那女子又道:"哎,我从前也曾听人讲过,东方亚洲有个地方,叫做支那的。那支那的风俗,极其野蛮,人人花费许多银钱,焚化许多香纸,去崇拜那些泥塑木雕的菩萨。更有可笑的事,他们女子将那天生的一双好脚,用白布包裹起来,尖㩙㩙①的好像那猪蹄子一样,连路都不能走了。你说可笑不可笑呢?"

男德答道:"你不要去笑他们吧。你看我们欧洲的人,哪一个不迷信上帝?花费无数的银钱,不去救济贫民,单单地造些这无用的寺院。无论什么混账王八蛋,也想着巴结巴结上帝,就好超升天堂。说起这班妇女,把好好的腰儿,捆得这般细,好像黄蜂一般;还要把许多花草、鹅毛、首饰,顶在头上,你只晓得那支那人敬神、包脚的丑风俗,倘若世界上有了不信上帝、不捆细腰的一种人,也就要耻

---

① 㩙㩙:东西削尖的样子,这里指古代中国女子缠的脚的形状。

笑我们欧洲人了。"

这时，那女子听说，一句也不能回答，呆呆地不做声。

男德就问道："你曾读过几年书呢？"

那女子答道："我十二岁的时候，曾在本村里公立的高等女学校卒了业。那时候我还想读书，怎奈我姑母不肯，她道：'像你这样标致的女孩儿，何愁弄钱，还怕没有金屋①住吗？'我就说要读书学习些学问才好。她就大怒起来，用'女子无才便是德'的话来骂我。"

男德听到这里，心里越发起敬，说道："我还不知道姑娘的高姓大名。"

那女子答道："我姓孔，名美丽。请问官人的姓名来历。"

男德想了一会，答道："我姓明，名男德，家住巴黎城，只因出外游历，来到此地。"

那女子道："官人远客他乡，就不思念双亲吗？"

男德心里也知道他是女子的性情，只好答道："大丈夫四海为家，俗言道'人间到处有青山'，还怕没葬身之所吗？我们也不必讲闲话了，早些商量将来的一切事体吧。"

二人唧唧咕咕地商量了好一会，就拉着手走出去了。不言不语地走了几点钟，转弯抹角，不觉经过六七座村庄。

---

① 金屋：华丽的房子，一般指专门让女子住的屋子。

后来走到奇烈客地方，乃是一个通商镇市。男德就和美丽走到一家杂货店。

刚进门，就碰见一个六七十岁的老者。男德连忙上前施了一礼，说道："先生！小生有一件事，前来奉求，不知道先生肯吗？"

那老者道："客人但讲无妨。"

男德道："小生巴黎人氏，姓项，名仁杰。这是我的妹子，名儿叫做春英。本来父子三人，到此游历。一日，我的父亲独自一人出去，说到野外游山玩水，不知什么缘故，我两人在乡村的客栈里等了多时，都不见他回来。现在我兄妹二人身上一文没有，所以来到宝号，想暂且借住几天，找些工做，顺便慢慢打听父亲的消息。不知道先生意下如何？"

那老者寻思道："现在乡下正是盗贼纵横，他二人的父亲，恐怕有些不妥。"又见男德是一个魁梧的男子，那美丽也是一个美貌的女流，就动了怜爱的心肠，即忙答道："可以的，请坐，不要客气。"说罢，就对佣人说道："快些去整备饭菜给客人吃吧。"

不多一会，那佣人拿了一些饭菜进来，每人一碟子咸牛肉，一碟子鲍鱼汤，一大块面包，牛油，另外还有一大杯葡萄美酒。

主客三人，就放量饱餐一顿。

吃罢，那老者对男德道："你今晚就在这店里住下，不用客气。令妹就和我一同到我家里住吧。"

二人听说，喜出望外，就同说一声："多谢了。"

男德就对美丽说道："你跟这位先生到他家里去吧。"说罢，就先和那老者握手为礼，随后又和美丽握了手，说道："再会。"

那老者和美丽也都说一声："就此少陪。"转身去了。

男德就跟着一个佣人，来到一间柴房里面，和佣人闲话了一会。那佣人出去，男德就将房门闩好，即忙在衣衫袋里摸出他的小刀子，看了一眼，又收起来。就四面一望，忽然看见光闪闪的一把砍柴的大刀，急忙在床上拿一条绒毡，将那把柴刀包裹起来，夹在胁下。推开窗户门，来到院子里探头一看，就爬在一棵榕树上，纵身一跃，就飞似的跳出了这店里的院墙，一直去了。

到了次日早晨，那老者忽然看见男德悠闲自在地拿着一把砍柴刀，走回店来，就忙问道："你往哪里去了？怎么这刀上就有了些血痕呢？"

男德忙施一礼，答道："我今早去到山上砍柴。忽然遇着一头恶狗前来咬我，我就一刀将他分为两段。"

那老者见他这般勇敢，心中十分欢喜，说道："你就常住在我这店里，每天去砍些柴来。令妹就住在我家，打扫房屋。不知尊意如何？"

男德就忙答道："既承先生这般厚意，哪有不从命的道理？"

那老者见男德这般有情有理，也就格外满心乐意。

次日早晨，那老者正到店里，只见他的孩子，约莫十二三岁，名儿叫做克德，笑呵呵地手里拿着一张报纸，说道："阿爹呀，你看今天的《难兴乃尔报》里面，有一张好画儿，实在是怕人。"

那老者接过来看时，乃是一张刺客图。又将图画旁边的那条新闻着实细看了三四遍，便喜气洋洋地好像一文钱买得一只金牛一般，口里还自言自语道："不料你这混账王八蛋也有今日！"说罢，就将那报纸放在衣衫袋里，便携着他的孩子一同回家去了。

却说男德自从这天上午在店里吃完了饭，就提着一把柴刀，和店里的佣人一同去到村外砍柴。只见一人急忙走来，和那佣人施了一礼。那佣人道："你这样忙着哪里去？"

那人道："昨天非弱士衙门出了赏格一条，倘若有人拿住刺杀村官满周苟的凶手，就赏银五万两。我现在正要找这桩财喜去。"说着，急忙抽身去了。

男德闻说，也不放在意中，只管砍柴。一直到日落西山，万家灯火的时候，才将柴捆好，挑回店里。正要将柴放下，只见那老者笑呵呵地迎出来，急忙将柴接下来，说道："请你快些同到我家，有点事体相商。"

这时，男德心里也猜不出是什么事体，只得跟他同去。心里寻思道："大丈夫做事，当磊磊落落，自己发愿，自己受用；即使他把我送到衙门，害我一命，这也原来是我甘心情愿了，没有怨恨他人的道理。"一面想，一面走，不觉已经来到门前。走进门去，只见客厅里摆了一桌酒席。男德心里越发见疑，想道：

"他一定是弄醉了我，就要动手的了。"

那老者说道："请坐。"男德不慌不忙地道声："多谢。"就坐下了。不多时，忽见一位妇人出来，看来足有四十多岁，却还是一个风韵犹存的老美人。男德就知道一定是那老者的家主婆了，即忙站起来，和她握手为礼。一会儿，又见美丽笑容可掬地走出来，那秋波一转，直看着男德。男德也欢欢喜喜的，上前和他握手为礼。说话之间，主客五人，依席坐下，各人都十分欢喜。男德虽然心里有些意外的事情，但是他乃一个磊落丈夫，这点小事也就不挂在脸上。这时，美丽的心里是怎么样，也没有一个人能知道的了。各人正在酒酣耳热的时候，美丽忽然对着男德说道：

"哎，我不知何时方可以报答你的恩呢！"

男德就用脚轻轻地踢了美丽的脚一下，笑着说道："我们兄妹之间，讲什么报恩呢？你不要多吃酒吧。"

同席各人听得他兄妹二人这一番话，也都摸不着头脑。男德即忙扯着闲事，说了一会，遮盖过去。

大家散席之后，那老者就对男德说道："请你去到我的房里，有些事情和你商量。"

男德答一声："从命。"立刻就站起身来，跟他走进房里。只见那老者紧紧地将门闩好，把两只手一齐伸在衣衫袋里去摸一件东西。这时男德就将身立正，恭恭敬敬对那老者拱着手说道：

"小生来的时候，也知先生的用意。先生相待厚恩，小生还一丝未曾报答。但是我这可怜的妹子，孤身无靠，还求先生发点慈悲心肠，好好地看待他，小生这就放心了。"

那老者闻说，就微微地一笑，说道："请你莫要多疑，我岂是那谋财害命的一流人物吗？"说着，就在袋里摸出一张《难兴乃尔报》来，用手指着一条地方新闻，笑呵呵地说道："请你自己看吧。"

男德接在手里看时，只见上面写道：

村官被刺：前晚十二点五十分钟，非弱士村村官满周苟从亲戚处回家，刚走到花园里面后门旁边，就被一凶汉扭住，大喊了一声。家人听见，即忙开门一看，只见村官尸身已分作两段，系用大刀从左肩一直劈到右边腰下。那家人刚开门的时候，还瞥见一个青年男子，提了一把砍柴的大刀，飞奔去了。现在该处衙门已出示，晓谕①各处，密拿该凶手，按律严办。并悬有赏格：如有查知该犯踪迹来报者，赏银百元；生擒到来者，赏银五万元。目下各处乡民闻此警报，莫不思寻获该犯，以得此项巨赏云。

男德看罢，心里寻思道："这老者明明知道是我弄的事了。这倒奇怪，怎样他就会知道了呢？"

要知道这老者是什么意思，且待下回分解。

第十回　遣英雄老侠赠金　别知己美人挥泪

话说男德看罢新闻，便开口对那老者问道："你何以知道此事呢？"

那老者道："请你坐下，待我慢慢讲来。十四年前，我有一个侄女，嫁了非弱士村里一个商人。两年前，他的丈

---

① 晓谕：明白地告诉、告知。一般指敦劝的文告。

夫去到外洋经商，攒了些钱财回来，却被那村官满周苟威风吓诈逼得精光，还是两手空空。因此他丈夫只得再出外洋做工觅食，一去数月，音信不通。目下那女孩儿的日食费用，还靠着我帮贴她一点。"

男德听到这里，心里想道："原来是如此。"

那老者又接着说道："你看那村官满周苟，这样狼心狗肺，我心里大为不平，也曾百般设计，想出出这口毒气。不料昨日晚上，我侄女欢天喜地地跑到我家，说到现在有人替她出了气的话。她曾说这桩事体十分奇怪，早几天就有一个好像叫化子的人来向她叫化，她曾将这事说把那人听了，那人就即刻气得了不得，说到要替她出气的话。她说的那人衣衫相貌，倒正和你一般。我那时心里也就明白，便将阁下的来历说给她听了。今天我见这报纸，就知道一定是阁下无疑了。"

男德听到这里，忙问道："怎么令侄女不来见我呢？"

这时老者闻说，便手摸着白胡子，摇摇头，长叹一声道："唉！这也不必说了。"

男德道："但讲无妨，这没有什么打紧。"

老者长叹一声道："说起这恶丫头来，实在令人可恼！她听我说出你的下落，她就说出吃屎的话来。"

男德道："她说什么呢？"

老者道："她说：'现在官府出了告示，说是有人拿了他，就可以得五万赏银。我们正在穷到这样地步，何妨趁着这个机会去发这笔大财，好比顺手牵羊了。'我听她这样说来，就不由得大怒，痛骂她一顿。她还不服，反口就骂我窝藏匪类的话，气愤愤地回家去了。"

男德听说，就两泪汪汪，一言不发。老者劝着男德道："仁杰，你也不必伤心，像她这样没有良心的丫头，也不犯着和她计较。我看阁下这样豪侠，将来必定能做一番惊天动地的事业。可惜我已经老得这样，不能帮着你了。现在那恶丫头既然知道你的下落，又受了我一番臭骂，必定要张扬出去。倘若狗官们得了风声，倒为不妙。我想帮点盘费与你，好快些逃到别个地方，暂且一避，再作道理。你道如何？"

男德闻说，便道："先生这样过誉，小生怎么当得起？小生不过不忍眼看着同胞受种种的苦难，束手不救，心里就过不去。"

老者又忙说道："这是男儿分内事。你总要实心实意地做去，莫学尚海的那班志士，有口无心的人才好哩。"

男德即忙拱手答道："小生谨领先生的教训。我项仁杰生在世上，这世界上什么时候才能够太平，什么时候才能够没有不平的事，没有没良心的人，我都不管这些；但是我项仁杰活在世界上一天，遇着一件不平的事，一个没有良心的人，我就不能听他过去。"

老者听到这里，便开口叹道："哎！我和你初见面的时候，不过看着你是一个无归的穷汉；倒不料你乃是一个义侠男儿，真是有眼不识泰山了。"

男德道："先生正是一位人老心不老的大英雄。小生年轻才浅，先生还这般夸奖，真是有愧了。"

那老者忽又伤心道："谅这世上种种可惨的人，做出种种可惨的事来。我们天天活在这种种可惨的世界上，和这种种可惨的人交接，若是听他坏去，不肯设法补救，这一生一世，倒容易混过去。只怕来世投胎，还是要再到这可惨的世界上度日，如何能丢得去呢？可恨老夫此生休矣！你们青春年少，正是后生可畏之时，还望努力自重才好。"

男德见他这样伤感起来，就想安慰他一番，说道："哎！先生，自古道：'良马虽老，志在千里。'人生在世，只怕没有志气，哪有伤心年老的道理呢？你且看世上的翩翩少年，外面上看起来，倒是不老，其实心里已经死得透了顶，不过是一个死尸，天天能够在世上活动罢了。这等人实在是可怜哩！像先生这种白发苍颜、如火如花的老少年，有什么伤心的呢？"

老者听男德这样说法，只好收了眼泪，抖起精神，现出一种很快乐的样子。这时，老者心里那一种佩服男德的意思，也不知说什么话才好。

男德又问道："我的妹子也曾知道我这番事情吗？"

老者道："我没告诉她，想还不曾知道。"

男德急忙道："请先生千万别要将这件事叫她知道了。那女子的性情，她听见了这样的事，又不晓得要惊吓到什么样儿。现在我想先去尚海，随后就回到家里。"

老者道："这倒也好。尚海那地方，也有许多假志士，顺便到那里去走一遭，看看他们到底做些什么事体。"

男德也不理会这句话，便道："我去之后，我的妹子就托先生照料，日后她的亲事还要先生留心则个。"

那老者一一答应了。男德便在袋里取出一小小方块纸和一支铅笔来，写了几行字，交给老者，说道："这就是我朋友的住处。先生要打听得家父的消息，就由这地方寄信与我，管不会错的。"

老者接过来，就放在衣衫的袋里，顺手拿表一看，说道："现在已经八点钟了，开往尚海的轮船，照例是九点钟开船。我现在叫人去店里取你的铺盖行李来，请你在这里略候片时。"

男德忙说道："请先生不要露了风声，使我妹子知道才好。"

老者道："我知道的。"说着，就出去了。

男德默默无言，独自一人坐在房里，忽然听得门外有一阵脚步声。不多时，只见就是这如玉如花的美丽拭着眼泪跑进来，急忙将身坐在男德旁边，伸手将男德的双手舍命地捏着，不住地掉下泪来，说道："我的好朋友呀，你现在要到别个地方去吗？"

男德微微地一笑，答道："我亲爱的美丽呀，你怎么会知道了呢？"

美丽忙道："还是那克德来告诉我的。他说，他的阿爹现在去找人到店里取行李，给你出门去。是真有此事吗？"

男德答道："不错。但是望你就在这里住下，我将来必定有个打算。你千万别要伤心，恐怕损坏了身子。"

美丽听说，越发伤心起来，低着声音说道："我怎么好长住在这里？我要跟你一同去。"

男德听得他这样说法，就发了呆，不能则声。只见美丽将自己的头斜枕在男德的肩膀上，放声大哭不止。

不多时，那老者拿着一件半新不旧的外套走进房来。男德就将美丽来到的话说了一遍。老者就笑呵呵地对着美丽道："春英姑娘呀，你别要这样伤心。好兄妹们有个分离，原来是难舍；但你哥哥现在也不是一去不复返的，不过是替我到尚海探听些生意行情，十天半月就要回来的。"

男德也接着道："我亲爱的春英妹呀，请你别要伤心。我去半个多月，就要回来的。你且住在先生家里，无论什么事体，都要听先生的教训才是。"

这时美丽含着眼泪，低着头，合着口，一声也不发。老者又说了许多安慰的话。说罢，就拿出五十两银子，交给男德，说道："仁杰兄，你且拿着这点盘费吧。"

男德接过银两，穿起外套，说道："现在时候不早，我就此告辞了。"

老者道："我已经盼咐佣人，替你照应一切，请你和他一同上船吧。一路上诸事小心。早日回来。令妹的事，就担在老汉身上，请你放心便了。"

男德闻说，便笑嘻嘻地和老者握手告辞。又躬身对美丽亲嘴为礼，只见美丽哭得和醉人一般。老者见他兄妹二人这般恩爱难舍，一阵心酸，也几乎落下泪来。只是这无情的壮士，不肯停留，大踏步出门去了。

要知男德去后如何，下回分解。

第十一回　败家子黑夜逢良友　守财奴白手见阎王

话说男德自从那日晚上别了老者和美丽，由奇烈客起程，风平浪静，一路耽搁，走了十多天才到尚海。船抵码头时，已经四点半钟。男德便将行李挑起，去到一所客店，一直进去，将行李放下。那店小二即忙出来招呼。男德便开口道："请问宝号叫做什么名儿？我进来的时候，因粗心未曾瞧着。"

店小二答道："这店叫做色利栈便是。"

男德听说，微微一笑，说道："世上有许多好字眼，怎么都不用，偏要用这两个丑字，挂在门外，做个招牌呢？"

店小二答道："这虽是两个丑字，你看这世界上的人，哪一个不做这两个字的走狗呢？就是这尚海的人吧，还不是这样吗？"

男德道："你这话虽说得有理，但是这'色'字未免太俗了，不若改个'名'字，就叫做'名利栈'吧。"

店小二笑道："那'名'字虽也是人人所好，但是有了'色'，那'名'也就不要了。我看还是'色'字好。"

男德忙道："罢了，罢了！我现在'名'也不要，'色'也不要，只是要吃了，请你快去拿些好酒和饭菜给我用吧。"

店小二答应一声："是了。"抽身就去到厨房。不多一会，即将饭菜齐备拿来，说一声："客人请用饭吧。"即忙转身去了。

这时男德一人坐下，自斟自饮，不觉饮到有了几分醉意，就放下，将咖喱饭拿过来吃了两碟子。吃罢，洗过了脸，

就背着手,在房里走来走去。心里想到法国文豪讲自由的一首伤时诗,口中就大声念道:

甘为游侠流离子,妇孺无颜长者忧。
何不扫除公义尽?任他富贵到心头。

念罢,就将身上外套脱下,挂在墙上,掩了房门,打开行李。刚将身睡下,只见窗外阴风飒飒,桌上寒灯火光如豆,正是客路凄凉的境界。忽然听得屋门微微地响了一下,男德还不着意。猛然又瞥见了一个黑影儿爬将进来,男德就斜着眼睛看着,口里还假装着大呼而睡。只见一个黑东西,忽然竖起身来,忙把墙上挂着的外套拿下。男德就即忙翻身爬起,托地跳将下来,向那黑东西背后一闪,用力将那黑东西的颈子揪住。只见这黑东西的颈子不过只有手指头粗,还是皮包着骨。男德想道:"这到底是一个什么瘦鬼呢?"即便开口问道:"你是什么东西?"

只听得那黑东西急忙答道:"我是一个人。"

男德又问道:"你既然是个人,叫什么名儿呢?"

那黑东西又答道:"我就是范桶。"

男德听得"范桶"两个字,倒着了一惊,即忙撒开了手问道:"范桶哥,你怎么就会到了这个地步呢?"

范桶就放声大哭起来。男德见他这般景象,心里也就替他可怜。目下正交寒冬,他还是身穿一件单衫。这件单衫新做的时候,倒很堂皇,可惜现在已经旧得七穿八烂,连身上的肉都遮不住了。

男德说道:"范桶哥,请你就穿着这件外套,坐下,将你这阵子的光景说给我听听吧。"

范桶也就扯着又破又黑好似抹布的袖子抹干眼泪,和男德一齐坐下,说道:"家父近年生意颇算得手。他也就生成的是个吝啬祖宗,一钱如命,你是晓得的。因此到了今年四月结账,就能够积下了几十万家财,只望回到故乡,乐享田园,在无赖村里,也算得数一数二的富户。谁知道刚住了一个多月,这富户的声名就轰传出去。那村官葛土虫①,就来到我家派捐,说道要开办什么孤儿院,什么礼拜堂,向家父筹款十五万,将来就可以保举个功名。家父也知他甘言相诱,但看他是一位官府大老爷,和他争执不得,只好低声下气,在荷包里如数拿出把他。想家父平日一丝一毫都是疼惜的,忽然叫他拿出这样巨款,怎不如刀割肉!虽说是敢怒而不敢言,也就因此日日愁穷,积忧成病,到了五月十三半夜,忽然呕血而死。"

---

① 葛土虫:"磕头虫"的谐音。

男德听到这里,心里叹道:"哎!世上的守财奴,到了这样收场,也真是不合算了。"

范桶又接着说道:"家父死后,我家里也还剩下十万多财产,不愁度日。不料我的堂伯父,只见家父一死,就来到我家,对我母亲说道,家父从前出外做生意的时候,曾借过他七万两银子,现在要来讨账。这时我母亲就惊讶起来,说道:'我只见阿桶的父亲在时,还送钱与你,就是他临死的时候,也未曾说到借你钱的话。'

"我伯父听说,就梗着颈脖子,凶狠狠地说道:'凡人临死的时候,心里就糊涂了,哪里还记起这些事呢?'

"那时我母亲又道:'他在生的时候,你怎么不说起,偏要等到他死无对证,就好来讨这笔糊涂账吗?'

"我伯父忙答道:'只为那时村官骗了他许多银钱,哪里还肯火上加油?因此就将这件事体搁起。难道到了今天就要搪赖不成?你不必多说了,倘若不快将银子还我,就将这条老命拼着你这富户。'

"我母亲本来是个妇道,又生成胆儿小,怎敢和他计较?也只得忍着气和他好言相商。但是随后怎么说好了,我也莫名其妙。

"到了六月间,有一天,我母亲向我放声大哭一回,说道:'儿呀,不知你父亲前世做了什么罪恶,要受人家这样冤气?

哎!这也只怨得自己命薄罢了。'到了第二天,她忽然拿出六千两银子给我,说道:'儿呀,你拿了这些银两,去到尚海找个好学堂,学习些学问,日后好有个生路。你父亲丢下的家财,都被奸人们骗尽,只剩下你一人,定要替爷娘争气才是道理。现在你也已经长大成人,倘若再过几年还是这样游游荡荡,一事无成,我就不愿叫你活在世上,免得把人家奚落。'

"那时我就答应一声:'谨遵母命。'将手接过了银子,就跑到好朋友吴齿的家里,约他作伴同来尚海。当下两人就动身上船,来到此地,在这死脉路①一家客栈里住下。到那些茶楼、酒店、戏馆、花园一连玩了几天,我就催吴齿和我去找个学堂读书。他就引我去到一个学堂,那学堂门口,倒挂着好几块某某先生的名牌。我就问他:'挂着这些牌子做什么用的呢?'

"他答道:'一家学堂,有好几位先生,挂出这些名牌,就是叫人家拣择的意思。'

"我那时又问道:'我们打算拣择哪一位先生呢?'

"他就指着当中一块牌子道:'这位灵心宝先生,是一

---

① 死脉路:"四马路"的谐音。老上海的四马路现名为福州路,晚清、民国时期那里汇集了诸多书局、报馆,尤其是戏院、妓馆等娱乐场所很多,可谓老上海的红粉街。

个新科榜眼,在尚海要算他最有名了。'

"我听说,就欢天喜地和他一同进去。刚刚走进大门,只见几个衣衫褴褛的大烟鬼子喊了一声。我也不知道他喊的是什么,只管糊糊涂涂地跟着吴齿上了楼。就有一位年方三六的佳人,轻身缓步地走出来,好似出水芙蓉一般。我一见就目迷心醉,拼命地看着她不眨一眼。这时,吴齿就和旁边那三十余岁的一个妇人,指着我唧唧哝哝地说了好些话,我也不曾懂的。我就向吴齿问道:'哪位是灵心宝先生呢?'

"吴齿沉吟了一会,指着那美人便答道:'正是这位。'

"我那时就待以师礼,叫一声:'先生。'将身爬下地,对那美人磕了三个响头。只见他三人拍掌大笑起来。吴齿又对着那妇人的耳朵低声说了好一会。只听那妇人连答道:'知道了,知道了。'一时那美人拿烟奉茶,弹琴歌唱,百般恭维。我心里寻思道:'天下还有这样好先生。晓得是这样,怎不早些来上学读书!如今未免悔恨太晚了。'大家又闲谈了好一会,才起身回去。临行的时候,那美人还捏着我的手,亲亲热热地送到门外,说些'对不起''明天早些再来'的话。

"我回到客栈,就问吴齿道:'这学堂里教书的先生,怎么有女的呢?'

"他答道:'这是尚海的规矩,没有什么奇怪。你不懂

得此地的规矩。我前年就和一个富家公子来到尚海，所以无论什么地方都认得，什么规矩都懂得。你样样都听着我的话做去就是了。'

"我就唯唯答应。那时我一夜也未曾睡着。到了第二天两点半钟，才爬起身来。胡乱吃了些饭，赶忙又跑到那美人的家里去了。一连两个礼拜，都是吃酒打牌，无边的快乐，好像在天宫一般。

"随后我又问吴齿道：'我离家的时候，我母亲招呼我来尚海读书，学习些学问。现在进了这个学堂，和这女先生玩了十多天，花去银子一千余两，怎么还未曾教我读书，学一点学问呢？'

"那时他答道：'读书学学问，有什么好处呢？就是算学吧，那小九九的算盘，我们也都会的。什么天文地理，更是胡言乱道了，有什么可学的呢？若是英文、德文、俄文，我们何必学那外国人的话呢？这更是不消说的了。人生在世，有几十年光阴，何不快乐快乐，还要受罪读什么书呢？我老实对你说吧，我和你天天去的那个地方，并不是学堂，就是一家妓院。那位女先生，也就是一个妓女。我不知道什么学堂。你果真要进学堂读书，请你另外找一个朋友领你去吧，我就不敢奉陪了。'

"那时我便道：'原来是如此呀！我也知道玩耍比读书

快乐，刚才不过是那样说，当真就要去读书吗？你且不要见怪，我们再到那好学堂里去吧。'

"他听了便破颜一笑，道声：'好兄弟。'即忙牵着我的手，走出门外，一直又到灵心宝家中玩耍一回。

"朝欢暮乐，转眼又过了两个礼拜。那时吴齿又引来他一个好友姓猪的，和我厮会。从此，三人同行，十分亲密，好似胶漆一般。大家应酬来往，一共又用了千金。吴齿便向我说道：'我们带来的川资，现在不过一月，已经用去将近一半。长久如此，不想个法儿，怎生是好呢？'

"我道：'你看想个什么法儿？'

"他道：'把银子放在身边，一点利息也生不出来，用了一分便少一分。不如给我拿些去到巴黎，开一个烟店，好赚点利钱来使用，那本钱还可以永远留存。'

"我道：'这是一个顶好的法子，可以使得。'

"此时就拿出二千两银子交与吴齿。第二天，他就动身去到巴黎，一连两个月，也没有一封信来。这时候，我身边的银子已经用得精光。那灵心宝见我手中无钱，也就改变心肠，我去到那里，不是说不在家，就道有客不便相会，即便见了面，也无非是冷眼冷语地讥诮一顿。到了随后我越发穷苦，衣帽不周的时候，连门也进不去了。这时我正是追悔无及，伤心不了，天天坐在栈房里，眼巴巴地望着吴齿的信来。

"一日傍晚,去到门外闲步,以解愁闷。忽见前面来了一人,好像无赖村的一位好朋友,即忙上前招呼。只见那人道:'范桶,你还在这里吗?你的母亲已经死了。'我闻得,心如刀割。待要问个详细,那人一言不答,竟自去了。

"我回到栈房,大哭了一顿。这时正是家败人亡,我范桶舒服了一生,到此也就是初次伤心了。要想回家探看,怎奈一文没有,便叫插翅难飞。那栈房的主人见我欠他店账二十余元,分文不缴,即便赶我出来,到处漂流,叫化度日。恰好今天傍晚,在这客栈门前看见老兄进得栈来,身边还带着些财物,因此冒昧前来。"

范桶说到这里,又放声大哭不止。男德见他这般光景,便开口劝道:"范桶哥,事已到此,不必伤心。我在此也不过四五天耽搁,就要回巴黎。你可随我同去,看那吴齿到底是个什么光景?若能索得些须①,随后再回家探看不迟。今晚你就此和我同住,明天再去替你买几件衣衫穿着。"

范桶听说,立刻悲去欢来,破涕为笑,说一声:"蒙哥哥这样厚待,这就感谢不尽了。"

当晚二人一宿无话。

---

① 些须:些许。

次日早起，洗了面，吃了饭，正要出去，只听得有人敲门。

男德即忙开开门，问声："你来做甚？"

那人答道："小人是卖衣服的。"

男德问道："你有棉袍子吗？"

答道："样样俱全。请客人拣择①便了。"

男德便打开衣包，拣一件新布棉袍子，问范桶道："你看这件如何？"

范桶道："好，好。"

男德问那人道："这件衣要多少价呢？"

那人道："不说虚头，价银十元。"

男德便如数给了。那人接着银子，拴起衣包出去了。

范桶便穿上这件棉袍，和男德出得门来。男德便道："我们到书坊里去看看，有什么新出的书籍，买些儿回来看看消闲。"

说着，放步前行。不多一会，到了好几家书局，看了一些儿的书，却都是从英国书译出来的，没有一部是法国人自己做的；译的文笔，还有些不甚通顺。男德寻思道："我法国人被历代的昏君欺压已久，不许平民习此治国救民的实学，所以百姓的智慧就难以长进。目下虽是革了命，正

---

① 拣择：选择，挑选。

当思想进步的时光,但是受病已久,才智不广,不能自出心裁,只知道羡慕英国人的制度学问,这却也难怪。我二人暂且回去吧。"

说着,二人就携手回到客寓里。吃过了晚饭,男德便拿一张本日的报,刚看了几行,便怒容满面。

范桶道:"哥哥为何动气?"

男德道:"范桶哥有所不知。你想我们法国人,从前被那鸟国王糟踏得多般利害,幸而现在革了命,改了民主的制度。你看还有这样不爱脸的报馆主笔,到了现在还在发些袒护王党①的议论。我看这样人,哪算得是我们法兰西高尚的民种呢?"说罢,怒犹未息,心中暗想道:"这班贱鸟物,一朝撞在我男德之手,才叫他天良发现!"

男德正在那里自言自语,转眼看范桶时,已扑在桌上齁齁②地睡熟。男德寻思道:"我刚才的话,真是对牛弹琴了。"便叫声:"范桶哥醒来。"

---

① 王党:这里是指法国"吉伦特派"(Girondin),原称布里索派(Brissotin),是法国18世纪末资产阶级大革命期间推翻波旁王朝后掌握国家实权的共和派,这个政治集团是代表大工商业资产阶级利益的,在其掌握政权后,极力维护资产阶级利益,坚持经济自由原则,反对革命深入发展,主张恢复秩序,同时也袒护国王,被称为"王党"。集团中很多人来自吉伦特省,所以又被称为吉伦特派。
② 齁(hōu)齁:鼻息声,一般指熟睡时发出的声音。

范桶猛然立起应道:"什么?什么?"

男德道:"我们早睡吧,明日还要早起动身哩。"

说罢,二人解衣睡去。

翌日天明,男德便叫范桶同起。吃了早饭,二人收拾行李,动身上船。这尚海由水路到巴黎,足有一千余里,十日顺风,一路无话。到了巴黎,男德便将范桶带回自己家中去了。

要知男德回家情形如何,且听下回分解。

第十二回　寄情书佳人怀春怨　灭王党顽父露风声

却说明顽自从他儿子离家以后,音信不通,未免心如刀割,只得自己寻思道:"这样门衰祚薄,时运不济,倒怨得谁呢?"整日里自家七上八下地胡思乱想,总要设法光耀门庭。忽一日,异想天开,得了一条妙计。立刻将所有家产典变得精光,设法行贿,谋得一县官之职。马上耀武扬威,东欺西诈,混到年终,攒了好些银钱,又招了一个义子,正在逍遥度岁。不料男德忽然回来,明顽一见,又怒又喜,说声:"我的爱子呀!你这几年到什么去处?叫我把眼睛都望瞎了。家里人都说你是得了疯病。那后园的字,是你题的吗?"

男德答道:"父亲呀,我到尚海……"

话犹未了,明顽便厉声骂道:"哼!你真是不孝了。古人道:'父母在,不远游,游必有方。'① 你竟不辞而去,这等胆大妄为。你到那尚海一年做甚?"

男德道:"我往尚海,不过游历,并无他事。求父亲恕过。"

明顽道:"既往不咎。但从今以后,你要在家中安分守己,孝顺我一些。我现在已做了县官,你还不知道吧?"

男德也不去理会他这话,便道:"范桶哥现和我一同来到门前,父亲肯令他进来吗?"

明顽闻说,便埋怨道:"自从他搬下乡去,一年未见,把我想坏了。今日驾到,怎不和他一同进来,还叫他在门前等候做甚?你且快去请来吧。"

男德转身出去,不多时和范桶一同进来,对明顽各施一礼坐下。男德便将范桶破家落魄的情形,对明顽细说一遍。明顽立刻瞪了眼,变了色。

男德又道:"父亲肯令他在我家住吗?"

不料明顽陡起恶心,忙将范桶推出门外,转身向男德骂道:

---

① 父母在,不远游,游必有方:语出《论语·里仁》,父母在世,儿辈不出远门,如果要出远门,必须告知父母要去的地方,让父母安心。方,方向、方位、去处。

"你要带这等穷鬼到家做甚？"

男德说："父亲息怒。常言道：'天有不测之风云，人有霎时之祸福。'① 望父亲发点慈悲，留他在我家暂住，替他找点工做，免得世界上又多一个漂流无归的闲汉。"

明顽道："那样贱东西，就留在家里看门也是不中用的，我哪有许多闲饭养这班穷鬼呢？"说罢，便独自进房去了。

男德只好走到门外，只见范桶抱头痛哭。男德便在袋里拿出几块银钱，交给范桶，说道："你不必伤心，暂且去客寓安歇。明日我和你寻获吴齿，再作道理。"范桶拜别而去。

次日，二人寻得吴齿住处，怎奈吴齿推托烟店亏空，不肯收留范桶。幸得有男德赤心苦口，百般劝恳，吴齿方才应允。男德便向范桶、吴齿各施一礼，告别回家去了。

一连几个月，男德都在外边交朋觅友，一些空儿也没得。到了五月十八号晚九点半钟，刚从外面回来，忽然接到一信，信面写着"项仁杰先生收启"。男德即忙拆开看时，只见纸上的细字好像丝线一般。上写道：

---

① 天有不测之风云，人有霎时之祸福：此语出自元代无名氏《合同文字》："天有不测风云，人有旦夕祸福，那厮恰才无病。怎生下在牢里便有病？"比喻有些灾祸的发生，事先是无法预料的。不测，料想不到，预测不出。

男德爱友足下：

与君别后，美丽灵魂，随君去矣。久欲奉书，又恐增君怀旧之感，是以逡巡不果者屡月。今以忍容无已，敢诉衷曲。自睹君颜，即倾妾心。高情厚义，诚足为吾法兰西男子之代表。妾数月以来，心为君摧，泪为君枯，身体为君瘦损，脑筋为君迷乱。每日夜八万六千四百秒钟，妾之神经，未有一秒钟遗君而他用也。妾非不知君负国民重大之义务，敢以儿女之情，扰君哀乐。惟妾此生知己，舍君莫属；私心爱慕，不获自解；山海之盟，此心如石。妾身孤苦，惟君见怜。春花秋月，人生几何？勿使碧玉命薄，遗君无穷之痛，此尤妾所伤心预揣者也。言不尽意，惟君图之。不宣不具。

千七百九十七年四月二十七号灯下

美丽拜上

男德看罢，将信捏在手中，默默无言。独自坐了一点多钟，才将信折好，藏入衣箱里面，脱下外衫，直到卧房安歇。

睡到次日红日三竿，才爬起身来。盥洗甫毕，就走进书房，急忙写了一信，交给佣人送到邮政局去了。此时业已钟鸣十下，各种报纸，均已到齐。男德便随手拿一张《巴黎日日报》①，躺在藤椅上，细看巴黎新闻内，有一条题目叫做《命案不明》。男德再朝下看来，道是：

  前晚十一点五十分钟，忌利炉街第三十七号门牌，某烟店主人吴齿，到警察局报称：素与他同居的朋友，不知所得何病，霎时身故。昨日午前，警察局委员往验尸身，毫未受伤，但也断非因病而死。警察局以情节离奇，随即招医生古律士前往剖尸细验，始知系中海娄濮尔之毒而死。按海娄濮尔，俗名叫做耶稣寿节蔷薇，乃是一种树根的毒汁。初吃下的时候，并不发作；待吃着有油质的东西，就立刻毒发，呕吐不止，头部昏晕，腹痛痉挛，至迟七点钟以内无不丧命。此案死者，年方二十四岁。至如何了结，详访续录。

男德看罢，"哎呀"了一声。又寻思道："这必是范桶哥

---

① 《巴黎日日报》：这里暗指《国民日日报》。《苏报》案爆发后的1903年，章士钊与陈独秀、张继等人在上海创办另一份资产阶级革命派报纸《国民日日报》。该报继承了《苏报》宣传革命的主旨，而且篇幅、取材较《苏报》新颖，内容更为丰富，既反映了当时处于社会转型期的中国错综复杂的社会现实，也真实地反映出这一年中各种社会思潮的涌动和发展。该报由谢晓石资助，在英租界出版。目前所见苏曼殊最早发表的作品《以诗并画留别汤国顿》就刊于此报。

被害无疑了。他本在尚海，我劝他来到巴黎，以致遭这奸人的毒手。我若不去替他报复这场冤仇，怎地对得住他呢？"

男德主意已定，正要动身，适逢佣人来请去吃午饭，男德胡乱应了一声。佣人去后，男德便在衣箱里取出一柄小刀，藏在衣衫袋里，转身向外。还走不上四五步，将近书房门口，只见他父亲面无人色，气狠狠地跑回家来，正迎着男德，急忙用手将男德推进书房，坐在椅子上，便厉声骂道："你这大逆不道的畜生，好生胆大！你想送却你一家人性命吗？"

男德道："是什么事体呢？"

明顽又道："你这几个月，日日夜夜在外乱跑，我就有些疑心了，怎料你果然这般不忠不孝！"

男德又问道："到底是怎地呢？"

明顽又道："你还假装不知道吗？后天的事体，我都一一知道了。"

男德道："到底你知道的是什么事体呢？"

明顽道："方才闻吴齿说道，那雅各伯余党[①]，又约定后

[①] 雅各伯余党：即"雅各宾俱乐部"，也称"宪政之友社"（1789—1792）或雅各宾自由和平等之友社（1792—1794），是法国大革命中最著名的激进政治团体，其前身是三级会议时期的布列塔尼俱乐部。1793年6月2日，雅各宾派推翻吉伦特派统治，通过救国委员会实行专政。主要领导人有罗伯斯庇尔、丹东、马拉、圣茹斯特等。热月政变后被解散。

天晚间起事。他说你也在这党,并从前曾百般劝他入伙,他不肯听从。"

男德听到这里,便道:"并无此事。我要去寻获吴齿,问个明白。"

明顽道:"你别出去,我不管你有无此事,但自此以后,你不可出门一步。"

说着,便呼唤佣人,将男德锁在书房里面。一日三餐,都叫人送进去。房门窗户,派人昼夜严守,好似看贼一般。这话休絮。

看官,你道这雅各伯党,乃是一个什么党呢?原来法国自革命以后,民间分为两党:一个是王党。这时虽是共和政治,却是大总统拿破仑大权在握,这班王党就迎合拿破仑的意思,要奉他做法兰西专制皇帝。一个就是雅各伯党。这党的人要实行民主共和政治,不承认拿破仑为皇帝。拿破仑曾派兵打散该党,但这党的人个个都心坚似铁,哪肯改变初志!那伙余党,分散各城各镇,联合同志,到处秘密结会,总会设在巴黎。会党有了好几万人,政府一些儿都不知道。会中定了几条规矩,便是:

第一条取来富户的财产,当分给尽力自由之人以及穷苦的同胞。

第二条凡是能做工的人,都有到那背叛自由人的家里居住和占夺他财产的权利。

第三条全国的人,凡从前已经卖出去的房屋田地以及各种物件,都可以任意取回。

第四条凡是为自由而死的遗族,须要尽心保护。

第五条法国的土地,应当为法国的人民的公产,无论何人,都可以随意占有,不准一人多占土地。

这时,入党的一天多似一天,法国全境都哄动①了。后来政府知道了,就拿到几个头目,收在监里。怎料这党的人,不徒毫无惧色,还因此更加不平,各处激动起来,立意和这暴虐政府势不两立,全国党人已经议定于本月二十一号同时起事。却被这明顽知道,走露了风声,政府又拿去好些头目,送了性命。从此,民主党渐渐微弱,王党的气焰一时兴盛起来。拿破仑就议出种种残害志士、暴虐百姓的法子,真是惨无天日,一言难尽了。这时男德还囚在家中,听见这些伤心惨目的事体,你道是何等难受!

光阴迅速,不觉挨过了四年。到了年终十二月二十号下午五点半钟的时候,有一佣人拿晚饭进来。男德一见,

---

① 哄动:轰动。

便定了神，只见那佣人将饭菜放在桌上，笑容可掬地来和男德握手为礼。男德忙开口问道："你倒是什么人？"

那佣人道："小弟就是克德，哥哥竟忘怀了吗？"

男德大声道："不错，你进来的时候，我就疑心是你，不料果然是贤弟到此。但不知令尊大人现下光景如何？"

克德一闻此话，便泪落如雨。男德道："贤弟不必伤心，但有些儿不平的事体，请告诉我，我自有个主张。"

克德便拭着眼泪，哽着喉咙道："家父已归地下矣！"

男德闻说，也未免伤感一回。只见克德泪落不止，男德开口劝道："人生在世，都有必死的命运，你今哭死也是无益的。"

克德道："家父死得冤屈，与他人不同，怎不令我伤感？"

男德闻说，忙问道："令尊大人倒是怎地死的？"

克德道："说来话长。年前六月间，那非弱士的村官，见年长日久，还未捕获刺杀前官满周苟的凶手，心中甚是纳闷，特地又加出些赏格。这时我那堂姐财使心迷，就去报了官，说家父曾收留凶手在家。官府闻说，一面给她赏银，一面差人将家父捕去。家父就当堂数着那班狗官暴虐贪赃的劣迹，骂不绝口。那村官一时又羞又怒，做声不得，脸上红一阵，白一阵，口中喃喃呐呐地道：'你藐视官长，这还了得！'马上就招呼退堂。次日，便将我父定罪斩首。"

男德闻说，按不住的无名业火，陡然高起三千多丈，巴不得立刻就去替他报仇雪恨才好。

克德又道："那时家母乃是妇道，我又年少无知，这就不能奈何他。到了上月，家母就对我说道：'自古道：君父之仇，不共戴天。你还不知道吗？况且我们法兰西人，比不得那东方支那贱种的人，把杀害他祖宗的仇人，当作圣主仁君看待。你父亲的仇人，你是晓得的。我要将家产变卖干净，和你去到巴黎，寻找项仁杰哥哥，商量一个报仇的计策。你父在生时，曾说过他是一条好汉，必不肯付之不理。'那时我就唯唯听命。母子二人商议已定，便动身来到此地，在三保尔客栈住下。一连寻找几日，才知道哥哥的真姓名，真消息。即便装作寻做粗工的，来听府上使用。恰好今晚送饭的佣人得病回家去了，因此小弟才能够乘间替他到此。家母还要乘着没人的时候，悄悄地来和哥哥商量此事。"

男德听他说罢，才晓得他的来意，心中喝采道："似他母子二人这般苦心报仇，倒也难得。"男德沉吟了一会，便开口向克德道："杀父冤仇，原不可不报。但自我看起来，你既然能舍一命为父报仇，不如索性大起义兵，将这班满朝文武，拣那黑心肝的，杀个干净。那不但报了私仇，而且替这全国的人消了许多不平的冤恨，你道这不是一举两得吗？"

克德闻说，寻思多时，说道："哥哥言之有理，但家母在此，待小弟禀知，然后行事。"

男德道："这就使不得。妇人们见识必短，只知道报复私仇，说到一国的公仇，若不情愿时，反怕误了大事。你若肯依照我的主意，明日再来，我自有个计较。但是这话千万不可告诉第三个人，只你我二人知道便了。"

克德一一答应，转身出去。

要知明日男德毕竟说出什么计较来，且听下回分解。

第十三回　孔美丽断魂奇烈客　明男德犯驾巴黎城

话说男德向克德所说的话，克德都一一应承，便道："这饭菜拿来多时，哥哥请用吧。"

男德应声，随即胡乱吃罢。克德收拾碗碟匕箸，告别去了。

刚出书房门口，男德又大声唤道："克德兄弟回来。"

克德闻声，即忙转回到男德面前道："哥哥呼唤小弟回来则甚？"

男德道："并无别事，就是我的妹子，目下光景如何？还未闻你说及。"

克德闻说，便两眼通红，半天做声不得。

男德忙道:"到底是怎地了?"

克德道:"我那可怜可爱的姐姐呀!她本招呼别将她的事告诉哥哥,今哥哥问及,也瞒隐不住了,一发告诉哥哥吧。他自从与哥哥别后,终日蛾眉双锁,寝食不安。到了大前年六月四号,她看见报纸上说道:离非弱士村不远,有个村庄叫做浪斯培村里,有个姓任的老寡妇和那姓张姓李的,三人夜半去到邻村打劫,被人拿获,三人一齐丧命。她便没来由痛哭一回。住在隔壁的丫鬟,听见她临睡之时叫了哥哥几声,那声音渐渐微细,便沉睡去了。到次日早晨,家母走进她房里探望,只见她还未起身,恐惊醒了她,便转身出来。直到钟鸣十一下,还未见她出来,家母又去叫她,怎料一揭开纱帐……"

男德听说,便接口道:"揭开纱帐便怎样了?"

克德又道:"只见她用一条绒毡,将全身遮盖,家母便不敢揭开。转眼一看,忽见榻旁有几滴鲜血,急忙跑出门外,吓得连舌头也掉不转来。恰逢家父走出来,见这事有些蹊跷,即忙进房探望,见房中毫无动静。揭开纱帐,便吃一惊。又将绒毡揭起,只见她鲜血满面,左鬓下刺入一柄尖利的剪刀。"

男德听到这里,便圆睁着眼睛,泪从眼角落雨也似地流出,用力握着克德的手道:"贤弟,你亲眼所见是这样吗?"

克德又道："是小弟亲眼所见。那时口中还微微出气，好似别教我哥哥知道的话。家父即忙一面吩咐小弟去请那马利希离医生，一面自己去报警察。不多时，马医生到来，看时，便道：

'剪刀刺伤脑筋，难以救药，再过一点钟，恐怕她就永辞人世了。'家母闻说，兀自伤心起来。马医生道：'姑且抬到医院，施些医药，以尽人事吧。'刚说之间，警察到来，验过伤处，确系自杀，旁处更没动静。随即打开她的衣箱检查，亦毫无形迹。随后从贴身衣袋里，搜出一封书信，取出看时，乃是一张残信，没有几行字。"

男德道："那几行字是些什么呢？"

克德道："写的是：'倘吾无责任与将来之希望，吾当携佳人如卿者，驾轻车，策肥马，漫游世界，以送吾生。'"

男德道："只是这几个字吗？"

克德道："仅有这几个字，那前后都已扯去了。查看信面的邮政信票，才知道是千七百九十七年五月十九号午前十一下钟，由巴黎所发。所言何事及由何人所寄，警察也查不出头脑来。立刻命人抬赴医院。不到四十分钟，就有人送信来，说道：'姑娘没气了。'"

男德听到这里，大叫一声："我那可怜的贤妹呀！"便停住了声，圆睁着眼，一滴眼泪也落不下来。呆坐了多时，又寻思道:"事到如今,且幸这世界上我没一些儿系恋①,一些儿挂碍,正好独行我志了。"

克德开口道:"时已不早,小弟就此告辞,明日再见了。"说毕,便转身去了。

到了次日,克德如约再来。男德便取出纸笔,即忙写了几行字,交给克德道:"你照这地方寻去,自然就有一位店主人出来接待与你。"

克德接过来看时,一字也不认识。便道:"你这纸上写的是些什么?"

男德道:"这种字只有我们会党里的人晓得,这就叫做秘密通信的法子。你若入了我们的会党,慢慢就会明白了。只是我们会党里,无论甚事,都是以秘密为第一紧要的规矩,务要小心则个。"

克德一一答应,一溜烟去了。

自此以后,克德常到党中探听消息,报知男德。男德有话,也可由克德告知党中。两下里一发消息灵通了。

一日,克德忽仓皇来告男德道:"这几日,我们党里面哄传,大总统拿破仑想做专制君主的形迹,一天流露似一天,压制民权的手段,一天暴烈似一天,俨然又是路易第十四

---

① 系恋:依恋,牵念。

世和第十六世的样子来了。"

男德闻说，不觉怒发冲冠，露出英雄本色，低头寻思道："那布尔奔朝廷①的虐政，至今想起，犹令人心惊肉跳。我法兰西志士，送了多少头颅，流了多少热血，才能够去了那野蛮的朝廷，杀了那暴虐的皇帝，改了民主共和制度，众人们方才有些儿生机。不料拿破仑这厮，又想作威作福。我法兰西国民，乃是义侠不服压制的好汉子，不像那做惯了奴隶的支那人，怎么就好听这鸟大总统来做个生杀予夺、独断独行的大皇帝呢？"男德当时沉吟了半响，便附着克德的耳朵，唧唧哝哝地说了好一会，克德便抽身去了。

次日，克德进来。取来一件黑纸包裹的物事，交给男德。男德又低声向克德耳边说了好些话。克德闻说，立刻面如死色，手脚不住地发抖起来，一跤跌睡在藤椅上，动弹不得。当时男德与克德不交一言②，便飞也似奔出去了。

次日，巴黎城内四处哄传道：昨日大总统前往戏园观剧时，途中适遇爆弹炸裂，幸御车迟到几步。还未受伤。

---

① 布尔奔朝廷：今译"波旁王朝"（House of Bourbon or Bourbon Dynasty）。1589年，波旁家族在法国建立政权，存续两百年，曾断断续续跨国统治过法国、纳瓦拉、西班牙、那不勒斯与西西里、卢森堡等国以及意大利若干公国，是暴君选出的专制政权。1791年，在资产阶级大革命中被推翻，路易十六被处死。

② 不交一言：没说一句话。

随即寻获一男子,已经用枪自毙,于外衫袋中搜获小刀一柄,疑即犯驾凶手云。这话休絮。

却说金华贱自从刺杀男德不中,逃出林外,留连半日,又被巡兵拿获,收入道伦监中。随后又三次逃跑,均被拿获。前后一共监禁一十九年,始行释放,并得一张黄色路票。华贱便狂喜道:"从此我又得自由了!"

不料随后还有许多危难。当其在监中做工所得工价,除去用度,还应存百零九个银角子和九个铜角子。不料时运不济,尽被强人抢劫去了,一些儿也不曾留下。出监的次日,就去帮人做工,终日勤力,毫不怠惰。当时工头就很赏识华贱,说他是一个得力的工匠。华贱于做工之时,打听同作的工人每日工价多少。

众工人答道:"一日可得铜角子三十个。"

一日,华贱打算去潘大利地方,便到工头那边去索这几日的工价。工头只给他十五个铜角子,便一言不发。华贱道:"便是这些儿吗?"

工头道:"这就太多了。我若一文不给你,你便敢怎地?"

华贱寻思:"自己乃是犯罪无归的穷汉,怎地奈何得他呢?"

只得忍气吞声去了。

次日,便起身步行过太尼城,受了许多磨折,方才寻到孟主教家里，住宿一夜。这些情形，前已说过，不必再表。

且说这夜华贱住在孟主教家里，到了钟鸣二下，华贱忽从梦中惊醒，侧耳静听，孟主教全家都已沉沉鼾睡去了。当时华贱已有二十年之久，不得卧榻安睡；今忽得了这个舒服所在，所以和衣鼾睡了四点钟，也就养足精神，不觉疲倦了。惊醒之后，勉强将眼睛紧闭，已难以成梦。当时华贱万种心思，一起潮也似地涌到眼前，七上八下地乱想，翻身辗转，再也不能够合眼。忽然想起一桩事体，把别件心思都丢到九霄云外。

你道是一桩什么事体呢？就是孟主教家中银碟子六个和大匙一柄。吃饭时，华贱已注眼瞧了一会；睡觉时，又眼见凡妈将这些银器收入床头下碗柜里面。华贱估量，这些银器至少也能够值二十多两银子，比我十九年监里所做的工价还多。想到这里，心中不觉大喜，便扑翻身爬将起来，刚是钟鸣三下。

华贱急忙张目四下一看，便伸手检点自己行李。再移身下地，打算出去。又不敢出去，踌躇不决，不觉又来到床前，默默无言。独坐一会，又将身睡下，四处乱想，依然神魂不定，不能合眼，爬起睡下，起落好几次。因恐天色将明，难以行事，便决计离开床榻。侧耳听时，同屋之人，尽皆酣睡。便轻轻地走到窗前，推开窗门，将身跳出，乃是花园所在。抬头一看，天色尚未发光。探看园中一会，又跳进房中，取出行李，搁在窗口。又转身进房，取出日常所携的铁棍，拿在右手，屏着气，轻轻地走到隔壁主教的卧室。所幸门未落闩，华贱将门轻轻地一推，门即微启。停住脚，听了一会，只觉寂无人声。又推一下，门又稍启，足容一人出入。华贱便挨身进去。不料有一小几拦阻，不能前进。华贱再将门一推，只因用力过猛，将窗上之铁螺丝震下，"豁琅"的一声响亮。华贱吓得浑身发抖不止，急忙抽身跑出来了。

要知端的如何，且听下回分解。

第十四回　孟主教济贫赠银器　金华贱临命发天良

话说华贱只听一声响亮，吓得心惊肉跳，急忙跑出，喘作一团。因恐将人惊醒，自己逃脱不得，也不知从哪边走才好。过了数分钟，心神方才稍定，转身看时，房门业已半开。华贱便放胆进去一看，还是寂然无声。探听多时，知道并不曾将人惊醒，度危险已过，便轻身入内。只听得酣睡的声音，华贱便放胆前进。及至孟主教卧榻不远，更觉鼻息之声呼呼应耳。再径向榻旁看时，只见似银的月光从窗户隙处透入，直射到孟主教面上，主教依旧闭目酣睡。

这时已交严冬，主教乃和衣而卧，外面罩着一件玄色外套，头脸斜放在枕上，将手伸出榻外，指头上还戴着敬神的戒指。观其神色，又觉和蔼，又觉庄严。华贱当时手执短铁棍，壁直地立在月影儿里，一动也不动。一见主教的神色，不觉倒吃惊起来，心中狐疑不决。呆呆地注目看了好几分钟，华贱才将帽子摘下，便右手执棍，左手执帽，走近榻前。又将帽子戴上，直至碗柜旁边，即将铁棍击开了锁，急忙把银器篮子取出，大踏步飞奔向外，绝不回顾。跑出房门，便把篮子丢下，将银器放入行囊里面，绕出花园，越墙逃走了。

次日天方明时，孟主教爬起身来，刚到花园散步，忽见凡妈跑来大叫道："主教，你知道一篮子的银器放在什么所在？"

孟主教答道："我知道的。"

凡妈道："你知道在哪里？"

孟主教便在花园墙脚下寻获那篮子，便交给凡妈道："这不是装银器的篮子吗？"

凡妈接着道："篮子端的不错，但是那银器往哪里去了？"

孟主教道："你说起那银器来，我便不知道了。"

凡妈闻说，便道一声："哎呀！这一定是被昨夜来的那偷儿窃去无疑了。"

说罢,将眼四处一瞧,便跑到祷告台和孟主教的卧房,细细查看了一遍。所幸并未失去别样物件。又仍旧来到花园,只见孟主教立在那边,正叹息有一朵鲜花被那篮子压坏了。凡妈即大叫道:"孟先生!那人已经逃走,银器也被他偷去了。你还不知道吗?"

孟主教默默无言。凡妈又指着花园墙道:"你看,他不是从这里逃出,径向苦急街去的吗?"

孟主教闻说,便满面堆着笑容,向凡妈道:"你且不要着忙。你知道那银器到底是谁的?原来是一个穷汉的。我久已就有些不愿意要了。"

凡妈道:"虽然不是我们的,但是我们用了这么久,也就和我们的无异了。"

孟主教道:"我们还有锡碟子没有?"

凡妈道:"没有。"

孟主教又道:"铁的呢?"

凡妈道:"也没有。"

孟主教道:"如此就用木的也罢。"

说罢,佣人便请孟主教去用早饭,一面吃,一面和宝姑娘谈论些闲话。此时凡妈心中还是愤愤不平。

早膳刚毕,忽闻有人叩门。孟主教立起身来,道声:"请进。"只见门开响处,拥进一群人来。孟主教正为诧异,定睛看时，内有三人揪住一人，这三人原是巡勇，一人便是金华贱。旁边还立着一个巡勇头目，见了孟主教，即忙称声："孟主教。"行了军礼。华贱当时正在垂头丧气，耳边下忽听得"孟主教"三字，不觉抬起头来，现出一种如聋似痴的形象，还低声道："孟主教一定没有主教的职分。"

众巡勇忙喝住道："孟主教在此，怎敢大声说话？"

孟主教便开口向华贱道："你还在此？我给你的银蜡台，为什么不和银碟子一同拿去？"

华贱闻说，便圆睁着两眼，不住地看着孟主教。

这时，巡勇头目便开口向孟主教道："我们路遇此人，只见他神色好似逃走的一般，因此将他拿住，盘问一番。他说有什么银碟子……"

话犹未了，孟主教便接口道："他曾告诉你，乃是一位和他同住的牧师送他的吗？这些事我都知道的。你放了他吧，别要错办了他。"

那头目闻说，便道："既是如此，我们就可以给还他的自由了。"

孟主教道："这是自然的了。"

于是，那头目便令众巡勇将华贱释放。

孟主教便向华贱道："朋友呀，你若回去时，可将那蜡台一同带了去。"

说着,便到台上,取来一对银蜡台,交给华贱。那凡妈和宝姑娘二人眼见如此,也不敢多嘴。华贱满面羞容,两只手抖抖地接过了蜡台。孟主教道:"你现在可以从容去了。以后你若再来时,不必从花园走过,一直由前门进来便了。"说罢,便向众巡勇道:"诸位可以请回了。"

众巡勇闻说,便皆散去。

当时华贱甚觉精神恍惚。孟主教又走近华贱身边,低声道:"你别要忘记了,你曾经答应我,你用了这些银器,便要改邪归正的话。"

华贱闻说,只像不知有此事一般。

孟主教又道:"华贱兄呀,我用金钱买尔之罪恶,救尔之灵魂,恭喜你便从此去恶就善了。"

华贱一言未答,慌忙出城,形若逃遁,急忙寻些荒山僻境而行。走了一天,他却忘了饥渴。一面走,一面想,想起自己二十年来无恶不作,也未免有些悔恨之心。正在一路沉思之间,不觉金乌西坠①,玉兔衔山②,华贱便将身来到树林后面,歇息了片时。

---

① 金乌西坠:太阳向西边坠落。金乌是太阳的别名,也称为"赤乌"。中国古代神话里,红日中央有只黑色的三足乌鸦,闪烁红光,故称"金乌"。
② 玉兔衔山:月亮从山边升起。玉兔,中国古代神话传说中的神兽仙兔,居住在月球上,负责在月宫里捣药的仙兔,民间传说是嫦娥的化身或宠物。

此地乃是穷乡僻壤,连人影也没有,只见隔林数步,有一条小路。华贱寻思道:"谅我这样褴褛,那旁若有人来,不知道要怎样惊慌了。"华贱正在那里狐疑,忽闻后面有一片嬉笑之声,回头看时,只见有几个童子,也来在树林里玩耍。内中有一十多岁的童子,一只手拿了风琴,且走且唱;一只手握着些铜钱,抛掷为嬉。钱落地时,有一个四开钱(值四十文),直滚到华贱身旁。华贱便抬起脚来,将钱踩住。奈童子早已瞧见,便前来在华贱身边道:"客人,曾见我的四开钱吗?"

　　华贱道:"你叫做什么名儿?"

　　童子道:"我名叫做小极可哀。"

　　华贱闻说,便吃一惊。少顷,说道:"还不快去,在此则甚?"

　　童子道:"请客人还我钱来。"

　　华贱垂头莫对。

　　童子又道:"还我钱来!"

　　华贱只是注目于地,一言不答。

　　童子因大声叫道:"我的钱呢?我的白钱呢?我的银钱呢?"

　　华贱还是不理。童子便向前揪住他的衣襟。华贱乃以短棍击之。童子大声哭道:"我要我的钱!我的四开钱呢?"

华贱只是昂着头不动弹一步，还圆睁着如狼似虎的两只大眼睛看着童子，举起铁棍，凶狠狠地叫道："你倒是谁，敢来此歪缠我？"

童子道："我便是极可哀。请你方便，移动一步，让我拾起那四开钱。"

华贱道："你还不肯走吗？好孩子，快快留心，我将对不住你。"

童子闻说，浑身发抖起来，连忙逃跑，不敢回顾一次，离开华贱稍远，才敢缓缓地连喘连走去了。当时天色已黑，不多时，那童子就不见了。

华贱虽是一日不曾饮食，肚中却亦不饥。童子逃去之后，还是呆呆地立在树旁，呼吸之声，由急而缓。少顷，肉战，渐觉夜寒，便将帽子拉在额上，紧扭衣襟，俯身来拾起所踩的四开钱。

华贱拾起钱来以后，不觉心昏神乱，东瞻西望，觉得孤身立在这荒野，四望无人，天色昏黑，浑身不住地发抖。不得已，只好尾着童子的去路，急急赶上前去。走了好几十步，还是人影儿也见不着，便大声叫道："极可哀呀！极可哀呀！"叫罢，侧耳静听，还是无人答应。却逢西北风又呜呜地刮起来，连那满山草木，都有个吓人杀人的形状。华贱当时脚底下越走越快，喉咙越喊越大，连声狂叫："极可哀！……"

正走间，忽迎面来了一位牧师，策马而行。华贱便躬身上前问道："信士，你曾见一童子走过吗？"

牧师说："就是叫极可哀的吗？我未曾遇见。"

华贱道："我看你很觉困苦，今给你两块半元的银钱。"又道："那童子的年纪约莫有十多岁，手里拿着风琴。我想他必定从这条路经过。"

牧师道："我实在未见。"

华贱忽眼瞅着牧师道："我是一个贼，你怎不拿我？"

牧师闻说，大吃一惊，急忙马上加鞭，远远地逃走去了。

华贱还照旧路前进。不多时，又回身狂叫一会，仍是不见一人。立住脚远远望时，只见满目疏林，荒山乱石，疑心是人。忙向前行，刚到三岔路口，便停了脚。当时的月色，光如白昼。华贱忽觉浑身出汗，足不能举，便狂叫起"极可哀"来，那声音越叫越低。少顷，忽觉有人逼其双膝跪下，心惊肉战，如同在礼拜堂前自招其生平罪恶一般。并自觉夺那童子的四开钱为生平第一大罪，主教断不能恕过的。华贱正在惊疑不定，忽然两眼漆黑，头脑昏晕，翻筋斗一跤跌在石上。两手握发，两膝接面，一时心如刀割，泪如雨下。自觉精神恍惚，魂魄飘荡，来到一处生平未到的所在，看见一种生平未睹的奇光，那奇光中也不知有几多魔王恶鬼，心中惊恐不住。

自此以后，华贱到底又去到何方，干些什么，也没一人知道了。只是次日早晨，有一赶车的路过主教街，见有一人石头似地跪在石路上树荫底下，面向着孟主教大门，好像在祷告的样子。

这样看起来，正是：

尧桀[①]原同尽，坦戚[②]有攸分[③]。
我心造三界[④]，别无祸福门。

【导读】

维克多·雨果（1802—1885）《悲惨世界》（Les Misérables）译本，1903年10月起以《惨社会》为题在上海《国民日日报》连载，署为"法国大文豪嚣俄著，中国苏子谷译"。"嚣俄"乃当时雨果的音译。

---

① 尧：是中国古代传说中父系氏族社会后期部落联盟的首领陶唐氏，也称唐尧，被视为中国历史上第一位贤君，曾经禅让君位给舜帝。桀：夏后氏，史称夏桀。中国夏朝末代君王，极为残暴，荒淫无度，被商汤打败，放逐于南巢（古地名，今安徽巢湖北岸一带），数年后死于此地。
② 坦戚：欢乐与悲伤。坦，坦然，自然，喻开怀欢乐；戚，忧虑哀伤的样子。
③ 攸（yōu）分：本义为击打，《说文》认为本义为流水，并由此引申指居处、处所。又用作句中语气词。还可作连词，相当于乃、于是。这里是语气助词，相当于"所"，用在动词"分"前，构成名词性短语。
④ 三界：佛教教义中指欲界、色界和无色界。

后来苏曼殊离沪，报馆被查封，《惨社会》连载至第七回中断。1904年，在陈独秀主持下，镜今书局出版十四回单行本，改名《惨世界》，其中陈有增添，署"苏子谷、陈由己（由己乃陈独秀笔名）同译"。关于出版的过程，陈独秀曾经说："《惨世界》是曼殊译的，取材于嚣俄的《哀史》（按，即《悲惨世界》），而加以穿插。我曾经润饰了一下。……而我的润饰，更是妈（马）虎到一塌糊涂。……当时有甘肃同志陈竞全在办镜今书局，就对我说：'你们的小说，没有登完，是很可惜的。倘然你们愿意出单行本，我可以担任印行。'我答应了他，于是《惨世界》就在镜今书局出版。并且因为我在原书上润饰过一下，所以陈君又添上了我的名字，作为两人同译了。"①

译本没有遵照原著，是一个乱涂乱画的"改译本"，一是当时译风如此，二则苏曼殊正是借助这一著作讽喻中国社会，尤其是满清统治。本选本标题以目前通行《悲惨世界》为题，正文以《惨世界》版辑入。

雨果，法国著名作家，出身于军官家庭，早年著作美化中世纪（公元5世纪至公元15世纪）的西方，后来逐步摆脱古典主义艺术观，开始浪漫主义创作，成为欧洲19世纪前期浪漫主义文学运动领袖。雨果一生写过多部诗歌、小说、剧本，各种散文和文艺评论及政论文章，代表作有《巴黎圣母院》《悲惨世界》《笑面人》《克伦威尔》等。

---

① 柳亚子：《记陈仲甫先生关于苏曼殊的谈话》，见柳无忌编：《苏曼殊年谱及其他》，北新书局1928年版，第283页。

长篇小说《悲惨世界》围绕苦刑犯冉·阿让（Jean Valjean）悲惨的个人经历展开，并将法国的历史、革命、战争、信仰等融入其内，从人道主义立场深刻揭露了19世纪法国封建专制社会的腐朽本质及其罪恶现象，表达了对穷苦人民的悲悯和同情。从世界文学史的视野来讲，《悲惨世界》也是一部史诗般的浪漫主义与现实主义相结合的不朽名作，问世以来被翻译成许多种语言在各国广泛传播，由其改编的影视作品也影响深远。

娑罗海滨遁迹记

瞿 沙①

此印度人笔记,自英文重译者。其人盖怀亡国之悲,托诸神话,所谓"盗戴赤帽,怒发巨铳"者,指白种人言之。

译者记

时在伐萨②(Varsna),不慧③失道荒谷,天忽阴晦,小

---

① 瞿沙:梵语,意译即妙音、美音。瞿沙比丘尊者,乃五百罗汉第七十八尊,为婆娑四评家之一。据《俱舍论记》卷二十记载,因他音声妙,故名曰"妙音"。他的罗汉塑像右手持洞箫状,象征其美妙悦耳的声音能治愈各种疾病。传说瞿沙前世为狗,曾用犬声将佛请到家中供食,因此善举而转世为人。阿育王时,他住在菩提树伽蓝中修行,时阿育王的太子双目失明,瞿沙应邀为其诵经,太子双目重见光明,明亮如昔。著有《阿毗昙甘露味论》二卷。此笔记体小说的作者"瞿沙",据考证为南印度作家。
② 伐萨:这里指雨季。印度属于典型的热带季风气候区,有明显的旱季和雨季。
③ 不慧:指自己,谦称。

雨溟溟,婆支迦华①（Varchika）盛开,香渍心府②。行渐前,三山犬牙③,夹道皆美,池流清净,材木蔚然。不慧拾椰壳掬池水止渴。复行一由延,遇巨树作声如狮吼,古人谓"巨木能言",殆指此耶？既而凉生肩上,谛视左侧,盖洞口也。不慧坐石背少选,歌声自洞出,如鼓箜篌。听至：

星耶峰耶俱无生,浪撼沙滩岩滴泪,
围范茫茫宁有情,我将化泥冥海出。④

Live not the stars and mountains？ Are the waves

Without a spirit？ Are the dropping caves

Without a feeling in their silent tears？

No，no；—they woo and clasp us to their spheres，

Dissolve this clog and clod of clay before

Its hour，and merge our soul in the great shore.⑤

---

① 婆支迦华：也译为"婆师迦花"，"婆师迦"是梵语，翻译过来就是"雨时花"，是佛教中的一种神秘之花，据说只在夏天雨时开放。
② 心府：指内心、心中。
③ 犬牙：喻山势参差不齐,高下不一。
④ 1908年春天,苏曼殊客居东京期间常读拜伦诗,这是其试译的一首,连载于《民报》,并收入苏曼殊编译集《文学因缘》,日本东京齐民社1908年出版。
⑤ "星耶"一诗及英文原文：拜伦作,曼殊译。

不慧惊起曰："是得毋灵府①耶？"策杖入洞，歌声亦止，黑暗不辨径路，足下柔草，如践鹅绒。心知其异，但不生畏怖。默计步数，恐不能返。行且三千五武，始辨五指，复行十武，光如白昼。既出洞，迎面空寂，似无所有；但奄兹②落日，残照海滨，作黄金色。回顾有弄潮儿，衣芭蕉叶，偃卧滩旁。不慧心念小子必是超人。倚杖望洋，怃然若失。

俄而皎月东升，赤日西堕。不慧绕海滨行约百武，板桥垂柳，半露芦扉，风送莲芬③，通人鼻观；远见一舟，纤小如芥，一男一女，均以碧蕉蔽体，微闻歌声。男云："腕胜柔枝唇胜蕾，华光圆满斯予美。④"女云："最好夜深潮水满，伴郎摇月到柴门。"

  Her ruddy lip vies with the opening bud ;
  Her graceful arms are as the twining stalks ;
  And her whole form is radiant with the glow ;
  Of youthful beauty, as the tree with bloom.

---

① 灵府：古代祀苍帝之庙。此指神仙洞府。
② 奄兹：即"崦嵫"。
③ 莲芬：莲花香气。
④ "腕胜"二句：系下面四行英文诗的意译。

且摇且歌，瞬然已杳。尔时悲喜太息。不慧老于忧患，念当于此绝食自沉，冀得罪垢消灭，掷杖跃身入水，魂魄一去，藐若忘形。微闻童子高呼，如天乐尾音而已。

嗣余忽醒，身卧茅庐，新葵①在顶。少间，壮者来，即先见诸舟中者，对不慧启口云："咄！男子，何故视躯壳如破钵耶？"不慧询彼曰："壮者救我，将奚以为？"曰："内子救尔。"不慧闻之，怒曰："女人，女人！"奋身跃出，欲再自沉，被阻不果。壮者曰："揣尔心情，将毋悔生②耶？"复曰："大慧③须知是非浊世，乃娑罗乡。"不慧惊曰："有是哉？尝闻娑罗天乡，仙众住处；今得毋梦境？"壮者曰："吾侪非仙，遁迹者耳。虽然，以恶世相校④，固无异仙乡。尔云何？"

不慧求出世久，曰："幸有以教我。"

壮者曰："大慧善谛听：劫初，神众造宇宙已，地面黑暗，因曰'吾侪需光'。神首⑤曰：'朕当造之，朕无长箭足以贯通黑暗也。'四向搜索，得一乾纳（cannas 此云杨

---

① 新葵：意指新的一天的太阳。
② 悔生：厌世。
③ 大慧：佛教徒对人的敬称。
④ 校：比较。
⑤ 神首：众神之王。

枝），断之，择其长端，置弓弦上，仰身射去。少选，现一微星，神众注视，星体渐大，光随穿入。须臾，孔愈巨，黑暗尽失。神众能视地，治水造陆，又作河湖泉涧。工既竣，神众欢呼而散。

"是后地面渐有湿生、化生、卵生、胎生，此云'四生'，性殊残暴。神首闻之，遣其一子下世诊察，复命神首，具言'众生不道'。神首下令，敕世界众生齐集听讲，盖欲诱劝之也。四生果集大壑，神首珊珊降临，左足踏左岭，右足踏右岭，但是四生仰止①，不闻所讲。神首诏近其下，乃颁约法，以告草木、昆虫、禽兽、男女、婴儿等众，戒勿忘失。忽有狞恶巨兽，交颈耳语，不听神言。神首怒，俯身倒拔巨树，鞭诸恶兽。鞭已，复摘树上残英，结恶兽头上，乃敕四生曰：'善哉大德②！此去善播美种于地，永为朕友，毋造恶因。造恶因者，必自受报。恶兽本当化为男体，因彼多事，今悉变为女体。大德识之！恶兽女体，头上插花，以为征识。'

"宇宙万象既备，又起火灾。火灾过已，此世天地，还

---

① 仰止：此指止步仰望。
② 大德：佛教称德行高尚的人。

欲成时，有余众生，福尽、行尽、命尽，从光音天命①终。来生斯世，皆悉化生，欢喜为食，身光自照，神足飞空，安乐无碍。尔时无有尊卑上下，亦无异名，众共生世，故名'众生'。是时又有自然地味②，出凝地面，犹如醍醐③。地味出时，亦复如是，味甜如蜜。于是众生以指试尝，知如何味，初尝觉好，遂生味着④。如是展转，尝之不已，遂生贪著。便以手掬，渐成段食⑤。段食不已，余众生见，复效食之。食之不已，时此众生，身体粗涩，光明转灭，无复神足，不能飞行。

"大慧谛听：众生食地味已，久住于世，其食多者，颜色粗悴，其食少者，颜色光润。然后乃知众生颜色、形貌优劣。互相是非，言我胜尔，尔不如我，心存彼我，故怀诤竞。嗟夫，大慧！人类之初，固胜妙也！奈何求食，怀彼我念，生不善心，罪恶是起。复次，女人为助恶因，能

---

① 光音天命：佛教用语，光音天的运数，指世界毁灭。光音天，佛教谓色界第二禅天之一。坏劫之末，起大火、大水、大风灾变，破坏至色界之初禅天时，下界众生咸集于此，待世界再度形成，福薄的天众则渐渐下生。
② 地味：指地下涌出的甘泉。
③ 醍醐：酥酪上凝聚的油。
④ 味着：即"味著"。佛教用语，指执着于食味。《无量寿经》下："身心柔软，无所味著。"
⑤ 段食：佛教名词。欲界中一切食物。此指进食。段，分段。一切食物皆分段而食之，故称。

断善种,外貌柔媚,内心忮恶①。物之可畏,莫女人若:毒蛇害肉身,女人害法身。女人多嫉妒。以此因缘,女人死去,即生饿鬼趣②中。女人为地狱使者,其发美言,即是喷毒。吾先观子不屑女人,故以'大慧'呼尔。"

不慧曰:"诚哉!一切江河必委曲,一切女人必妖冶。"

壮者盱衡③上视曰:"吾更语大慧:我本神明华胄④,一时外出,身着钱囊,人悉夺去,复饿无以为食。顶礼梵天⑤,幸蒙哀愍,差使鸦鹊为我负数日粮,得以不死。顺道还归,欲视家室;家室已灭,唯余灰烬,父母兄弟财产,都社大盗窃去。"

壮者言已,尔时女子在侧,亦先见诸舟中者。不慧睇之,腮上泪痕,化作珍珠,盘旋堕地。壮者曰:"此子虽女,性殊英俊⑥,惟大慧莫轻之。"

余询壮者名。曰:"吾侪无名,盖无所用。"以手指青葱处,示不慧曰:"彼岸均是遁迹超人,大慧曷居此同消万古

---

① 忮恶:忌刻恶毒。
② 趣:佛教名词。意为"趋向"。谓众生由于各自善恶行为,死后趋向不同地方转生。
③ 盱衡:举眉扬目。盱,张眼。
④ 华胄:显贵者的后代。
⑤ 梵天:佛教护法神,释迦的右胁侍。
⑥ 英俊:才能出众。

恨①耶？"

余便询其何时至此。曰："先是余家既亡，怅怅无之。大盗更迫我侪，为供奔走，测彼居心，是畜猎犬之技。斯时认贼为父，自残梵裔者，亦复不少，女人尤多。盖彼女人殗殜②失气，只知以室利沙花③（sirishw）饰其耳际；珠贝玉石锁其颈上。大慧，余念念弗忘女人之罪；虽析诸峰草木，以为筹箸④，不能算之矣。且置斯语，请言吾侪：一日聚六百余人，与大盗奋斗四次。嗟夫，大慧！吾侪以血肉之躯，当彼凶残巨敌。既而五百七十余人皆死，存者数十，皆被剖腹。遗余一人，心念不能报复大仇，还我旧物，则非梵天之裔。思逐水滨，跪求梵天有以加庇也。余甫垂头，梵天果诏：'景运当昌，娑罗是冀；来日方长，勖哉小子！'忽有少女从西泛艅艎来，女为余拾履，相扶登舟。而大盗追至，戟手骂詈，云'尔等不服王化'。余叱之曰：'须弥⑤之凶狮，恒伽⑥之暴虎，深林之毒蛇，无尔险毒，尚云王

---

① 同消万古恨：语本唐李白《将进酒》："与尔同销万古愁。"
② 殗殜：微病的样子。
③ 室利沙花：合昏树的花。室利沙，又作尸利沙，树名，即合昏树（合欢树），俗名夜合树。
④ 筹箸：古代计数的用具。
⑤ 须弥：亦作苏迷卢，古印度传说中的高山。
⑥ 恒伽：恒伽子，指恒河岸边。

化①?冤哉!'大盗怒,发巨铳,击吾侪不中。回首观其形状,顶戴赤帽,正若猕猴②,怒视吾侪,睛眙③弗转。吾侪南行三十由延,方抵此土。始知少女为卢奥佗王女,父王及于大盗之难,状正如余,欲纠合英俊④,灭此朝食⑤者。吾侪既抵此土,跪礼梵天,成为夫妇。名是地'娑罗',顺梵天之诏也。"壮者言毕,默然睡去。

翌日,天朗无云,余去凡衣,换以碧叶,弄艇投竿,千愁俱灭。饥即食指那尼(Echinani 译言汉持来,即桃子),或食蕉子,渴即饮椰水,读吾笔记者,将谓不慧乐无既矣。宁知天下事有大谬不然者耶?

一日,鼓棹中流,女语不慧:"昔有罗磨王⑥,为父所逐,移居南边,其妃犀达⑦扈从。一时相携游楞伽国⑧(Lanka

---

① 王化:君王的德化。
② 猕猴:又称"恒河猴"。群居山林中,喧哗好闹。两颊有颊囊,用以贮藏食物。
③ 睛眙(chì):瞪着眼睛看。眙,直视的样子。
④ 英俊:此指雄健有力的人。
⑤ 灭此朝食:消灭了敌人再吃早饭。形容斗志坚决,急于歼敌。《左传·成公二年》:"齐侯曰:'余姑剪灭此而朝食!'不介马而驰之。"
⑥ 罗磨王:即罗摩占陀王,印度史诗《罗摩衍那》的主人公,十车王之子。后被印度教神化,传为毗湿奴的第七次化身。印度民间对他十分崇拜。
⑦ 犀达:通译"悉达"。《罗摩衍那》中的女主人公。
⑧ 楞伽国:斯里兰卡(sri lanka)。南亚印度洋中的岛国。面积6.56万平方公里。公元前3世纪曾为佛教文化中心之一。

此云狮子国,即今锡兰岛),国王名罗波那①,艳其妃之美,竟夺之。罗磨大怒,誓雪斯仇,率大军破之,复获犀达,诛罗波那,推立其弟。于是罗磨大王英威盖世,遐迩来归。阿利安人②亦纷纷自中天徙居南国,盖慕其文化也。嗟夫,长者!妾则罗磨王遗裔,不图零坠至于斯极也!呜呼!前王以美人之故尚能不屈,妾则失父母之邦,兄弟姊妹悉被凌辱。使前王犹生今日,妾知大盗无遗孽矣!"

方女言时,声泪俱下。不慧太息久之,曰:"昔大王犀婆耆当大盗昌披之世,以单刀匹马,所向无前。吾侪其兴乎?"

壮者指天曰:"自古传说:'黑云瑷瑅,斯为杀氛。'吾自栖身世外以来,未尝一日而忘恫恨,吾侪当出世图之。"

遂约四十余人,飘然出洞。壮者语不慧:此许有神呵护,轻佻媚外不知远计者,无许进洞云。不慧留心道路,殊非曩昔所经。前面有峻岭,四十余人,均自梯岭而行,惟壮者夫妻相扶持。既达岭顶,不慧俯视恒河明灭,壮美无伦,一带恒伽子(Gangaputra 恒伽跋多罗,此云恒河边岸),行

---

① 罗波那:梵文音译,通译罗刹。
② 阿利安人:即"雅利安人"。欧洲19世纪文献中对印欧语系各族人民的不科学的总称。此指公元前2000年至前1000年间由中亚地区移居印度河上游流域的白种人后裔。

人如蚁。吾侪下山,复行八由延,经一深林,阒寂无声。深林过已,达舍(Darca 此云新月)已悬天际,四十余人,均指对岸。不慧谛观,累累白骨,的的枯颅,与月争光而已。夜静风凉,四十令人,沉沉睡去。

不慧独不成寐,展转间,微闻箫声阴深萋莽①。不慧起身,审箫声自东来,拔草穷源,寻至其地,果见长老发白蓬蓬,不慧进前拜礼,伏地大哭。长老颦其双眉曰:"小子,国破家亡,尔奚言?尔当知吾国实哲学之渊海,俯视希腊,殆后进耳。吾国虽在上世分崩,然列国政治,盖依《摩奴法典》②,人民安乐。奈何末世威权坠弛③,渐入衰颓,以至今日,庄严乐土,全属他人。伤心哉,小子!我非神仙,我为摩竭陀遗老,一时巡礼海滨,以吊先贤之厉④。忽见大盗执三数人,剖腹投诸海滨,盖私筑盐坑以求活者⑤。伤心哉,小子!忍令梵天之裔⑥,沦于刺猬⑦?我乃率此土百有余人,

---

① 萋莽:当作"凄惘"。凄切怅惘。
② 《摩奴法典》:古印度有关宗教、哲学和法律的汇编之一。传说由人类始祖摩奴(Manu)制定。约在公元前2世纪至公元2世纪间陆续编成,严格维护上层种姓即统治阶层的利益。
③ 坠弛:衰落消歇。
④ 厉:鬼魂。
⑤ 私筑盐坑以求活者:指铤而走险违禁煮私盐为生的人。
⑥ 梵天之裔:指印度子民。
⑦ 沦于刺猬:喻陷于绝境,如刺猬之潜伏地穴。

以申公愤，宁以筋骨为绳柱，血肉为泥涂。百有余人，果已尽死，岂非贞贯白虹①？今我吹箫哀诉梵天而已！"

长老言滔滔若海潮音。不慧白长老以谋恢复事，长老以手背收泪曰："小子当徐图之。"

寻诸隐士亦至，不慧一一复长老言，四十余人均起舞以表欢悦。舞已，复行，至一村落，古木参天，花放满足，奕奕有光，天香缭绕。不慧凭吊断井颓垣，凄然下泪。是日村民家家寒食②，盖为凉七节（Citala-saptame 尸多罗萨陀弥），不慧避世久，今始知时为仲夏也。长老无言久之，命壮者对彼村民陈恢复大义，复遣壮者妻教导妇女。壮者肃容指天白众曰："余辈梵天遗裔，亡国已来，被大盗残杀无已，思之能勿发指！今兹大盗重定法典，是犹豺狼鸣和鸾③以噬人，盗贼借揖让而行劫耳，安比《摩奴法典》？呜呼！自昔阿利安人侵入，利用阶级制度，束缚吾人，继而回人残暴，及莫卧尔④自蒙古来，尚可以德报怨，乃至今

---

① 贞贯白虹：谓正气化作贯日的白虹。古人认为人间不平凡的举动会引起这种天象变化。其实"白虹"不是虹而是晕，是一种大气的光学现象。
② 寒食：节令名，清明前一天（一说前两天）。相传起于晋文公悼念介之推，以介之推抱木焚死，遂定每年此日禁火寒食。
③ 和鸾：车铃。
④ 莫卧尔：指莫卧儿帝国。1526年兴起于印度半岛北部的伊斯兰教国家。建立者巴布尔为14世纪蒙古族帖木儿帝国皇室后裔。

日，欲食盐亦不可得！吾侪试思：梵土者，梵天界以载吾梵裔者也，今反令大盗为主，古所未闻。况复盗行巧诈污秽，殆不忍言，人非木石，断不能长此终古也！彼认贼作父者，余三复思之，决非吾族。嗟夫！吾侪神明之胄，勿以大盗为可亲昵，不观其腹若卑巴酒桶①，日啜吾血，以充饥渴。助贼为暴者，虽恃法典，如阿输迦树②，根枯枝朽，不足为畏。大圣有言：'五趣③生死，轮转无际，可愍众生，百劫难度④。'今欲早离苦海，当以大雄无畏之身，还我婆娑大地。若其不尔，则非梵天之裔，永坠泥黎⑤，敢凭湿缚（Siva 司破坏万物之神），慈悲哀愍。"

村民听已，皆大欢呼：愿灭大盗。惟诸妇女，偷安逸处，胆如粟大。妇人为物，真百劫不超升⑥者哉！既而部署毕，吾侪率数百村人，长老先导，行至日暮。有大盗四人，拥一女子，盛妆姣服，百计装潢，诸人见之，疑为蜂妖。四人悉衣黑服，颈悬一物，作"十"字形，发光闪闪如屠者刀。

---

① 卑巴酒桶：即啤酒桶，木制，腹部凸起。
② 阿输迦树（Asok-tree）：亦作"阿输柯""无忧花树"。佛教传说中的树名，佛母摩耶夫人攀此树而生释迦牟尼。
③ 五趣：亦称"五道"。佛教用语，谓众生根据生前善恶行为有五种轮回转生的趋向，即地狱、饿鬼、畜生、人、天。
④ 百劫难度：永世不能超脱苦难。度，超度。佛教指救度亡者超越苦难。
⑤ 泥黎：梵文音译，通作"泥犁"。意为"地狱"。佛教十界中最恶劣的境界。
⑥ 超升：指超越尘世升入仙界。

不慧叱之曰："且住！我且问尔，践我印度人之土，食我印度人之肉，饮我印度人之血，非汝等耶？"

长身者曰："同胞，同胞，胡为者？吾等匪他，乃感上帝神灵，为同胞宣布上帝真理、上帝爱人之大道者。"

言已，口喃喃不可辨。不慧勃然复叱之曰："谁是汝同胞？汝自是上帝使者，且为颇裨（Paphi 此云杀者，亦名恶中恶）。狗子尚有佛性，汝云爱人如己哉？不值我神明华胄一棓①。"

村众皆曰："杀之泄吾愤！彼'恶中恶'负罪至巨，非可以慈心诃责。"惟长老不可，谓彼眇小无赖。继而壮者进前谕之曰："汝罪弗可逭，汝知之否？我印度人生于斯，食于斯，相羊②自得。春至杂花满树，嫣然欲语，秋则红叶照耀山村。今汝等乃使我兄弟无家可归，我誓摈汝速离吾土，此非犹太③，任汝上帝纵横，勿谓我印度无人也！"

壮者妻随曰："梵天之上，我兄弟姊妹，为汝鱼肉久矣。今兹相逢，不忍毙汝，吾同胞固怀慈爱，汝且勿惊。详以告我，贼渠今在何处？"

---

① 棓：同"棒"。棍子。
② 相羊：即徜徉。漫游，自由自在地往来。
③ 犹太：本指基督教的发源地古犹太王国，即今以色列、巴勒斯坦一带。此泛称信奉基督教的欧洲国家。

长身者蓝睛一转，有如乌鼱①，点头曰："西。汝欲何为？"

不慧曰："此去几由延？"

曰："末一由延。"

不慧遂约村众纵之去。赋有长髯者语少女："吾今午餐坠盐，危哉！"（案，某国俗：忌落盐桌上；若剔少许，弃左肩后，方可解除云。）

少女云："诚危，余亦三喷嚏。"（案，某国俗：一喷嚏必有信来，二喷嚏有人将拊其颊，三喷嚏必为凶兆。）

其一人曰："余昨见白兔横路而过，已有戒心。"

贼众言已，皆抚胸跪地，以白眼上向天，感上帝有灵云。尔时诸天昏暗，盲风②暴雨，震荡川陆。村众亟欲西进，长老持之，属不慧尾贼③。回顾数贼，黑荫④已远，不慧伏地谛视，堤下江色，影照蒿莱，不慧亟履水面飘行，此儿时所熟习也。时山谷啸号，木叶堕地，知婆楼那风（Pharna 此云迅烈风）方起，又闻虎啸，不慧愤大仇之未复，绝无恐怖。举首隐约辨桥梁，傍垂柽柳⑤，濛濛茂翳，攀枝至干，

---

① 乌鼱：即鼱鼠。鼠类最小的一种。
② 盲风：疾风。《礼记·月令·孟秋之月》："盲风至，鸿雁来，玄鸟归。"
③ 尾贼：跟踪贼众。
④ 黑荫：黑影。
⑤ 柽柳：西河柳，俗称垂丝柳。

苔滑几蹈。少选，黑衣贼喃喃语，果已过桥，达巨室，已先有人伫立。适电光闪入斜条疏薄处，谛视贼辈，悉已进宅，知是盗窟，急复下水，返白长老。长老曰："当于西暂避。"长老言已，独自东去。长老行止，不可测也。

  吾侪于是指西疾走，随闻炮声殷殷不断，审是大盗示威，念近之无脱死者。昔闻乡人咸谓："贼方用此利器，传布上帝爱人大道，若午夜钟声也。回回人以刀弘扬救法①，远逊之矣。"吾侪既进丛篁②，前有爟火③，其光断续。壮者夫妻随村众休息，不慧直前斥候④，寻至光下，知是田舍。挝门久之，有一男子持烛拔关，不慧于烛影下觇吾梵裔仪容，朴诚之气，游溢眉宇。大盗方以法律、权利、界限为亲爱之券⑤，愈思吾同胞不可一日屈大盗下也！虽彼方孽类，假卢索⑥浮说，

---

① "回回人"句：指历史上伊斯兰教徒以武力布道，胁迫俗众信奉教典《古兰经》。回回人，指伊斯兰教徒。伊斯兰教自7世纪中叶传入中国后，入教者以回族人居多。元代以后，因泛称信奉伊斯兰教的民族为"回回"。
② 丛篁：丛生的竹子。
③ 爟火：古时报告敌情所举的烽火。北朝庾信《周上柱国齐王宪神道碑》：匈奴突于武川，爟火通于灞上。
④ 斥候：侦察。
⑤ 券：契据，此指保障。
⑥ 卢索：即让－雅克·卢梭（Jean-Jacques Rousseau，1712—1778）。法国启蒙思想家、哲学家、教育学家、文学家。在社会观方面，他认为在原始社会的"自然状态"下，人人都享受"自然"自由和平等，强调人民有权推翻蹂躏"人权"、违反"自然"的专制政体，建立以"最聪明的少数人"为领导、充分体现"共同意志"的"理性王国"。

谓人有天赋特权平等自由，顾日以掠人财产土地为事。不慧名之，是为淫妇，"自由平等"云乎哉，实淫妇之自然主义耳！不慧既哀陈所自来，男子以口灭烛，且息门灯，下气语曰："善哉！村众幸进我许，毋他虑。"

已而，吾侪齐至，闻老人声，曳不慧手徐徐而行。进芦屋已，老人属吾侪席地坐，未及举火，老人曰："嗟我兄弟，今夕瘏①矣，且请安息，大盗虽凶，未敢犯我。我是前此吐蒲那（Daphuna）国诸侯，今为农父，哀哉！兄弟亦知仅有昙卢洲（Dhari）尚为于净土，未落贼手耶？我常与大盗委蛇②，盗且厚结我。伤哉，农叟，岂知更有凄恻者！据昔《摩奴法典》，一切耕地，悉属开垦者自耕之。纳赋国王，但以谷米酬保护之劳耳，固非田地税，国王虽悍，无得滥征。顾至今日，税项之苛，得未梦到，弹指异年，我同胞不食黄泥，无以度日也！夜静月明，未尝不谛思堕泪。我田虽多且美，为大盗作佃奴；我产虽丽且富，为亡国留贱夫。我每饭犹未忘先君遗训：人而甘自暴弃，勿为众生增长福祉，毋宁自焚其身，化为尘灰，风来吹散，走向天空，与罪业同灭。顾我不肖，身为奴虏，披肝自问，诚无以对先君。

---

① 瘏：因劳致病。
② 委蛇：随便应付。

深悔当日老眼昏瞀①,亲此大盗。我今揣诸大德心情,必谓我狂勃②无双,五天草木,将不屑与我同腐矣。"

言次,哭不成声。村众不知所慰。老人呜咽,更申其言:"呜呼!大盗窃国,五天同悲。今有一言:吾侪身受兹耻,必身复之。如或因循,此生过已,尔子若孙,奚但忘却雠仇,反视大盗为神所命,且颂盗恩德不暇矣。谁谓百世之下,尚能复仇也?"

不慧惊起,束芦为管,疾书老人语于贝叶③。时已夜深,大风稍定,雨不可止。大众寂寥无语,但闻西风振箑,参以雨声,心共碎耳。

翌晨,旭日照园,鹧鸪声急,大众相顾,容颜蕉萃。老人瀹卵④为餐,大众获饱。壮者夫妻随不慧去摘果实,甫涉江,逢长老。长老龙钟托钵,中盛异果,将以分吾三人,对受食之,芳甘凝舌。长老言:"昨夜卧冈丘蔓草闸,静审大德无虞。东方既白,有妇提瓶汲水,见我伫趾,跪拜不已,且曰:'仙人悯我!仙人悯我!'我问:'于意云何?'答曰:'仙人,仙人,小妾有言,赐怜垂听。妾无失欢,胡

---

① 昏瞀:此指眼花。瞀,目眩。
② 狂勃:当作"狂悖"。狂妄悖理。
③ 贝叶:印度贝多罗树的叶子,用水沤后可代纸,古印度僧人多用以写经。
④ 瀹卵:用汤水煮蛋。瀹,以汤煮物。

未举子？妾无失德，胡俾贫窭①？仙人，仙人，何以教我？'余曰：'善来女人，汝无小动物助而耕耘乎？汝无铜货助而换盐乎？汝不自觉有盗翁、盗妪夺尔田地、烹汝兄弟姊妹，又使汝不得少啜盐汤？汝夜静眠，诚念汝嫁时所受聘币，他女岂得兼受之耶！善女人，盍自儆醒②，招汝姊妹，联手以来，夺回梵天遗产，如主人索其旧物。此非细事，汝莫谓女人心虽怨毒，面仍谑笑，可以博人欢爱！彼红髯奴凶残正未有艾，指顾间可以碎汝五漏③之躯。汝但愿有儿女财产，以为无虑，无有是处。'妇闭目摇头张口曰：'恶，是何言！妇人只知儿女财产，从心所欲。仙人，仙人，我殊不解：彼赤发绿眸，高乳大尻④者，是否摩诃目犍连那⑤所见地狱中饿鬼耶？相其面目，心实憎之。虽然，我固妇道，不容多言。虽是饿鬼，今有势藉，又焉能以丑名相加？汝仙人固不近情。仙人，仙人，我诚语尔：吾邻家有妇少艾⑥，夫婿贤明，极蒙彼辈厚遇，日能纵欲，妇人

---

① 窭：贫寒。
② 儆醒：戒备。
③ 五漏：指眼、耳、鼻、舌、身。
④ 尻：臀部。
⑤ 摩诃目犍连那：通译"摩诃目犍连"，略称"目犍连""目连"。释迦牟尼十大弟子之一。《盂兰盆经》说他为救生母脱离饿鬼道而设盂兰盆会。
⑥ 少艾：年轻美好的女子。

所希冀者，正在此耳！今仙人导我与之疏远，是诚何心？仙人，仙人，尔言不入耳，小妾虽不识一字，不尔惑也。'余听至此，举杖欲叩之，始踉跄遁去。呜呼！大盗初来，无过三五偷儿，不意其祸一至于此！推妇人言。知贼辈狡黠无伦，好行小惠，昧者魂魄，竟为所夺。嗟夫！我梵裔天性长厚，大盗饵之，滋用悯恻。其若女性，如脂如韦①，不知耻辱，彼摩登祇（Motandhi 此女卑贱，拂帚为活）正以女身当为男子拾粪，钱币而外，安知他物？"长老言至此，抚吾等曰："归乎？"

甫行，遇一牧童，壮者妻向之曰："小子良苦，朝露未晞②，负草何之？"童子云："诚如若言，我殆极人世之至戚者。汝知我背上湿草，何所用者？我窃语汝，以饲马也。饲马非怪事，所恨者，仇人乘之以杀吾兄弟。昔者，吾父死于贼，吾年尚幼。今也目击残杀我兄弟姊妹，奚啻数十？或以麻绳束之树杪，揭铳射之，而观其避丸也。或以刃剡肠，塞以败絮，而观其手舞足蹈也。或以苏支（Shuchi 此云尖针）钉其两目，投向潮流，而观其浮沉上下也。我始惊疑，如是凶残，必具神力。否否，闻父老言，方知其来由西北隅。

---

① 如脂如韦：喻柔弱依赖。脂，油脂。韦，熟牛皮。二物均极柔。
② 晞：干燥。

余幼时随大父①乘凉树荫，思啖素迦（Shukker 此云糖），才得少许，未足余食，复索不果，抚头大哭。傍儿窃曰：'小弟勿哭，于西北方有狞恶鬼国，闻汝哭糖，将来夺汝。'呜呼！今风景依然，顾吾兄弟家财，竟归恶鬼矣！余虽幼稚，不自揆量②，无时不思为父报仇。一时愤火中起，盛米于筐，潜藏匕首，随父老出乡，至大盗所，欲于五步之内，泄吾孤愤。奈何余欲进门，有人阻我，非是贼类，乃我国人，我遂手刃之。泚③血书其背曰'贱竖子④'，用儆来者。是后去而为牧，冀苍苍者或成小子之志。我言尽此，我怀此心，汝岂同哉？"

吾侪谛听童言，铿铿尚有余响。长老太息抚慰，招归村落。自是吾侪各散乡间，终日筹画，心为摧折。

节序不居，九经弦望⑤，十方大德，咸来聚会。纯刚利器⑥，亦自诸方遗老将⑦来。一时壮者率诸村众、牧童斩木为

---

① 大父：祖父。
② 不自揆量：不自量力。揆，衡量。
③ 泚：蘸。
④ 竖子：对人的鄙称。犹谓"小子"。
⑤ 九经弦望：经过九个月。弦望，上弦月、下弦月与满月，为月相一月之内的变化。代指一个月时间。
⑥ 纯刚利器：指各种兵器。
⑦ 将：携带。

麾①，长者吹箫先导，魂欲出管。壮者妻拔长刀以卫幼艾②，不慧扶老人随诸隐士悉骑骏马。老人张目，幢幢③发光，跨鞍顾盼曰："不图今日，奋兴壮举！嗟夫！梵天帝释，实所共鉴。梵裔固非好杀者。"嗣阖军大呼曰："梵天帝释，实鉴此心。声撼碧落。于是策马夜行，月华如水，行役之劳，不自知其梢散于山河壮丽间也。

凌晨，至摩羯陀国④（Maghada）波沙耶山（Pashaya 此云孤绝山），揭竿山顶。老人指点曰："此当年遗老避兵处也。腐草转磷⑤，今日犹现。吾师未捷，育如此耳！"

长老擎香华一束，俯伏山冈。行礼既已，白发婆娑，临风草檄曰：

---

① 麾：指挥军队的旗帜。
② 幼艾：犹"老少"。战国屈原《楚辞·九歌·少司命》："竦长剑拥幼艾。"汉王逸注："幼，少也；艾，长也。"
③ 幢幢：晃动的样子。
④ 摩竭陀国：古印度奴隶制国家。在今比哈尔邦南部。公元前4—前2世纪孔雀王朝统治期间，国势强盛，成为早期佛教中心。5世纪国土分裂。
⑤ 腐草转磷：语本《礼记·月令》"腐草为萤"。古人认为腐草可化生萤火虫。此兼喻冤愤不灭。磷，磷光。指萤火虫。

粤昔大圣①,鹿苑②开场,愍人天之长寐③;解除四姓④,乐平等⑤之无边。[译者案:世尊⑥始在鹿野苑(Deer Park),说因缘相生之实,非四姓不平之理。]何图末世,狮王弗吼,化佛困于槁灰⑦,野狐乱鸣⑧,生灵陷于鬼窟。(嗣后佛法衰微,人心秽乱,沉沦不返,以致外人屡次侵入,卒以亡国。)妙高⑨如故,恒河犹昔。所遗旧物,惟有蒲柳。时见雁影,远横天际。(Shanbha梵音僧婆,英译作雁。译者案:当作雁影,吻合唐言。雁者,梵音亘娑,盖梵土亦以雁为义鸟,最可哀愍。

---

① 粤:句首语气词。大圣:指释迦牟尼。
② 鹿苑:鹿野苑。佛教圣地。属中印度波罗奈国,在今瓦拉纳西城西北约10公里处。传为释迦牟尼成道后最初说法的地方。
③ 人天之长寐:喻世道衰微,人心麻木。人天,人心语天意。
④ 四姓:古印度种姓制度把全体社会成员分为四个等级:婆罗门、刹帝利、吠舍和首陀罗。各等级之间贵贱分明,界限森严,职业世袭,互不通婚。
⑤ 平等:释迦牟尼针对婆罗门种姓制度的不合理,主张"四姓平等",认为种姓是社会分工造成的,不是神造成的。
⑥ 世尊:佛教徒对释迦牟尼的尊称。佛教谓释迦具足众多功德,能利益世间,于世独尊。
⑦ "狮王"二句:谓佛法衰歇。狮王吼,即"狮子吼",佛教谓佛祖说法声动世界,如狮子作吼,群兽慑服。化佛,佛教谓佛菩萨以神力化作佛形。
⑧ 野狐乱鸣:谓异端邪说公行。野狐,野狐禅,佛教对外道异端的鄙称。言仅能欺世惑人,不足证道。
⑨ 妙高:即须弥山。佛经谓以七宝合成,故称。

相传昔有伽蓝①,玩习小乘渐教②,开三净之食③,但是三净,求不时获,有苾刍④经行,忽见雁阵飞翔,戏言曰:"今日僧众中食不充,摩诃萨埵⑤宜知。"言声未绝,一雁退飞,当苾刍前,投身自殒。苾刍见已,具白众僧,闻者悲感,咸相谓曰:"如来设法,导诱随机;我等守愚,执行渐教。大乘⑥正理也,宜改先执⑦,务从圣旨。此雁垂诫,诚为明导。宜旌⑧厚德,传记终古。"遂建塔婆⑨,以彼死雁瘗其下焉。)旅客过斯,尚怀怆恨,况

---

① 伽蓝:梵文音译,"僧伽蓝摩"的略称。意译"众园"或"僧院"。佛教寺院的统称。
② 小乘渐教:小乘佛教。渐教,佛教以"渐悟"说为教义的一派,与持"顿悟"说的教派相对立。认为人虽具"佛性",但由于受世俗杂念影响,须历长期修行,始得心明累尺。
③ 三净之食:即"三净肉"。指不见其杀、不闻其杀及不疑其为我而杀的肉类。在小乘戒中,不禁啖食。
④ 苾刍:即"比丘",意译"乞士"。因初期以乞食为生而得名。指已受具足戒的男性,俗称和尚。
⑤ 摩诃萨埵:即菩提萨埵,略称"菩萨"。意译为"大士",即"发大心的人"。佛典常提到的菩萨有弥勒、文殊、普贤、观世音、大势至等。摩诃,意为"伟大"。
⑥ 大乘:即大乘佛教。公元1—2世纪间由佛教大众部的一些支派发展而成。倡导菩萨之道,强调一切众生皆可成佛,一切修行应以自利利他并重。自谓教法最胜。主要流传于中国、朝鲜半岛、日本、越南等地。
⑦ 先执:原先所奉行的教派。此指小乘佛教。
⑧ 旌:表彰。
⑨ 塔婆:略称"塔"。

我同气，能勿伤心？今兹吾侪，愿发弘誓，摧灭残贼，一切有情，同心共愤。追怀亡国之初，竺生烈女①，大雄奋迅，喋血报仇，率土之滨，莫非梵裔②。奈何纵逸，仁心不竟，庄严净土，坐付髯奴③？或有甘于小惠，为贼厮养。嗟我兄弟，谁无隐虑，可为猩猩之嗜酒④，燕雀之巢幕上⑤哉？古称豪杰，无待犹兴。迩者慧日⑥方升，慈风⑦初拂，当振大宰于觉海⑧，驱天魔于无间⑨，上招遗老之魂，下吊神明之胄⑩。凡我同气⑪，各

---

① 竺生烈女：天竺国产生一位女英雄。
② "率土"二句：谓境域之内，全是印度人。极言举义人数之多。语本《诗经·北山》："率土之滨，莫非王臣。"
③ 髯奴：指入侵印度的英国殖民者。因多畜须，故称。
④ 猩猩之嗜酒：喻受利诱而导致严重后果。典出唐李肇《国史补》卷下："猩猩者好酒与屐，人有取之者，置二物以诱之。猩猩始见，必大骂曰：'诱我也！'乃绝走远去，久而复来，稍稍相劝，俄项俱醉，其足皆绊于屐，因遂获之。"
⑤ 燕雀之巢幕上：喻置身危险境地而不自知。《左传·襄公二十九年》："夫子之在此也，犹燕之巢与幕上。"
⑥ 慧日：佛教用语，谓佛菩萨智慧无所不照。
⑦ 慈风：喻佛法慈善，影响广泛。
⑧ 觉海：佛教的别称。隋卢思道《辽阳山寺愿文》："投心觉海，束意玄门。"
⑨ 天魔：佛教所说的四魔之一，为欲界第六天之主，常障害修佛道之人。此指所讨伐的敌人。　无间：无间地狱，即阿鼻地狱。佛教所说的八大地狱中的第八狱，坠入者"受苦无间"，造"十不善业"重罪者堕之。
⑩ 神明之胄：神明的后裔。指广大佛教徒。
⑪ 同气：本指有血统关系的亲属，多指兄弟。此泛称国中信仰、志向相同的人。

尽尔心。

吾师所经,风流乡盛①。次日,审贼军屯耶舍江②(Yasa 此云澄明),壮者妻携幼艾,传檄过江。贼军多属土人。诵檄文已,抱幼艾大哭曰:"吾独非尔兄弟耶?"悉携军旅来归。刹那间,贼营既拔,逐其渠帅③,军威逾振,所向克捷,澄江以南,均无贼迹。过一月已,忽闻急报,吾军夜溯澄江北上,炮震肉飞,喋血三日。吾军丸药将罄,积尸横地,江为之赤。牧童高呼曰:"杀我者,我兄弟也!墟我梵土者,我北人也!"言毕,以刃自剖。尔时不慧魂已出壳,堕身江浦,无知觉已。

少顷,微知臂痛,又听涛声潎汩④。久之渐醒,寥寂无睹。沙尾⑤鳞鳞,寒潮已退,惟有葭苇蒙笼,陂陀⑥回首,见苍崖崒崔⑦。不慧始行以足,继以手,终踞石滩,尻行⑧以上。一泓澄碧,鉴我愁容,枯瘠无比。举头天际,残阳照海,

---

① 风流乡盛:此指教化流行。乡,通"向"。趋向。
② 耶舍江:在摩羯陀国华氏城附近。
③ 渠帅:魁首。渠,通"巨"。
④ 潎汩:水流声。
⑤ 沙尾:沙滩。
⑥ 陂陀:倾斜的样子。
⑦ 崒崔:即"崔崒"。山势高峻的样子。
⑧ 尻行:蹲着移动身子。

鸟带云归。足下香花，旖旎茸弱①，不觉泪下潺湲，念此野卉，尔溅吾泪，实属前缘。但愿尔生生怒放，俾吾梵斋，撷尔芬烈②，祷告梵天，方出师也。出师不捷，亦愿如尔堕地时化为泥土，更护新葩，梵斋亦复如是，撷尔兴师，暂不休也。已而日色向晦，岩傍草径甚微，念南出则为山路。是夕无月，不辨一物，惟萤光出没耳。不慧彳亍行且倦，忽有物触趾端，异之，俯服扪摩，审是断碑，深勒星迦梨书③曰：佛陀伽耶钵逻底也（二合）底迦（Buddhagayapra-dydika 此云寂灭道场边地），知是中天④村落，悲哉世尊，于此成法身大士⑤者！不慧涔涔落泪，乃卧碑上，不忍舍去。其傍泉水潆潆⑥绕流，不慧思饮，以手掬取。有孤罗迦果（Kuraka 状如酸枣）聚积石间，拾果食之。食已，危坐久之，微闻香馥，盖花开也。少选天明，又掬清泉，临流濯足，以去宿垢。然后独行村外，垂柳含烟，紫蕨⑦遍野，朝露犹存，透湿吾胫。忽逢兰若，

---

① 旖旎茸弱：繁盛而柔美。弱，荏弱。
② 芬烈：强烈的香气。
③ 星迦梨书：梵文 Singhalese，斯里兰卡的僧伽罗文字。
④ 中天：中天竺。
⑤ 成法身大士：指修成佛身。法身，亦称"佛身"。佛教指身具一切佛法。大士，菩萨的统称。
⑥ 潆潆：水流声。
⑦ 紫蕨：亦称"蕨菜""乌糯"。蕨类植物。多年生草本植物，高1米左右。根状茎蔓生土中，披棕色细毛。

芜废无僧，芙蓉方开甚盛，蹑足徐进，但见落花满砌。不慧俯身坐残英上，始见左臂为丸穿过，血已凝结，乃摘因萝（Inra 云：香叶），拭去积血，方知痛楚。时已近午，有叟过门，见余伤臂，即往掊素路多惹那（Surutayana 此为矿石），素色有光，犹如水精①，亲制成汁，为不慧洗伤。不慧敬询仁叟，知是药师。痛既失矣，叟授商那（Shamna 此云麻衣），不慧著之，飘飘如羽。行过村落，行人如昨，逾可哀耳！

如是我闻：一时阿沙伐瞿舍（Acvaghosha 马鸣菩萨）巡游波吒釐子城②（Patariputra），哀愍众生，作赖吒和逻（Rast-avara）曲调，以是因缘，摄化顽愚，尽超冥界。哀哀不慧，后生小子，躬逢忧患，一经义举，失迹飘零，遗老壮者，两不相知。梵天有灵，尚其诏我，爰握管为纪过去事。伏愿一切有情，同下血泪，斯吾笔记发凡也。

一日，不慧独坐河畔，力疾书此，乃至微风引磬，万念俱空。日暮，复行至深林，乍闻哀哭，继复闻澎湃声，就之，影既逝。不慧随之入水，抱其躯壳，至方塔侧，解衣席地，拾椰为枕，使之仰卧，阒寂无声。少选，月出，谛审其容，壮者妻也！惊惶欲绝。壮者妻须臾苏醒，麻痹无力。不慧

---

① 水精：即"水晶"。矿物石英的一种透明晶体。
② 波吒釐子城：摩羯陀国都城。

凄声带泪曰："长老暨诸大德无恙不？……"

【导读】

　　本笔记体小说为未完稿，1908 年 7—8 月连载于日本东京出版的二十二号、二十三号《民报》，署名"南国行人译"。

　　1908 年春，苏曼殊住在日本东京《民报》社，读到了南印度作家瞿沙（Ghōcha）的《娑罗（Sala）海滨遁迹记》英文译本，感动不已。章炳麟鼓励他将此篇翻译出来，在《民报》连载。此笔记小说亦收入同年出版的苏曼殊编译集《文学因缘》。柳亚子在《苏曼殊研究》（上海人民出版社，1987）中指出，此著"作者'南印度瞿沙（Ghōcha）'，不载印度文学史，原文亦未能查得，究竟为曼殊所译或自作，尚待考证"，至今依然有学者将其视为苏曼殊所作。不过，更多学者研究认为，此作原为梵文，曼殊乃以英文重译。

　　《娑罗海滨遁迹记》用第一人称写成，译出的部分仅仅是小说的一个"楔子"。译文部分大致讲述了印度亡国之后各地人民联合起来反抗外族统治的故事。故事发生在印度的雨季，主人公"不慧"在荒谷之中独行时迷失了道路，在石背上小坐，此时小雨淅沥，山花绽放，他听到山洞中传来歌声。他循着歌声摸索着进入洞穴，走过一段昏黑路径后一下子豁然开朗，原来是从山洞钻到了海滨！他发现竟有许多亡国遗民藏身于此地，其中有一位"壮者"，在侵略者入侵之初，曾经聚集六百多人与入侵印度的侵略者战斗，但屡战屡败，最后唯有他一人逃至海滨，被一少女所救并结为夫妻。洞中的四十多位爱国义士结成义军计划起义复国，各地人民纷纷加入或给予赞助，义军势力逐渐壮大，差不多占领了澄江之南，但从江南夜溯北上时被敌军打散，不慧幸而坠江后逃生，并在无意中发现并救下了壮者妻子，悲戚地问其"长老暨诸大德无恙不？"译文到此戛然而止，也成为苏曼殊翻译生涯中乃至印度文学译介史上的一件憾事。

论中外翻译文集

题《雪莱集》

谁赠雪莱一曲歌?
可怜心事正蹉跎。
琅玕欲报从何报①?
梦里依稀认眼波②。

【导读】

《雪莱集》原题为《师梨集》。1909年春,蔡哲夫从侨居上海的英国女郎莲华那里得到一本《雪莱诗集》,转赠曼殊,希望他能译介给中国读者。对此曼殊十分感动,只可惜当时心情不好,难以把笔,于是就写下这首诗,以表愧意,后来他又将此集赠予黄侃。

---

① 琅玕(láng gān):似玉的美石,此指《雪莱集》。"琅玕"句本汉张衡《四愁诗》:"美人赠我琴琅玕,何以报之双玉盘。路远莫致倚惆怅,何为怀忧心烦伤!"
② 眼波:指莲华女郎赠书时期望的眼神。

《梵文典》序

如是我闻①:

此梵字者,亘②三世而常恒,遍十方以平等。学之书之,定得常住之佛智;观之诵之,必证不坏之法身③。诸教之根本,诸字之父母,其在斯乎?夫欧洲通行文字,皆原④于拉丁⑤,拉丁原于希腊。由此上溯,实本梵文。他日考古文学,唯有梵文、汉文二种耳,余无足道也。顾汉土梵文作法,

---

① 如是我闻:"如是",指佛经经文内容如此;"我闻",阿难自称我闻之于佛。佛教传说,后为佛经开卷语,意思是"我听到释迦牟尼如此说"。
② 亘:历经,延续不断。
③ 法身:即"佛身",指佛所说之正法、佛所得之无漏法,及佛之自性真如如来藏,也就是以佛法成身,或身具一切佛法。
④ 原:同"源"。
⑤ 拉丁:拉丁文字。拉丁语原本是意大利中部拉提姆地区(Latium,意大利语为Lazio)的方言,后来则因为发源于此地的罗马帝国势力扩张而将拉丁语广泛传播于帝国境内,并定拉丁文为官方语言。而中世纪基督教普遍流传于欧洲后,拉丁语影响力则更深了,西欧各国曾以拉丁语为宗教、文化、学术研究等的共同语言。罗马帝国分崩离析后,拉丁语分化为法语、意大利语、西班牙语等,但是一些学术的词汇或文章,例如生物分类法的命名规则等尚使用拉丁语。目前梵蒂冈仍然使用拉丁语。

久无专书。其现存《龙藏》①者,唯唐智广所选《悉昙字记》②一卷,然音韵既多龃龉③,至于文法,一切未详。此但④持咒⑤之资。无以了知文义。

衲早岁出家,即尝有志于此。继游暹罗,逢鞠窣磨长老⑥,长老意思深远,殷殷以梵学相勉。衲拜受长老之旨,于今三年。只以行脚劳劳,机缘未至。嗣见西人撰述《梵

---

① 《龙藏》:指《大藏经》,乃佛教经典总集,简称为藏经,又称为一切经。有乾隆藏、嘉兴藏、敦煌藏等多个版本,这里专指乾隆官版,又名《清藏》。清代雍正十一年(1733)至乾隆三年(1738),在北京贤良寺以明朝《永乐北藏》为底本刻印而成。刷印100部,颁赐京内外各寺入藏。1935年又印过22部。经版原宫内武殿,后移藏柏林寺,尚存。
② 《悉昙字记》:记载南天竺般若菩提所传梵字的专书,唐山阴沙门智广著。据《贞元录》卷十七,迦毕试国般若三藏曾至南印度学持明藏,其后循南方海道至广州,贞元十年巡礼五台山,次年回长安。智广在五台山遇此般若菩提,撰写此书。
③ 龃龉(jǔ yǔ):不整齐、参差不齐,这里指《悉昙字记》一书体例不严整,前后自相矛盾。
④ 但:只是。
⑤ 持咒:念经。
⑥ 鞠窣磨长老:1904年初春,苏曼殊第一次效法历史上的高僧大德法显、玄奘,只身万里做白马投荒客,到达暹罗(泰国)、锡兰(斯里兰卡)、马来西亚、越南等地学习梵学。在泰国期间,苏曼殊拜会著名佛学家、龙莲寺住持鞠窣磨长老(也写作乔悉磨),长老殷切期望他在梵学上能有更大造诣,为"沟通华梵"作出贡献。

文典》①条例彰明。与慈恩②所述"八转③""六释④"等法，默相符会⑤。正在究心，适南方人⑥来说，鞠窣磨长老已圆寂矣！尔时，衲唯有望西三拜而已。今衲敬成鞠窣磨长老之志而作此书。非谓佛刹圆音⑦，尽于斯著，然沟通华、梵当自此始。但愿法界有情⑧，同圆种智⑨。抑今者佛教大开光

---

① 西人撰述《梵文典》：柳亚子在《〈苏玄瑛新传〉考证》一文中说，他访谈陈独秀时，陈曾说《梵文典》乃翻译之作，原英文版本由陈移赠曼殊。
② 慈恩：唐代高僧窥基（632—682），俗姓尉迟，字洪道，法名"窥基"。京兆长安（今陕西西安）人，唯识宗创始人。十七岁出家，奉敕为玄奘弟子，入弘福寺，后移住大慈恩寺，从玄奘习梵文及佛教经论，被尊称为"慈恩法师"。
③ 八转：即"八啭"，指梵语苏漫多（subanta）声的八种语格：体声、业声、具声、所为声、所从声、所属声、所依声、呼声。此八声各自又有一言声、二言声、多言声的区分，共有二十四声。这二十四声又分男声、女声、中声三性，故变形为七十二声。
④ 六释："六离合释"的简称。梵语音译"杀三磨娑"，"杀"为六义，"三磨娑"为合义，故称"六合释"，即持业释、依主释、有财释、相违释、临近释、带数释六种法式。方法是先离释，后合释。释，解。
⑤ 符会：符合。
⑥ 南方人：印度人，这里指波逻罕，亚洲和亲会会员，1907 年 4 月自美国返回印度途中经过日本，住在东京《民报》社，章太炎请其演讲时，由苏曼殊任传译。他曾为苏审阅《梵文典》初稿，并为其题词。
⑦ 圆音：圆润美妙的声音，这里是指佛音、佛语。
⑧ 有情：佛语，旧译为"众生"，即生存者之意，指人类、诸天、饿鬼、畜生、阿修罗等有情识的生物。其他如草木金石、山河大地等，则称无情。"有情"与"无情"合起来是佛教对世界的总概括。
⑨ 种智：佛教用语，一切智知。

明之运①,已萌于隐约间,十方大德,必有具奋迅勇猛大雄无畏相者。词无碍解,当有其人。他日圆音一演,成金色佛,遍满娑婆即罄②。虽慧根微弱,冀愿力庄严,随诸公后。若夫忘言忘思,筌蹄③俱废,奚以④是为?然能尔也。

岭南慧龙寺僧博经⑤书于西湖灵隐山

【导读】

1904年春,曼殊南游暹罗,受鞠宰磨长老劝勉,决心为汉人编写学习梵文的读本。后从陈独秀处获得《梵文典》英文本,于是着手参照编译,并草成此序。1907年初苏曼殊东渡日本后,又将稿子进行全面的修改整理。时值波逻罕自美访日,苏曼殊担任翻译,遂请其审阅,至成定稿。惜"印人索价太奢",未能出版。原稿下落不明,据说曾在日本展出过。

---

① 光明之运:佛教指天地间最正确的认识。
② 娑婆即罄:佛教说的"娑婆世界",又被称为"五浊世间",与"净土"相对。此处是指金色的佛光遍洒世间,恶浊不再。
③ 筌蹄:比喻达到目的所采用的手段。语出《庄子·外物》:"筌者所以在鱼,得鱼而忘筌;蹄者所以在兔,得兔而忘蹄;言者所以在意,得意而忘言。"筌,捕鱼的竹器。蹄,捕兔的器具。
④ 奚以:凭借什么。
⑤ 博经:原为苏曼殊已故师兄的法名,1904年初,曼殊窃其度牒后,常以度牒上书"新会慧龙寺赞初长老弟子博经"自称。

《初步梵文典》启事

汉土梵文作法，久无专书。其存于《龙藏》者，惟唐智广所撰《悉昙字记》一卷。然音韵既多龃龉，至于语格，一切未详，盖徒供持咒之用而已。

衲自早岁出家，即尝有志于此。继游暹罗住龙莲寺，鞠窣磨长老亦以书成相勉。嗣见西人撰述《梵文典》。条例彰明，与慈恩所述"八转""六释"等法，正相符会。究心数年，成《初步梵文典》八卷。会友人①劝将首卷开印，遂以付梓，余俟续刊。非谓佛刹圆音，尽于斯著，然沟通华、梵，当自此始。但愿法界有情，同圆种智，持此功德，迴向华严②。首卷目次，具列如左③：

---

① 友人，这里指章太炎。1907年夏，曼殊客居东京时给刘三信中说："曼春间妄作《梵文典》一部，枚公命速将付梓……"章太炎，字枚叔，"枚公"是曼殊对其敬称。
② 迴向华严：皈依华严佛法。华严，华严宗，中国佛教八大宗派之一，以《华严经》为其主要经典。以隋代杜顺和尚（即法顺）为初祖，祖庭是西安华严寺。
③ 左：以前书写是从右到左，后写的内容就在左边。现在改为先上后下，以前的"左"变成了下文。

印度法学士波逻罕居士题辞

余杭章炳麟居士题辞

余杭章炳麟居士序

仪征刘光汉居士序

仪征何震女居士题偈

自序

例言

决择分①

字母（十三种）

字母汉音罗马音表

诸经释字母品

摩多②

别体摩多

空点

涅槃点

体文

别体摩多附合法

---

① 决择分：佛教术语，"发于见道之无漏真智也"。决择，决断其疑，分别其理。分，分段。
② 摩多：梵语"母""母音"的意思。悉昙47个字母中，摩多占12个。

求那毗利地①及半母音法

五声类别表

母音连声法

子音连声法

数字

联含子音字表

梵文法表

卷第一附录

《心经》②原文——汉文直译。马格斯·牟勒（F.M.M.）英译

《那罗王谭》——印度二大叙事诗③《摩诃波罗多》篇中最美妙之章

粤东新会慧龙寺博经白④

---

① 求那毗利地：也写作求那毗地，意译"德进"。古代印度僧人。据《高僧传》记载，南朝齐建元元年（479）至建康，住毗耶离寺。永明十年（492）译出其师抄集的《百喻经》等诵大小乘达二十万言。
② 《心经》：《般若波罗蜜多心经》的简称，一卷，有七种汉译本，其中唐玄奘版流传最广。
③ 疑此处缺"之一"二字。另一部叙事体史诗为《罗摩衍那》。
④ 白：说明，告诉，陈述。

【导读】

苏曼殊的《梵文典》首卷定稿后,一边谋求出版,一边积极宣传,并写下此"启事"刊登。大概是要强调此书是学习梵文的入门读物,所以冠以"初步"二字。

苏曼殊编撰《梵文典》一事,受到好友陈独秀、章太炎的积极鼓动和支持,章太炎作有《〈梵文典〉序》《〈初步梵文典〉序》,刘师培亦作有《〈梵文典〉序》,刘师培夫人何震作有《〈梵文典〉偈》,陈独秀称苏曼殊的梵文研究为"千秋绝学"。

《梵文典》启事

《梵文典》八卷,粤东慧龙寺曼殊大师撰述。条理彰明,得未曾有。今将首卷开印,余俟续刊。一切有情,同圆种智,持此功德,迴向华严。首卷目次,具列如左:

印度法学士波逻罕居士题辞

余杭章炳麟居士题辞

余杭章炳麟居士序

仪征刘光汉居士序

仪征何震女居士题偈

熙州仲子居士题诗

自序

例言

决择分

字母(十三种)

字母汉音罗马音表

诸经释字母品

摩多

别体摩多

空点

涅槃点

体文

别体摩多附合法

求那毗利地

及半母音法

五声类别表

母音连声法

子音连声法

数字

联合子音字表

梵文法表

卷第一附录

《心经》原文——汉文直译。马格斯·年勒（F.M.M.）英译。奘公旧译

《那罗王谭》——印度二大叙事诗《摩诃波罗多》篇中最美妙之章

【导读】

《〈初步梵文典〉启事》发出后，为了扩大影响，苏曼殊即在原

稿基础上将文句简化，增加了新收到的陈独秀题诗，即《熙州仲子居士题诗》。这里的熙州指的是隋朝开皇三年（583），原豫州被改为熙州，管辖3郡4县，今怀宁县属熙州。仲子居士即陈独秀，怀宁人。又拟本启事刊于《天义》第6卷，同期还刊有《〈梵文典〉序》。

儆告十方佛弟子启

自迦叶腾①东流像法②,迄今千八百年。由汉至唐,风流乡③盛;两宋以降,转益衰微。今日乃有毁坏招提④改建学堂之事。窃闻海内白衣长者⑤,提倡僧学,略有数人。以此抵制宰官⑥,宁非利器!然犹有未慊⑦者,法门败坏,不在外缘而在内因。今兹戒律清严、禅观坚定者,诚有其人。

---

① 迦叶腾:即迦叶摩腾,又名摄摩腾,或略称摩腾。古印度僧人。相传东汉永平十年(67),迦叶摩腾和竺法兰二僧,用白马载着佛像和经典来到洛阳。翌年,明帝建白马寺,令二僧讲经,并从事梵本佛经的汉译。现存的《四十二章经》即于此时译出。这是佛教传入中国并汉译佛经之始。
② 像法:指佛教。
③ 乡:通"向"。
④ 招提:梵语所称寺院。
⑤ 白衣长者:指世俗社会的显贵。北周以前,黄冠是道士的专称,缁衣(黑色衣)成为僧人的别号,其后僧人增多,道士就改变自己的服色,从此缁衣便成为僧人的专称,而白衣成为俗人的专称。
⑥ 宰官:泛指官员。
⑦ 慊(qiè):满意,满足。

而皆僻处茅庵,不遑僧次①。自余兰若②,惟有金山、高旻、宝华、归元③,人无异议。其他刹土④,率与城市相连,一近俗居,染污便起。或有裸居茶肆,拈赌骨牌,聚观优戏,钩牵母邑⑤。碎杂小寺,时闻其风。丛林轨范⑥虽存,已多弛缓。不事奢摩⑦静虑,而惟终日安居;不闻说法讲经,而务为人礼忏⑧。嘱累正法,则专计资财(此弊广东最甚。其余虽少,亦不求行证,惟取长于世法而已)。争取缕衣⑨,则横生矛戟。驰情于供养,役形于利衰。为人轻贱,亦已宜矣。复有趋逐炎凉,情钟势耀。诡云护法,须赖人王⑩。相彼染心,实为利己。既无益于正教,而适为人鄙夷。此

---

① 僧次:佛学术语,僧之席次,必依夏腊之多少而定。供养法有僧次与别请二者。施主不选其人,但顺僧中之席次而供养,谓之僧次。特选其人而请待,谓之别请。夏腊,僧人出家的年数。僧人以七月十六日为岁首,七月十五日为除夕。
② 兰若(lán rě):梵语音译词。是僧人静修的地方。
③ 金山、高旻、宝华、归元:分别指江苏镇江金山寺、江苏扬州高旻寺、河北承德宝华寺、湖北武汉归元寺。
④ 刹土:佛寺。
⑤ 母邑:指女性住处。
⑥ 丛林轨范:佛门规矩。
⑦ 奢摩:梵语音译,即奢摩他,亦作"奢摩它"。中文意为寂止,寂静。谓精神集中,不为外界扰乱。
⑧ 礼忏:佛教语。礼拜三宝,忏悔所造罪恶。
⑨ 缕衣:细丝做的衣服。这里指传法袈裟。
⑩ 人王:人中之王,指天子。《释氏通鉴》:"燕王问:'人王尊?法王尊?'师曰:'在人中人王尊,在法中法王尊。'"

之殃咎，实由自取。详夫礼忏之法，虽起佛门。要为广说四谛八正道①等，令自开悟。岂须广建坛场，聚徒讽诵？

昔迦王虐杀安息国人②，自知灭后当堕地狱。马鸣菩萨，以八地圣僧为之礼忏，但得罪障微薄，尚堕龙身③，岂况六通④未具，四禅犹缺；唐持梵呗，何补秋毫？此方志公⑤智者，虽作忏仪，本是菩萨化身，能以圆音利物⑥。若在凡僧，何益之有？云栖⑦广作忏法，蔓延至今。徒误正修，以资利养。流毒沙门，其祸至烈。至于禅宗，本无忏法。而今亦相率崇效，非宜深戒者乎！应赴之说，古未之闻。昔白起⑧为秦将，坑长平降卒四十万，死入地狱。至梁武帝时，

---

① 四谛：梵文的意译，即苦谛、集谛、灭谛、道谛。谛，真理。八正道：佛教修习解脱境界的八种法门。
② 迦王虐杀安息国人：指阿输迦王（阿育王）早年在与安息的战争中俘虏十五万人，杀戮十万人，导致几十万人饿死。安息，音译帕提亚，亚洲西部古国。
③ 堕龙身：失去帝王身份。
④ 六通：佛教指修持禅定以后所获得的六种神秘灵力。
⑤ 志公：六朝高僧宝志禅师。南北朝齐梁时高僧，出生于句容县东阳镇（今属南京市栖霞区），金城（今甘肃兰州）人，俗姓朱。一生屡现神异。
⑥ 利物：利益众生。物，佛教指众生为物。
⑦ 云栖：即明代净土宗高僧莲池。隆庆五年（1571）以后长居杭州云栖寺，世称"云栖大师"。
⑧ 白起：战国时秦国名将。战国时期杰出的军事家、兵家代表人物，为秦国统一六国做出了巨大的贡献。长平之战，重创赵国主力，坑杀四十多万降卒。

致梦于帝,乞所以救拔之方。帝觉,求诸志公。公曰:"闻《大藏》中有《水陆仪文》一卷,若得之,如法行持,可以济拔。"于是集天下高僧,建水陆道场七昼夜,凡一切善法所应行者悉行之。一时名僧咸赴其请,应赴之法自此始。昔佛在世时,为法施生,以法教化众生。人间天上,莫不以五时八教①次第调停而成熟之。诸弟子亦各分化一方,恢弘其道。迨②佛灭度后,阿难③等结集三藏④流通法宝。至汉明帝时,佛法始入震旦⑤。唐宋以后,渐入浇漓⑥。取为衣食之资,将作贩卖之具。嗟夫!异哉!自既未度,焉能度人?譬如从井救人,二俱陷溺。且施者,与而不取之谓。

今我以法与人,人以财与我,是谓贸易,云何称施?况本无法与人,徒资口给耶?纵有虔诚之功,不赎贪求之过。若复苟且将事,以希利养,是谓盗施主物,又谓之负

---

① 五时八教:佛教天台宗的判教学说。
② 迨:等到。
③ 阿难:释迦牟尼十大弟子之一。为梵语 Ananda 的音译。意为"欢喜""喜庆"。阿难原是释迦牟尼佛的堂弟,后随佛陀出家,佛陀五十五岁时,选阿难为常随侍者,达二十五年。他谨记佛的一言一语,佛灭后第一结集就是由阿难诵出的,是三藏中的经藏。
④ 三藏:佛教典籍的总称。
⑤ 震旦:古代印度人对中国的称呼。
⑥ 浇漓:浮薄不厚。多指社会风气浮薄。

债用；律有明文，呵责非细。不坐铁床，饮洋铜①者，无有是处。付法藏者，本以僧众宏多，须入纲纪。在昔双林示灭，迦叶②犹在叶波过七日已，乃闻音耗，自念如来曾以袈裟衲衣施我，圣利满足，与佛无异，当护正法（《善见律毗婆沙》第一）。此岂明有付法之文？正以耆年有德，众望所归故也。此土天台一宗③，自谓直接龙树④，而授受相隔，事异亲依。禅宗虽有传灯⑤，然自六祖⑥灭后，已无转付衣钵之事。若计内证，则得法者或如竹林笒蔗，岂必局在一人？若计俗情，则衣钵所留，争端即起，悬丝示戒，著在禅书。然则法藏所归，宜令学徒公选。必若闻修有缺，未妨兼请他僧（惟不可令宰官居士与闻选事，以所选必深于世法者故）。何取密示传承，致生讼诤，营求嗣法，不护讥嫌？若尔者，与俗士应举求官何异？而得称为上人哉！王者护法之事，

---

① 洋铜：被高温加热成液态的铜水。
② 迦叶：释迦牟尼十大弟子之一。
③ 天台一宗：天台宗，陈、隋之际开创，是中国最早的本土化的成熟佛教宗派。创始人智顗常住浙江天台山。
④ 龙树：古印度大乘佛教中观学派的创始人。
⑤ 传灯：佛教谓佛法有如灯，能照破世界的冥暗，故称传法为传灯。
⑥ 六祖：指禅宗六祖慧能（638—713），为唐代高僧，禅宗的南宗创始人，其思想集中体现于《六祖坛经》。

虽起古初，印度四姓①有分，婆罗门夙为贵种，主持宗教，尊为王家。刹利②种人，宜多愤嫉。佛以净饭王子③，为天人师。帝王归命，本以同气相求，自然翕合。即实而言，为仁由己；出其言善，则千里应之。岂待王者归依，方能弘法？此土传法之初，诚资世主；终由士民崇信，方得流行。唐时虽重羽流④，而瞿昙⑤之尊，卒逾老子⑥。三武虽尝灭法，而奕世⑦之后，事得再兴。吾宗苟有龙象⑧，彼帝王焉能为损益哉？顷者，日本僧徒，咸指板桓退助（日本勋臣，创议废佛法也者），以为佛敌，其实百万哑羊⑨，娶妻食肉，

---

① 四姓：古代印度社会的四个等级，即常说的印度种姓制度。婆罗门，为出家修净行而求涅槃者；刹帝利，为王公贵族；三吠舍，为商贾；四首陀罗，为农民及奴隶。
② 刹利：刹帝利。
③ 净饭王子：是指佛释迦牟尼。相传佛陀的父亲净饭王名字叫首图驮那，意思是纯净的稻米，所以称为净饭王，释迦族，姓乔达摩，属刹帝利，是古印度迦毗罗卫国的国王。其母叫摩诃摩耶，是邻国天臂城善觉王的长女。
④ 羽流：指道士。道教称飞升成仙为"羽化"，故道士又被称"羽人"或"羽客"。
⑤ 瞿昙：梵文 Gautama 的音译，今译乔达摩。释迦牟尼的姓氏，后世亦用以称释迦牟尼。
⑥ 老子：姓李名耳，字伯阳，一字聃。思想家，著有《道德经》五千言，其核心是朴素的辩证法，老子思想对中国哲学发展具有深刻影响。
⑦ 奕世：一代接一代。奕，重、累。
⑧ 龙象：龙与象。水行龙力最大，陆行象力最大。故佛教用以喻诸阿罗汉中修行勇猛，法力最大者。
⑨ 哑羊：佛教语，比喻至愚不知解悟之人，也称哑羊僧。

深著世法，堕废律仪。纵无板垣，彼僧自当为人轻蔑。不自克责，于人何尤！吾土诸德，犹有戒香。不务勇猛精进，以弘正法，而欲攀援显贵，藉为屏墙①，何其左②矣？

夫世尊③制法，"王""贼"并称。周武帝初年信佛，道安④说法，令帝席地听之，与设食会餐，帝自辞曰："法师不宜与贼臣同席。"即敕将去（见宣律师《续高僧传》⑤）。此则"王""贼"同言，末世犹知其义。至于法门拜俗，礼所宜绝。远公⑥已来⑦，持之久矣。宋世始有称臣之法，清代遂隆拜帝之仪。斯皆僧众自污，非他能强。及至今日，宰官当前，跪拜惟谨，檀施在目，归命为依。乃至刊《同戒录》者，有戒元、戒魁等名。依附俗科⑧，尤可鄙笑。夫儒俗逸

---

① 屏墙：遮挡内厅的墙壁。这里意指庇护。
② 左：邪，不正派。
③ 世尊：佛教尊称释迦牟尼。
④ 道安：东晋高僧（312或314—385），般若派"本无宗"的主要代表，杰出的佛学家。太元四年（379）被苻坚带至长安，在五重寺传法，组织翻译事业，僧徒数千，影响甚广。
⑤ 《续高僧传》：佛教史书，或称《唐高僧传》，三十卷，是唐释道宣（596—667）撰传记。道宣认为慧皎《高僧传》中记载梁代的高僧过少，而需要作补辑的工作，于是写成《续高僧传》。
⑥ 远公：指慧远大师。东晋高僧，为道安弟子，净土宗始祖。
⑦ 已来：以来。
⑧ 俗科：指朝廷、官场的规例。

民,尚有不臣天子;白莲邪教①,且能睥睨②贵游。何意圣教衰微,反出二流之下!近世基督教救世军③有布斯者,自称法将,随俗利人,虽小善未圆,而众望斯集。一谒英皇,遂招物议。以彼人天小教,犹当清净自持。岂有无上正觉之宗,而可枉自卑屈?且法之兴废,视乎人材。枉法求存,虽存犹灭。仁者弘教,当视势利如火坑矣。然则佛门戒范,虽有多途,今者对治之方,宜断三事:一者礼忏,二者付法,三者趋炎。第一断者,无贩法名;第二断者,无诤讼名;第三断者,无猥鄙名。能行斯义,庶我薄伽④梵教,无泯将来。

若欲绍隆佛法,则有自利、利他二门要之悉以义解为本。欲得义解,必持经论。今者缩版《藏经》,现在日本(全藏只须一百七十余元)。寺置一函,其费无几(今人多喜往柏林寺⑤奏请《龙藏》,较其所费三十倍于缩版《藏经》。王

---

① 白莲邪教:即白莲教,元明清三代流行的民间宗教。初为佛教一支,元代后渐渐掺杂大量他教成分。分布广,信徒众多,常被用作农民起义的组织工具。
② 睥睨(pì nì):眼睛斜着看,表示傲视或厌恶。
③ 救世军:基督教新教的一个社会活动组织。1865年由英国人布斯在伦敦创立,1878年正式定名。仿效军队编制,教徒称"军兵",教士称"军官"。注重在下层群众中举办慈善事业,吸收教徒。20世纪初传入中国。
④ 薄伽:世尊。
⑤ 柏林寺:北京著名古寺之一,在北京东城区东北角,建于元至正七年(1347),内藏珍贵《龙藏》经版。

家赐藏，无过尘世虚荣，何益佛事？若欲藉为护符，求免封闭，亦不可得。日本缩版印行已二十年，而购求者殊少，固知其意在彼不在此也。思之真堪堕泪）。金陵扬州亦有流通印本，取携既易，为益弘多。念诸大德，固应计度及此。然以近世度僧，既太率易，有未知文字而具授菩萨戒者（此不得以六祖藉口）。是故建立僧学，事为至急。详邬波柁耶①之名（译义为亲教师），亦以泛唤"博士"，西方或云"乌社"，此土遂有"和上"之名（见《南海寄归传》三）。是和上者，本以教授经论为事。《慈恩传》述那烂陀寺②诸僧，以通经多寡为高下。此则建置精舍，本为学人讲诵之区，若专求止观者，冢间林下，亦得自如，即不烦设寺矣。乃若保持琳宫③，坐资寺产，逸居无教，等于惰民。如成都昭觉寺僧，资财百万，厚自营生，卒为宰官揞收④。此之执吝，欲何为耶？

尔来东南各寺宇，间设学堂，是宜遍及神州以合立寺之义，然助成其事者，多在士人。或乃随逐时趋，不求实用。向闻杭州僧学，乃教英文。夫沙门入校，趣于解经。欲解经者，

---

① 邬波柁耶：即"邬波驮耶"。意为"亲教师"。
② 那烂陀寺：又作那兰陀寺、阿兰陀寺。古印度著名寺院，古印度佛教寺院及学术中心。曾为印度佛教最高学府，玄奘曾在此修习。12世纪被毁。
③ 琳宫：仙人所居。亦为道观、殿堂之美称。这里指道观。
④ 揞收：聚敛，搜刮。

即须先习汉文为本。晋、唐翻经诸师，多通字学，至今《一切经音义》《止观辅行传》诸书，尚为儒人所宝，经文典则（远过欧、曾、王、苏①之文），非先审儒书文义，未易深通。唐以前书，是宜观览，宋以后书，除理学外，无庸涉猎。亦如印度诸僧，必晓吠陀②之学。俗人干禄。可以不识汉文，沙门解经，岂得昧于句义？如欲兼明异语，正可讲及梵书，何须遽习英文，虚捐岁月？往者悉昙章义，略记音声。非独"八转"（八转声即八格）、"十罗"（十伽罗声即十时），绝无解说。名词物号，亦不一存。此但持咒之资，无以了知文义。然则名身句身，必应穷了。念昔奘公③未出以前，罗什④诸师，译语或多影略⑤。是须明习梵文，校其元本。

又大、小乘经论，此方所未译者，其籍犹多（据费长房、宣律师所述：菩提留支持来梵经凡万余卷，真谛三藏所携，若尽译出，可得二万余卷。今计全藏所有，并省复重，视梵土才五分之一耳）。今印度佛学虽微，犹有中土所

---

① 欧、曾、王、苏：指欧阳修、曾巩、王安石、苏轼，均为宋代散文家。
② 吠陀：梵文 Veda 的音译，又译为吠陀经、韦陀经，是婆罗门教、印度教最古的经典，是印度宗教、哲学和文学之基础。
③ 奘公：唐玄奘法师。
④ 罗什：鸠摩罗什，后秦高僧，出生于西域龟兹国（今新疆库车一带）。著名思想家、佛学家和翻译家，中国佛教八宗之祖。
⑤ 影略：隐晦脱俗。

译者。如能翻录,顾不快耶?又况六师外道此方所译,惟胜论有《十句义》,数论有《金七十论》,自余诸哲,竟无完书。六师义谛闳深,远在老、庄之上。一遭佛日,爝火①失明。不读六师之书,宁知佛教所以高远!且波尔尼仙②所陈,乃为字学。尼夜耶宗所说,即是因明。佛家既录其长,岂容芒昧?前者《优波尼沙陀书》,罗甸已尝译录。顾于中土,反缺斯篇,是亦宜为甄述者矣。日本学梵文者,多就英都,直由心失均平,重欧洲而轻印度。若求谛实,何如高蹈五天③?径从受学,纵其未暇,亦可礼致明师,来相讲授(印度佛法虽微,而吠檀多教④尚盛,其师皆明习梵文。今官立学校,岁费三四千金,以求欧洲教授,尚不能得其佳者。若印度梵师,专授声明⑤、因明之术,求则得之。集合数寺,不忧无资延请也)。此与学习英文,孰缓孰急,断可识矣。欧洲哲学,习内典⑥者,亦所应知。然比于梵书,犹为当后。然诠慧学,又在德国诸师,无取英人肤浅

---

① 爝(jué)火:小火把。
② 波尔尼仙:相传为造梵文语文典的古仙。
③ 五天:五净居天。
④ 吠檀多教:印度六派哲学中最正统的一派,影响广泛深远。以"梵"为中心论题。
⑤ 声明:佛教语。五明之一。古印度的文法、声韵之学。
⑥ 内典:佛教称自己的典籍。

语也。综此数事,今所急者,惟在汉文;次所急者,斯为梵语;后非急者,乃是欧书。愿诸大德,以大雄无畏之心,倡坚实不浮之学。解经以后,以此自利,则止观易以修持;以此利他,则说法不遭堕负。佛日再晖,庶几可望。又今南土沙门①,多游日本,日本诸师亦欲于支那传教。俗士无知,谓宜取则,详东僧分明经教,实视汉土为优。至于修习禅那,远有不逮。置短取长,未妨互助。若其恣啖有情,喜触不净;家有难陀之天女②,人尝帝释之鸽羹,既犯僧残,即难共处。而说者以为时代不同,戒律即难遵守。大乘佛教,事在恢弘。不应牵制律文,介然独善。去岁有月霞禅师③自金陵来,即遇多人劝其蓄内,禅师笑而置之。夫毗尼④细节,岂特今古有殊,亦乃东西互异。四分十诵,科条繁密,非专习戒律者,容有周疏。若彼大端,无容出入。佛制小

---

① 南土沙门:中国南方的僧人。
② 家有难陀之天女:崇奉欢喜佛的信女。难陀,梵名 Nanda,意译作欢喜、嘉乐,古印度佛教"唯识十大论师"之一,俗称"欢喜佛"。天女,佛教称欲界六天的女性,也即天上的神女。色界以上诸天无淫欲,所以没有男女之相。
③ 月霞禅师(1858—1917):佛教学者、佛教教育家。俗姓胡,原名显珠,湖北人。月霞主讲《华严经》,曾在江苏、湖北创"僧教育会"多处,在南京创办僧立师范学堂,在上海创办上海华严大学。
④ 毗尼:梵语 vinaya 的音译,又译作"毗奈耶"。意谓戒律、律状。

乘食三净肉①，大乘则一切禁断。至夫室家亲昵，大小俱遮。若犯此者，即与俗人不异。出家菩萨，临机权化，他戒许开。独于色欲有禁，当为声闻②示仪范故。而云大乘恢弘，何其谬妄！且蔬笋常餐，非难入咽，兼饮乳酪，何损卫生。阴阳交会，复非存生所急。稍习骨观，其欲自净。岂为居必桧巢，食非火化，而云古今有异哉？必也情念炽然，亦可自署居士，何乃妄号比丘，破坏佛法？日餐血肉而说慈悲，不断淫根而言清净。螺音狗行③，无过此矣。况其诳语利人，终无实用。徒有附会豪家，佞谀权势。外取兼济之名，内怀贪忍之实；纵有小善，非市估所能为。何待缁流，曲为挹注④？以此显扬佛法，只令门风堕地，此迹倡优而已。然情欲奔驰，易如流瀑，波旬⑤既现，易引垢心。年少学人，血气未定，摩登诱惑，谁能坚往？窃谓自今以后，宜定年过三十者，方许受具足戒，则魔说或当少止乎？某等

---

① 小乘食三净肉：小乘佛教不禁教徒食三种"净肉"，即眼不见杀，耳不闻为杀，不无为所杀。
② 声闻：佛教称闻佛之言教，证四谛之理的得道者。
③ 螺音狗行：谓言谈清高而行为无耻。螺，法螺，佛教乐器的一种。
④ 挹注（yì zhù）：以有余而补不足的意思。
⑤ 波旬：恶魔名，第六天魔王。佛教欲界天魔之首，喜欢阻挠佛教中人修道，总是以诱惑、胁迫等方法企图阻碍行者修道。在佛经故事中，释迦牟尼佛在修行时曾多次拒绝摩罗的诱惑。佛教以"波旬"借指恶者、恶念。

闻熏未周，方便①尚缺；悲正法之将灭，惧邪见之堕人；陈此区区，无补毫末。亦谓应时便用，切要在兹，若十方大德，恕其狂愚，加以采录，挽回末法，或在斯言。若其不尔，便恐智日永沉，佛光乍灭。虽有千百法琳②，恒沙智实③，亦无能为役矣。

佛灭度后二千三百八十四年
广州比丘曼殊、杭州邬波索迦末底④同白

【导读】

1907年5月，亚洲和亲会成立后，苏曼殊和章太炎为唤醒僧侣，合作撰写这篇启事，并与稍后撰写的《告白衣宰官启》合印成册，广为散发。从章太炎1908年10月6日致苏曼殊信所说的娑罗（波逻罕）在广东见二人《启》，即东渡日本拜访民报社等语来看，此启文应该是曼殊主稿、章太炎润饰。

此文入是编，是因为苏曼殊在经学和文学典籍翻译时用大段文

---

① 方便：梵文Upaya，指通于权道之智，达于真如之智，为构成般若的重要内容。
② 法琳：隋末唐初僧人。少年出家，广习儒释经书，博综词义。
③ 恒沙智实：像恒河沙一样多的智实禅师。恒河沙，为佛教用语，也作恒河砂、恒砂、恒沙等。智实，唐代僧人，敢于直言劝君，遭罪受杖。
④ 邬波索迦末底：邬波索迦为梵文，意为清信士，统称受五戒的男子。"末底"是章太炎的佛号。

字论述寺宇和学堂如何安排汉文、梵文、英文学习先后顺序的问题，这些意见和他后来到金陵刻经处任教后的意见颇为不同，可做对照阅读。

《文学因缘》序

先是在香江读 Candlin 师①所译《葬花诗》,词气凑泊,语无增减。若法译《离骚经》《琵琶行》诸篇,雅丽远逊原作。

夫文章构造,各自含英②,有如吾粤木绵、素馨,迁地弗为良。况歌诗之美,在乎节族长短之间,虑非译意所能尽也。

衲谓文词简丽相俱者,莫若梵文,汉文次之,欧洲番书,瞠乎后矣!汉译经文,若《输卢迦》,均自然缀合,无失彼此。盖梵、汉字体,俱甚茂密,而梵文"八转""十罗",微妙傀琦③,斯梵章所以为天书也。今吾汉土末世昌披,文事弛沦久矣,大汉天声,其真绝耶?

比随慈母至逗子海滨,山谷幽寂,时见残英辞树。偶

---

① Candlin 师:即 George T.Candlin(乔治·T·坎德林),在香港当传教士的英国人。著有《中国小说》一书,于1898年在芝加哥出版,小说内有《红楼梦》中《葬花词》的英译,本文写作《葬花诗》。
② 含英:内含精华。
③ 傀琦:怪异不经。

录是编,闽江诸友,愿为之刊行,得毋灵府①有难尘泊者哉?

曩见 James Legge② 博士译述《诗经》全部,其《静女》《雄雉》《汉广》数篇,与 The Middle Kingdom 所载不同,《谷风》《鹊巢》两篇,又与 Francis Davis 所译少异。今各录数篇,以证同异。伯夷、叔齐《采薇歌》《懿氏谣》《击壤歌》《饭牛歌》,百里奚妻《琴歌》,箕子《麦秀歌》《箜篌引》《宋城者讴》,古诗《行行重行行》,及杜诗《国破山河在》等,亦系 Legge 所译。李白《春日醉起言志》《子夜吴歌》,杜甫《佳人行》,班固《怨歌行》,王昌龄《闺怨》,张籍《节妇吟》,文文山③《正气歌》等,系 Giles 所译。《采茶词》亦见 Williams 所著 The Middle Kingdom,系 Mercer 学士所译。其余散见群籍,都无传译者名。尚有《山中问答》《玉阶怨》《赠汪伦》数首,今俱不复记忆。

畏友仲子④尝论"不知心恨谁"句,英译微嫌薄弱。衲

---

① 灵府:内心。
② James Legge:汉译名詹姆斯·理雅各(1815—1897),近代英国著名汉学家,曾任香港英华书院校长,伦敦布道会传教士。他是第一个系统研究、翻译中国古代经典的西方学者,1861 至 1886 年间将"四书""五经"等中国主要典籍全部译出,共计 28 卷,影响深远。
③ 文文山:南宋末年政治家、文学家文天祥,其号"文山"。
④ 仲子:陈独秀,字仲甫。苏曼殊与其关系极为密切,常敬称其为"仲子"或"仲兄",二人书信来往、作诗应答颇多。

谓第以此土人译作英语，恐弥不逮①。是犹倭人②之汉译，其塞涩殊出意表也。又如"长安一片月"，尤属难译，今英译亦略得意趣。友人君武③译拜伦《哀希腊》诗，亦宛转不离原意，惟稍逊《新小说》所载二章，盖稍失粗豪耳。顾欧人译李白诗不可多得，犹此土之于 Byron 也。其《留别雅典女郎》四章，则故友译自《Byron 集》中。沙恭达罗（Sakoontala）者，印度先圣毗舍密多罗（Viswamitra）女，庄艳绝伦。后此诗圣迦梨陀娑（Kalidasa）作"Sakoontala"剧曲，纪无能胜王（Dusyanta）与沙恭达罗慕恋事，百灵光怪。千七百八十九年，William Jones（威林，留印度十二年，欧人习梵文之先登者）始译以英文。传至德，Goethe④见之，惊叹难为譬说，遂为之颂，则《沙恭达罗》一章是也。Eastwick 译为英文，衲重移译，感慨系之。印度为哲学文物源渊，俯视希腊，诚后进耳。其《摩诃婆罗多》（"Mahabrata"）、《罗摩衍那》（"Ramayana"）二章，衲谓中土名著，虽《孔雀东南飞》《北征》《南山》诸什，亦逊彼闳

---

① 不逮：指译文不能表达原意。
② 倭人：日本人。
③ 君武：马君武（1881—1940），民国时期政治活动家，教育家。
④ Goethe：指德国著名文学家歌德。

美。而今极目五天①,荒丘残照,忆昔舟经锡兰②,凭吊断塔颓垣,凄然泪下。有"恒河落日千山碧,王舍③号风万木烟"句,不亦重可哀耶!

曼殊

【导读】

1908年初,苏曼殊将平时搜集到的欧人的英译汉诗精选成册,交由福建友人刊行。于是,苏曼殊以《文学因缘》为题,并撰此序。此书计划分两卷出版,但后来只印出第一卷,共收汉英对照诗十六首,曼殊译歌德诗、拜伦诗各一首,以及盛唐山民译《留别雅典女郎》一首。

---

① 五天:这里指印度。
② 锡兰:印度洋岛国斯里兰卡的旧称。
③ 王舍:王舍城,在印度摩羯陀国,曾是其国都,以佛祖释迦牟尼在此修行并讲学的竹林精舍而闻名。现今的遗址位于印度比哈尔邦那兰达县吉尔镇,遗址是一个园区。

《潮音》（中文）序

去秋，白零大学①教授法兰居士②游秣陵，会衲于祇洹精舍，谈及英人近译《大乘起信论》③，以为破碎过甚。衲喟然叹曰：译事固难，况译以英文，首尾负竭，不称其意，滋无论矣。又其卷端，谓马鸣此论，同符景教，呜呼！是乌足以语大乘者哉！居士属衲为购《法苑珠林》④，版久蠹蚀，无以应其求也。衲语居士：震旦万事零坠，岂复如昔时所称天国（Celestial Empire），亦将谓印度、巴比伦、埃及、希腊之继耳！此语思之，常有余恫。比自秣陵遄归将母，病起匈膈⑤，濡笔译拜伦《去国行》《大海》《哀希腊》三篇。善哉拜伦！以诗人去国之忧，寄以吟咏，谋人家国，功成

---

① 白零大学：德国柏林大学。
② 法兰居士：德国著名汉学家奥托·福兰阁（Otto Franke，1863—1946），曾经在1908年11月到南京祇洹精舍（金陵刻经处）访问，与苏曼殊有交流。
③ 英人近译《大乘起信论》：指李提摩太的《大乘起信论》英译本，1907年出版于上海。《大乘起信论》，佛经名，古印度高僧马鸣著。
④ 《法苑珠林》：唐代道世禅师著，是我国佛教文献中极为珍贵的一部书。
⑤ 匈膈：即"胸膈"。

不居，虽与日月争光可也！尝谓诗歌之美，在乎气体。然其情思幼眇①，抑亦十方同感。如衲旧译《颍颍赤墙靡》《去燕》《冬日》《答美人赠束发氎带诗》数章，可为证已。古诗"思君令人老"②英译作 To think of you makes me old，辞气相副，正难再得。若《小雅》"昔我往矣，杨柳依依；今我来思，雨雪霏霏。行道迟迟，载渴载饥；我心伤悲，莫知我哀"③译如：

> At first, when we set out,
> The willows were fresh and green；
> Now, when we shall be returning,
> The snow will be falling in clouds,
> Long and tedious will be our marching；
> We shall hunger；we shall thirst.
> Our hearts are wounded with grief,
> And no one knows our sadness.

---

① 幼眇：即"要眇"。美好的样子。
② 思君令人老：《古诗十九首·行行重行行》中的句子。
③ "昔我"八句：《诗经·小雅·采薇》的末章。

又陈陶①《陇西行》"誓扫匈奴不顾身，五千貂锦丧胡尘；可怜无定河边骨，犹是春闺梦里人"：

> They swore the Huns should perish：
> they would die if needs they must
> And now five thousand, sable-clad,
> have bit the Tartar dust,
> Along the river bank their bones lie
> Scattered where they may,
> But still their forms in dreams arise
> to fair ones far away.

顾视元文，犹不相及。自余译者，浇淳散朴，损益任情，宁足以胜鞮寄之任②？今译是篇，按文切理，语无增饰，陈义悱恻，事辞相称，世有作者，亦将有感乎斯文！

戊申佛从多罗夜登陵奢天下还日③
曼殊序于太平洋舟中

---

① 陈陶：字嵩伯，岭南人（一说鄱阳人），晚唐诗人。
② 鞮（dī）寄之任：翻译。鞮，传译。
③ 佛从多罗夜登陵奢天下还日：农历七月十五日，即 1909 年 8 月 30 日。

【导读】

　　1909年春，苏曼殊在东京，将所阅读过的拜伦诗，精选出四首，翻译成汉文，加上盛唐山民所译的《留别雅典女郎》，合编成《拜伦诗选》，并撰上此序。1911年苏曼殊将这批译诗编入《潮音》，此序作为《〈潮音〉自序》。

《潮音》(英文)序

Byron and Shelley are two of the greatest British poets. Both had the lofty sentiment of creation, love, as the theme of their poetic expressions. Yes, although both wrote principally on love, lovers, and their fortunes, their modes of expression differ as widely as the poles.

Byron was born and brought up in luxury, wealth, and liberty. He was an ardent and sincere devotee of liberty,—yes, he dared to claim liberty in everything—great and small, social or political. He knew not how or where he was extreme.

Byron's poems are like a stimulating liquor,—the more one drinks, the more one feels the sweet fascination. They are full of charm, full of beauty, full of sincerity throughout.

In sentimentality, enthusiasm and straightforwardness of diction, they have no equal. He was a free and noble hearted man. His end came while he was engaged in a noble pursuit. He went to Greece, where he sided with the patriots who were fighting for their liberty. His whole life, career and production are intertwined in Love and Liberty.

Shelley, though a devotee of love, is judicious and pensive. His enthusiasm for love never appears in any strong out-burst of expression. He is a "Philosopher-lover". He loves not only the beauty of love, or love for love, but "love in philosophy" or "philosophy in love". He had depth, but not continuance : energy without youthful devotion. His poems are as the moonshine, placidly beautiful, somnolently still, reflected on the waters of silence and contemplation.

Shelley sought Nirvana in love ; but Byron sought action for love, and in love, Shelley was self-contained and quite engrossed in his devotion to the Muses. His premature and violent death will be lamented so long as English literature exists.

Both Shelley and Byron's works are worth studying by every lover of learning, for enjoyment of poetic beauty, and to appreciate the lofty ideals of Love and Liberty.

In these pages, I have the honour to offer my readers translations of a few poems from the works of Byron.

Hereafter, I shall try my best, to present them with the

translation of the world reknowned Sakunta La of the famous poet Kalidasa of Hindustan, the Land of Lord Sakya Buddha.

That the labour bestowed on the present publication will be appreciated by my readers is the writer's earnest desire.

Manshu
MCMIX.

【导读】

1909年秋天,苏曼殊从日本回到上海,继续谋求《拜伦诗选》的出版事宜。他通过蔡哲夫(蔡守)的关系,请英国驻上海领事馆的弗莱彻为其撰写英文序言,并参订英文《拜伦年表》以完善译作,期望提高出版的可能性。其后,他将从英文所译诗歌及所辑录汉学家的英译汉诗汇编成册,取名《潮音》,附上此序言。后来,他在新加坡遇到罗弼·雪鸿(其少年时英文老师罗弼·庄湘牧师的女儿),把她手抄的《英吉利闺秀诗选》一卷加了进去,利用1911年暑假时间,从印度尼西亚爪哇带至日本印行。

《潮音》跋

　　曼殊阇黎①，始名宗之助，自幼失怙，多病寡言，依太夫人河合氏生长江户。四岁，伏地绘狮子频伸状,栩栩欲活。喜效奈良时②裹头法师装。一日，有相士过门，见之，抚其肉髻，叹曰："是儿高抗，当逃禅③，否则非寿征也。"五岁，别太夫人，随远亲西行支那，经商南海，易名苏三郎，又号子谷。始学粤语。稍长，不事生产，奢豪爱客，肝胆照人。而遭逢身世有难言之恫。年十二，从慧龙寺住持赞初大师披剃于广州长寿寺，法名博经。由是经行侍师惟谨，威仪严肃，器钵无声。旋入博罗④，坐关三月，诣⑤雷峰海云寺，

---

① 阇黎：佛教称谓，意即"导师"。
② 奈良时：公元 8 世纪时，日本圣武天皇建都奈良，这是佛教文化在日本发展兴盛的时期，
③ 逃禅：指遁世而参禅。
④ 博罗：广东一县名。
⑤ 诣：去，到。

具足三坛大戒①，嗣受曹洞衣钵，任知藏②于南楼古刹。四山长老极器重之，咸叹曰："如大德者，复何人也！"亡何，以师命归广州。时长寿寺被新学暴徒毁为圩市③，法器无存。阇黎乘欧舶渡日本，奉太夫人居神奈川。太夫人令学泰西美术于上野二年，学政治于早稻田三年，一无所成。清使汪大燮以使馆公费助之学陆军八阅月，卒不屑。从此孑身遨游，足迹遍亚洲，以是羸疾几殆。太夫人忧之，药师屡劝静养，而阇黎马背郎当，经钵飘零如故。

尝从西班牙庄湘处士治欧洲词学。庄公欲以第五女公子雪鸿妻之，阇黎垂泪曰："吾证法身久，辱命奈何？"庄公为整资装，遂之扶南④，随乔悉摩长老究心梵章二年，归入灵隐山，著《梵文典》八卷，盖仿《波弥尼八部书》。余杭章枚叔⑤、仪征刘申叔，及印度逻罕学士⑥序而行之。

---

① 三坛大戒：汉传佛教僧人受戒的三种仪式，即"沙弥戒""具足戒"和"菩萨戒"。
② 知藏：佛门僧职，掌管经籍。
③ 圩市：集市。
④ 扶南：古国名，在今柬埔寨境内。
⑤ 章枚叔：章太炎，字枚叔。
⑥ 逻罕学士：波逻罕，印度佛学家。

阇黎绘事精妙奇特，太息苦瓜和尚①去后，衣钵尘土，自创新宗，不傍前人门户。零缣断楮②，非食烟火人所能及。顾不肯多作，中原名士，不知之也。

初，驻锡沪上，为《国民日日报》翻译。后赴苏州任吴中公学义务教授。继渡湘水，登衡岳以吊三闾大夫①。复先后应聘长沙实业学堂、蒙正学堂、明德学堂、经正学堂、安徽公学、芜湖皖江中学、金陵陆军小学、日本西京学社、淑德画院、南海波罗寺、盘谷青年学会、锡兰菩提寺、噁班中华会馆诸处，振铃执鞭，慈悲慷慨，诏④诸生以勇猛奋迅，大雄无畏，澄清天下。故其弟子多奇节孤标之士。

前岁，池州杨仁山居士接印度摩诃菩提会昙磨波罗书，欲遣青年僧侣西来汉土，学瑜伽、禅那二宗，并属选诸山大德，巡礼五天，躬事译述，居士遂偕诗人陈伯严创办祇洹精舍于建业城中，以为根本。函招阇黎，并招李晓暾为教师，居士自任讲经。十方宗仰，极南北之盛。阇黎尽瘁

---

① 苦瓜和尚：清初画家石涛（1641—约1718）的别号，俗姓朱，名若极，广西全州人，为明靖江王朱亨嘉之子，幼年历经国难时逃到全州，在湘山寺削发为僧，改名石涛。石涛与弘仁、髡残、朱耷合称"清初四僧"。
② 零缣（jiān）断楮（chǔ）：小幅绘画作品。缣，指双丝织的细绢，如缣素、缣帛。楮，是一种落叶乔木，树皮是制造桑皮纸和宣纸的原料，也是纸的代称。
① 三闾大夫：指屈原。
④ 诏：告诉。

三月，竟犯唾血，东归随太夫人居逗子樱山。循陔^①之余，惟好啸傲山林。一时夜月照积雪，泛舟中禅寺湖，歌拜伦《哀希腊》之篇。歌已哭、哭复歌，抗音与湖水相应。舟子惶然，疑其为精神病作也。后为梵学会译师，交游婆罗门忧国之士，捐其所有旧藏梵本，与桂伯华、陈仲甫、章枚叔诸居士议建"梵文书藏"，人无应者，卒未成。

阇黎杂著亦多，如《沙昆多逻》《文学因缘》《岭海幽光录》《婆罗海滨遁迹记》《燕子龛随笔》《断鸿零雁记》《泰西群芳名义集》《法显〈佛国记〉、惠生〈使西域记〉地名今释及旅程图》，俱绝作也，又将《燕子笺》译为英吉利文，甫脱稿，雪鸿大家携之玛德利，谋刊行于欧土。

阇黎振锡^②南巡，流转星霜，虽餐啖无禁，亦犹志公^③之茹鱼脍，六祖之在猎群耳。

余与阇黎为远亲，犹念儿时偕阇黎随其王父^④忠郎弄艇投竿于溪崖海角，或肥马轻裘与共。曾几何时，其王父已悲夙草^⑤。弹指阇黎年二十有八，而余综观世态，万绪悲

---

① 循陔（gāi）：指奉养父母。这里指奉养义母河合仙。
② 振锡：僧人拄锡杖出行。
③ 志公：即志宝（418—514），南北朝齐梁时僧，又称"宝志""保志""宝公""志公"。
④ 王父：指外祖父。
⑤ 悲夙草：去世。

凉，权洞上正宗①监院之职，亦将十载。今夏安居松岛，手写阇黎旧著《潮音》一卷，将英译陈元孝《崖山题奇石壁》，澹归和尚《贻吴梅村诗》，杜牧秦淮夜泊，陆放翁细雨骑驴入剑门绝句，及汉译雪莱《含羞草》数章删去，复次加《拜伦年表》于末，系英吉利诗人佛子②为阇黎参订者。今与莲华寺主重印流通，仍曰《潮音》。圣哉，响振千古，不啻马鸣菩萨《赖吒和逻》。当愿恒河沙界，一切有情，同圆种智。会阇黎新自梵土归来，诣其王父墓所，道过山斋，握手欷歔，泪随声下。爰出是篇，乞阇黎重证数言。阇黎曰："余离绝语言文字久矣，当入邓尉③力行正照，吾子其毋饶舌。"阇黎心量廓然而不可夺也。古德④云："丈夫自有冲天气，不向他人行处行。"阇黎当之，端为不愧。

学人飞锡拜跋于金阁寺⑤

---

① 洞上正宗：指曹洞宗，佛教禅宗南宗五家之一。
② 佛子：英国诗人，今译弗莱彻，苏曼殊译为佛莱蕉或佛子。曾任英国驻上海领事馆人员，经由蔡哲夫（蔡守）介绍与曼殊认识。
③ 邓尉：山名，在苏州城西南，东汉太尉邓禹曾隐居于此，后人以邓尉代指此山。邓尉山一带是江南著名赏梅胜地，清康熙时江苏巡抚宋荦为其题名为"香雪海"。
④ 古德：佛教徒对年高有道的高僧的尊称。
⑤ 金阁寺：佛寺，位于日本京都。

【导读】

　　该跋原稿当初交由柳亚子保存。1911年暑假，苏曼殊自爪哇携《潮音》书稿赴日本谋求刊行，他有感于英文"序"中只申述了自己对该书内容的看法，而对自己生平著述并无提及，为了弥补这一方面的缺陷，即托名校录人金阁寺日僧"飞锡"撰成此跋。后来可能觉得"语默俱非"，并未将该跋收入《潮音》。1912年春天，他将此稿交与柳亚子，发表在1912年6月9日至6月11日《太平洋报》。柳亚子将此跋误作为"飞锡"所撰收入1928年出版的《曼殊全集》。

《拜伦诗选》中文序【存目】①

题《雪莱诗选》②赠季刚

此册辗转归季刚③。季刚诵慕玉溪④。而雪莱为诗于西土最为芬艳,他日能以微词译其华旨,亦遂人所心意⑤也。爰书数语,用志因缘。

曼殊

---

① 此序同前文《〈潮音〉自序》,故从略。1911 年,原为《拜伦诗选》所作序文,作为《〈潮音〉自序》刊出,待 1914 年 9 月《拜伦诗选》单行本出版,此序又归用于原书,因此《苏曼殊文集》等书将其辑录为《〈拜伦诗选〉自序》。两篇的不同之处在于,《〈拜伦诗选〉自序》结尾署为"光绪三十二年,佛从多罗夜登陵奢天下还日　曼殊序于太平洋舟中"。"佛从多罗夜登陵奢天下还日",即农历七月十五日,公历为 1909 年 8 月 30 日。
② 原题为《室利诗选》,即前文的《雪莱集》。雪莱当时译为"师梨"或"室利",内文同此。
③ 季刚(1886—1935):原名黄侃,字季刚,初名乔鼐,后更名乔馨,最后改为侃,湖北蕲春人。中国近代语言文字学家、音韵训诂学家。曾任教于北京大学、中央大学等学校。
④ 玉溪:唐代诗人李商隐的号。
⑤ 心意:内心喜好。

【导读】

  1909 年秋天,从日本归上海的苏曼殊从蔡哲夫处获赠英吉利莲华女士(L.D.)的《雪莱诗选》,甚为宝爱,立志将其译为中文刊布,但终不能如愿。1912 年 5 月,苏曼殊将其转赠给黄侃(季刚),希望他能翻译成中文在中国出版,他为此专门在扉页上题写此记。黄侃得此书后,"欢喜无量"。

燕影①剧谈

余羁②沪向不观新剧。间尝被校书辈强余赴肇明③观《拿破仑》一出。节凑支离，茫无神彩。新剧不昌，亦宜然矣。前数年东京留学者创春柳社。以提倡新剧自命，曾演《黑奴吁天录》《茶花女遗事》《新蝶梦》《血蓑衣》《生相怜》诸剧，都属幼稚，无甚可观，兼时作粗劣语句，盖多浮躁少年羼入④耳。今海上梨园所排新戏，俱漫衍成篇⑤；间有动人之处，亦断章取义而已，于世道人心何补毫末？约翰书院⑥某君为余言："青年会有精通英吉利语数君，近亦略习沙士比剧曲，将于此土演而行之。"余曰："亦诚善哉！第不知数君将以原文演唱，抑译而出之耶？二者都非其时也。何则？一以国人未尝涉猎域外文学风化；二无善知识，

---

① 燕影：苏曼殊自号。
② 羁：停留，居住。
③ 肇明：剧院名。
④ 羼入：掺杂，混于其间。
⑤ 漫衍成篇：内容杂凑。
⑥ 约翰书院：上海圣约翰书院，中国第一所现代高等教会学校。

如日本坪内雄藏耳——坪内生平究心沙氏之学，且优于文事者也。燕影肄业早稻田，为燕影教授，又尝观其亲演《丹麦国皇子咸烈德》一出于帝国剧场，——此为沙氏悲剧，畏庐居士①所译《吟边燕语·鬼诏》一则，其梗概也。夫以博学多情如坪内尚不能如松雪②画马，得其神骏，遑论浅尝者哉？若谓如欧美士人建设沙氏学会，专攻其业，燕影有厚望焉！"沪上闻改良新剧之声久矣，然其所谓社会教育者，果安在耶？迹彼心情，毋亦以布景胡装，兼浅学诸生抄自东籍③诸新名辞，为改良耳。于导世诱民之本旨何与焉？世道衰微，余实为叹！

曩者④，友人言新民社剧颇能感人，余昨夕病稍脱体，姑往观之。趣剧名《弃旧怜新》，尚多牵强之处。正剧名《张诚》，亦能描摹社会情态。黄小雅去张诚，声容并茂，出其孝悌之心，所以惩天下之为人继母者。此剧悲欢离合，正近情理。能令人喜怒哀乐。以新民社诸君俱有愍人⑤之至意，相彼昧者，其有昭乎！闻有《恶家庭》一剧，为乐风⑥君杰作，

---

① 畏庐居士：林纾，号畏庐。
② 松雪：元代书画家赵孟頫的别号。赵氏最擅画马。
③ 东籍：指日本书籍。
④ 曩者：过去，从前。
⑤ 愍人：悯人。
⑥ 乐风：新民社创办人郑正秋笔名。我国早期新剧、电影开创者。

余病未能往观。普愿沪上善男善女，莫以新剧尽不合时宜而忽之可耳。燕影自惜贫如潦水之蛙①，不能缔造一新剧院于沪渎也！欧美剧曲，多出自诗人之手；吾国风人，则仅能为歌者一人标榜，大有甘隶妆台②之意。此今日梨园名角贾碧云、梅兰芳、冯春航、毛韵珂之所以得党魁之目也！

燕影亦尝于彦通③席上，为诗以赠碧云④，有"江南谁得似，犹忆李龟年"之句。余以碧云温文尔雅，故云，非如小凤⑤之以梅郎为天仙化人。谁料旬日之间，友人咸称我为"贾党"。亦奇矣！文人好事，自古已然，若夫强作知音，周郎自命；乃增缘导欲之事，其智反在梅、贾、冯、毛之下矣！

【导读】

1913年11月中旬，苏曼殊暂居上海，曾经到戏院观看新剧《张诚》，感触颇深，因撰此文。文中有论及林译小说，故收入是编。

新剧即现代话剧，最初引进时称为"新剧"或"文明戏"。1907

---

① 潦水之蛙：雨后积水中的青蛙。
② 甘隶妆台：甘愿成为伶人的捧场者。
③ 彦通：陈三立（散原）第四子陈方恪，陈寅恪胞弟，字彦通。
④ 碧云：姓贾，著名戏剧演员。苏曼殊这里所说的赠诗即《彦居士席上赠歌者贾碧云》，全诗为："一曲凌波去，红莲礼白莲。江南谁得似，犹忆李龟年。"
⑤ 小凤：南社著名诗人叶楚伧（1887—1946），原名宗源，字楚伧，别号小凤。江苏吴县（今苏州）人，后定居上海。苏曼殊与叶多有诗文交流。

年2月，中国留日学生组织春柳社，李叔同等社员在东京演出《茶花女》第三幕，被认为是中国现代话剧的开端。

致刘三

（1909年6月7日·逗子）

季平我兄如见：

　　前去数笺，妥收未？雪今侍家母旅次逗子海边，幽岩密箐，甚思昨秋武林之会也。未知吾兄少病少恼不？海航、达权两兄亦久别甚念，或因通书，幸为我道意。前译拜伦诗，恨不随吾兄左右，得聆教益！今蒙末底居士为我改正，亦幸甚矣。今寄去佗露哆诗一截，望兄更为点铁。佗露哆梵土近代才女也，其诗名已遍播欧美。去岁年甫十九，怨此瑶华，忽焉凋悴，乃译是篇，寄其妹氏。想兄诗囊必盛，能示我一读否？余容续呈。

　　　　　　　　　　　　　四月廿日灯下

　　　　　　　　　　　　　　　雪拜

　　赐教望寄日本东京小石川区高田丰川町三十一（女子大学校侧），玉名馆郑瑶先生转交雪蝶无误。

　　万卉匝唐园，深黝乃如海。

嘉实何青青，按部分班采。

郁郁曼皋林，并间竦苍柱。
木棉扬朱唇，临池歌嗙喻。

明月穿疏篁，眉忦无比伦。
分明照菡萏，幻作一瓯银。

佳人劝醇醪，令我惊魂夺。
伫眙复伫眙，乐都长屑屑。

梵土女诗人陀露哆，为其宗国告哀，成此一首。词旨华深，正言若反。嗟呼此才，不幸短命。译为五言，以示诸友，且赠其妹氏于蓝巴干。蓝巴干者，其家族之园也。末底、曼殊同述刘三诗人。

雪拜

致高天梅

（1910年6月8日·爪哇）

天梅居士侍者：

　　昨岁自江户归国，拟于桂花香里，趋叩高斋，而竟不果。情根未断，思子为劳。顷接《南社》①初集一册，日夕诵之，如与诸故人相对，快慰何言！拙诗②亦见录存，不亦佛头着粪③耶？

　　衲行脚南荒，药炉为伍，不觉逾岁。旧病新瘥④，于田亩间尽日与田夫闲话，或寂处斗室，哦诗⑤排闷。"比来一病轻于燕，扶上雕鞍马不知"，惟有长嗟而已。

---

① 《南社》：指《南社丛刻》第一集，1910年1月在上海出版。
② 拙诗：谦语，指苏曼殊1909年作于日本的《过平户延平诞生处》《过若松町有感示仲兄》《有怀》，刊于《南社丛刻》第一集。
③ 佛头着粪：佛的塑像上着了鸟雀的粪便，比喻好东西上添上不好的东西，把好东西给糟蹋了。这里是自谦，指自己的诗玷污了《南社丛刻》这么好的集子。
④ 瘥（cuó）：病。
⑤ 哦诗：吟诗。

大著精妙无伦，佩伏①！佩伏！衲尝谓拜伦足以贯灵均、太白，雪莱足以合义山、长吉，②而莎士比、弥尔顿、田尼孙③以及美之郎弗劳④诸子，只可与杜甫争高下。此其所以为国家诗人，非所语于灵界诗翁也。近世学人，均以为泰西文学精华，尽集林、严⑤二氏故纸堆中。嗟夫，何吾国文风不竞之甚也！严氏诸译，衲均未经目，林氏说部，衲亦无暇观之。惟《金塔剖尸记》《鲁滨孙飘流记》二书，以少时曾读其原文，故售诵⑥之，甚为佩伏。余如《吟边燕语》《不如归》均译自第二人之手——林不谙英文，可谓译自第三人之手，所以不及万一。甚矣，译事之难也。前见辜氏⑦《痴汉骑马歌》，可谓辞气相副⑧。顾元作⑨所以知名者，盖以其为一夜脱稿，且颂其君，锦上添花，岂不人悦，奈非如罗

---

① 佩伏：通"佩服"。
② 灵均、太白、义山、长吉：分别是中国古代诗人屈原、李白、李商隐、李贺的字。
③ 田尼孙：阿尔弗雷德·丁尼生（1809—1892），英国诗人，1850年被封为"桂冠诗人"。
④ 郎弗劳：亨利·华兹华斯·朗费罗（1807—1882），美国诗人，有"平民诗人"之誉。
⑤ 林、严：林纾、严复，均为晚清著名翻译家。
⑥ 售诵：散播述说。
⑦ 辜氏：指辜鸿铭，福建厦门人，近代翻译家。
⑧ 辞气相副：翻译时选用词语与作品风格非常和谐。
⑨ 元作：原作。

拔氏①专为苍生者何？此视吾国七步之才，至性之作，相去远矣。惜夫辜氏志不在文字，而为宗室诗匠牢其根性也。衲谓凡治一国文学，须精通其文字。昔瞿德②逢人必劝之治英文，此语专为拜伦之诗而发。夫以瞿德之才，岂未能译拜伦之诗？以非其本真耳。太白复生，不易吾言。

昨岁南渡，舟中遇西班牙才女罗弼氏③，亦以此说为当，即赠我西诗数册。每于椰风椰雨之际，挑灯披卷，且思罗子，不能忘弭也。

未知居士近日作何消遣？亦一思及残僧飘流绝岛耶？前夕，商人招饮，醉卧道中，卒遇友人扶归始觉。南渡以来，惟此一段笑话耳。

屈子④沉江前三日

阿难⑤发自耶婆堤⑥（见《佛国记》）旧都⑦

---

① 罗拔氏：指苏格兰农民诗人罗伯特·彭斯，其诗作多歌咏民生。
② 瞿德：德国文学家歌德。在晚清民初，歌德中文译名有多个：果次（如李凤苞译）、格代（如王国维译）、贵推（如鲁迅译）、哥地（《新小说》杂志1905年3月第14号《欧洲大诗人》），苏曼殊则译作瞿德。
③ 罗弼氏：苏曼殊英文老师罗弼·庄湘的女儿雪鸿。
④ 屈子：屈原，相传其于农历五月初五自沉汨罗江。沉江前三日，即五月初二。
⑤ 阿难：释迦牟尼堂弟，十大弟子之一。这里苏曼殊借用为"别号"。
⑥ 耶婆堤：古国名，在印度尼西亚爪哇岛或苏门答腊岛，或兼指二岛。这里指爪哇岛。
⑦ 旧都：指噶班。

[导读]

  1910 年，苏曼殊在爪哇任教期间，收到高天梅从上海邮寄的《南社丛刻》第一集。该集除了刊载有南社创立者柳亚子、陈去病、高天梅等人的诗文外，还收录有苏曼殊的多首诗作，即《过平户延平诞生处》《过蒲田》《过若松町有感示仲兄》《有怀（二首）》。当时苏曼殊还并未入社，其正式入社则是其从爪哇回国后的 1912 年。参阅郭建鹏、陈颖编著的《南社社友录》(上海大学出版社，2017 年版)所载，苏曼殊的《南社入社书》编号是"0243"，姓名登记为"释曼殊"，介绍人为"柳亚卢"。"亚卢"为柳亚子的字号。其时，身在爪哇的苏曼殊思念高天梅、柳亚子等上海朋友，于 1910 年 6 月 8 日（农历五月初二）投书高天梅，与其交流近况，讨论中西文学及翻译之事。

复罗弼·庄湘

（1911年7月18日·上海）

庄师坛次：

星洲一别，于今三年。马背郎当，致疏音问。万里书来，知说法不劳，少病少恼，深以为慰。

《燕子笺》译稿已毕，蒙惠题词，雅健雄深，人间宁有博学多情如吾师者乎！

来示所论甚当，佛教虽斥声论，然楞伽、瑜伽所说五法，曰相，曰明，曰分别，曰正智，曰真如，与波弥尼派相近。《楞严》后出，依于耳根圆通，故有声论宣明之语。是佛教亦取声论，特形式相异耳。至于应赴之说，古未之闻。昔白起为秦将，坑长平降卒四十万；至梁武帝时，志公智者，将斯悲惨之事，用警独夫好杀之心，并示所以济拔之方。武帝遂集天下高僧，建水陆道场，凡七昼夜，一时名僧，咸赴其请，应赴之法自此始。检诸内典，昔佛在世，为法施生，以法教化，一切有情，人间天上，莫不以五时八教，次第调停而成熟之，诸弟子亦各分化十方，恢弘其道。迨佛灭度后，阿难等结集三藏，流通法宝。至汉明帝时，佛法始入震旦，风流响盛。唐宋以后，渐入浇漓，取为衣食之资，将作贩卖之具。嗟夫，异哉！自既未度，焉能度人？譬如落井救人，二俱陷溺。且施者，与而不取之谓。今我以法与人，人以财与我；是谓贸易，云何称施？况本无法与人，徒资口给耶！纵有虔诚之功，不赎贪求之过。若复苟且将事，以希利养，是谓盗施主物，又谓之负债用。律有明文，呵责非细。志公本是菩萨化身，能以圆音利物。唐持梵呗，无补秋毫。矧在今日凡僧，相去更何止万亿由延？云栖广作忏法，蔓延至今，徒误正修，以资利养，流毒沙门，其祸至烈。

至于禅宗，本无忏法，而今亦相率崇效，非但无益于正教，而适为人鄙夷，思之宁无堕泪！至谓崇拜木偶，诚劣俗矣。昔中天竺昙摩拙义善画，隋文帝时，自梵土来，遍礼中夏阿育王塔，至成都雒县大石寺，空中见十二神形，便一一貌之，乃刻木为十二神形于寺塔下。嵩山少林寺门上有画神，亦为天竺迦佛陀禅师之迹。复次有康僧铠者，初入吴设象行道，时曹不兴见梵方佛画，仪范瑞严清古，自有威重俨然之色，使人见则肃恭，有皈仰心，即背而抚之，故天下盛传不兴。后此雕塑铸像，俱本曹、吴①，时人称"曹衣出水，吴带当风"。

夫偶像崇拜，天竺与希腊、罗马所同。天竺民间宗教，多雕刻狞恶神像，至婆罗门与佛教，其始但雕刻小形偶像，以为纪念，与画像相去无几耳。逮后希腊侵入，被其美术之风，而筑坛刻像始精矣。然观世尊初灭度时，弟子但宝其遗骨，贮之塔婆，或巡拜圣迹所至之处，初非以偶像为重，曾谓如彼伪仁矫义者之淫祀也哉！震旦禅师亦有烧木佛事，百丈旧规，不立佛殿，岂非得佛教之本旨者耶！若夫三十二相，八十随好，执之即成见病，况于雕刻之幻形乎？

"三斯克烈多"者，环球最古之文，大乘经典俱用之。近人不察，谓大乘经为"巴利"文，而不知小乘间用之耳。"三斯克烈多"正统，流通于中天竺、西天竺、文帝玕玛尔、华萝匹等处。盘迦梨西南接境有地名屈德，其地流通"乌利耶"文，惟与盘迦梨绝不类似，土人另有文法语集。入天竺西南境，有"求察罗帝"及"摩罗堤"两种，亦"三斯克烈多"统系也。"低娄求"为哥罗门谛海滨土语，南达案达罗之北，直过婆伽窣都芝伽南境，及溯海濒而南，达梅

---

① 曹：曹仲达，南北朝北齐画家。他既擅长佛画，又擅长泥塑，创造出了曹衣出水的衣服褶纹画法。吴：吴道子，盛唐画家，擅画道释人物，线条有力，别具风味。

素边陲，扩延至尼散俾萝等处，北与乌利耶接，西与迦那多及摩罗堤接，南贯揭兰陀等处。"迦那多"与"低娄求"两文，不过少有差别耳，两种本同源也。揭兰陀字，取法于"那迦离"，然其文法结构，则甚有差别。"秣罗耶缁"则独用于摩罗钵南岸，就各种字中，"那迦离"最为重要，盖"三斯克烈多"文多以"那迦离"誊写。至十一世纪勒石镌刻，则全用"那迦离"矣。迨后南天梵章，变体为五，皆用于芬达耶岭之南，即"迦那多""低娄求"等。

天竺古昔，俱剥红柳皮（即桎皮）或棕榈叶（即贝叶）作书。初，天竺西北境须弥山（即喜马拉耶），其上多红柳森林，及后延及中天竺、东天竺、西天竺等处，皆用红柳皮作书，最初发见之"三斯克烈多"文系镌红柳皮上。此可证古昔所用材料矣。及后回部侵入，始用纸作书，而桎皮、贝叶废矣；惟南天仍常用之，意勿忘本耳。桎皮、贝叶乃用绳索贯其中间单孔联之，故梵土以缬结及线，名典籍曰"素怛缆"或"修多罗"，即此意也。牛羊皮革等，梵方向禁用之，盖恶其弗洁。古昔铜版，亦多用之镌刻，此皆仿桎皮或贝叶之形状。

天竺古昔，呼墨水曰"麻尸"，束芦为管曰"迦罗摩"，以墨水及束芦笔书于桎皮、贝叶及纸之上。古昔南天，或用木炭作书，尖刀笔亦尝用之，其形似女子押发长针，古人用以书蜡版者。凡书既成，乃用紫檀薄片夹之，缠以绳索，绽文绣花布之内，复实以栴檀香屑，最能耐久。先是游扶南菩提寺，尚得拜观。劫后临安，梨花魂梦，徒令人心恻耳！龙树菩萨取经，事甚渺茫，盖《华严经》在天竺何时成立，无人识之。自古相传，龙树菩萨入海，从龙宫取出。龙宫者，或疑为龙族所居，乃天竺边鄙野人；或是海滨窟殿，素有经藏，遂以"龙宫"名之，非真自海底取出也。

佛灭年代，种种传说不同。德意志开士马格斯牟勒定为西历纪元前四百七十七年。盖本《佛陀伽耶碑文》，相差又有一年之限。吾师姑从之可耳。

中夏国号曰"支那"者，有谓为"秦"字转音，欧洲学者，皆具是想；女公子新作，亦引据之。衲谓非然也。尝闻天竺遗老之言曰："粤昔民间耕种，惟恃血指，后见中夏人将来犁耙之属，民咸骇叹，始知效法。从此命中夏人曰'支那'。""支那"者，华言"巧黠"也。是名亦见《摩诃婆罗多族大战经》，证得音非"秦"转矣。或谓因磁器得名，如日本之于漆，妄也。

按《摩诃婆罗多》与《罗摩延》二书，为长篇叙事诗，虽荷马（原译颔马）亦不足望其项背。考二诗之作，在吾震旦商时，此土向无译本，惟《华严经》偶述其名称，谓出马鸣菩萨手，文固旷劫难逢。衲意奘公当日，以其无关正教，因弗之译，与《赖吒和啰》俱作《广陵散》耳。今吾震旦已从梦中褫落，更何颜絮絮辩国号！衲离绝语言文字久矣，承既明问，不觉拉杂奉复。

破夏至爪哇，昔法显亦尝经此，即《佛国记》所云"耶婆堤"。今婆罗门与回教特盛，佛徒则仅剩波罗钵多大石伽蓝，倒映于颓阳之下，金碧飘零，无残碑可拓，时见海鸥飞唳。今拟岁暮归栖邓尉，力行正照。道远心长，千万珍重！闻吾师明春移居君士坦丁堡（原译君斯坦），未识异日可有机缘，扁舟容与，盈盈湖水，寒照颦眉否耶？

一千九百十一年七月十八日

曼殊沙禅里

【导读】

1911年夏季，苏曼殊自爪哇赴日本，后经香港、广州访蔡哲夫、黄晦闻等友人，继而转道上海。在此期间，其英译《燕子笺》完稿，曾呈请自己少年时从其"治欧洲词学"的西班牙牧师罗弼·庄湘审阅雅正，承蒙对方题词表彰。《燕子笺》后失传。这封书信乃苏曼殊写给罗氏的复函，信中论及佛教、梵学与"中国"一词的英译问题，从中可见师徒二人学术功力深厚。

《燕子龛随笔》摘编

一

英人诗句,以师梨①最奇诡而兼流丽。尝译其《含羞草》②一篇,峻洁无伦,其诗格盖合中土义山、长吉③而熔冶之者。曩者英吉利莲华女士以《师梨诗选》媵英领事佛莱蔗于海上,佛子持贶蔡八④移赠于余。太炎居士书其端曰:"师梨所作诗,于西方最为妍丽,犹此土有义山也。其赠者亦女子,辗转移被,为曼殊阇黎所得。或因是悬想提维,与佛弟难陀同辙,于曼殊为祸为福,未可知也。"

---

① 师梨:英国诗人,现译为雪莱。
② 《含羞草》:此篇译文未曾收入其编译集,已散佚。
③ 义山、长吉:分别是唐代诗人李商隐、李贺的字。
④ 佛子持贶蔡八:弗莱彻送给蔡哲夫。佛子,指弗莱彻。蔡八,原名蔡哲夫。

二二

春序将谢，细雨帘纤，展诵《裴轮集》"What is wealth, as it to me, may pass in an hour"①，即少陵"富贵于我如浮云"句也。"Comprehened, for without transformation, Men become wolves on any slight occasion"②，即靖节③"多谢诸少年，相知不忠厚，意气倾人命，离隔复何有"句也。"As those who dote on odours pluck the flowers, and place them on their breast, but place to die"④，即李嘉佑⑤"花间昔日黄鹂啭，妾向青楼已生怨，花落黄鹂不复来，妾老君心亦应变"句也。末二截词直怨深，十方同感。

二五

日人称人曰"某样"，犹"某君"也。此音本西藏语，日人不知也。

---

① 意为："金钱对我来说又有什么价值呢？一会儿也就散尽了。"
② 意为："这是可以理解的，即便不变形，人在任何情况下都会变成狼。"
③ 靖节：东晋诗人陶渊明的谥号。
④ 意为："溺爱香气的人们采摘花朵别在胸间，很快就枯死了。"
⑤ 李嘉佑：即盛唐诗人李嘉祐，其诗风婉丽。文中四句出自其《杂兴》。

三一

梵语"比多"云"父","莽多"云"母","婆罗多"云"兄弟","先谛罗"云"石女","末陀"云"蒲桃酒","摩利迦"云"次第花",以及东印度人呼"水"曰"郁特",与英吉利音义并同之语甚多。拉丁出自希腊,希腊导源于"散斯克烈多"①,非虚语也。

三三

英吉利语与华言音义并同者甚众,康奈尔大学教授某君欲汇而成书,余亦记得数言以献,如"费"曰"Fee","诉"曰"Sue","拖"曰"Tow","理性"曰"Reason","路"曰"Road","时辰"曰"Season","丝"曰"Silk","爸爸"曰"Papa","爹爹"曰"Daddy","妈妈"曰"Mamma","簿"曰"Book","香"曰"Scent","圣"曰"Saint","君"曰"King","蜜"曰"Mead","麦"曰"Malt","芒果"曰"Mango","祸"曰"Woe","先时"曰"Since","皮"曰"Peel","鹿"曰"Roe","夸"曰"Quack","诺"曰"Nod",

---

① 散斯克烈多:此为梵语 Sanskrit 音译。

"礼"曰"Rite","赔"曰"Pay",而外,鸡鸣犬吠,均属谐声,无论矣。

三八

Spenserian Verse①,译云:"冒头短章。"古代希腊、拉丁诗家优为之,亦犹梵籍发凡之颂也。

五三

印度"Mahabrata""Ramayana"两篇②,闳丽渊雅,为长篇叙事诗,欧洲治文学者视为鸿宝,犹"Iliad""Odyssey"二篇③之于希腊也。此土向无译述,唯《华严疏钞》中有云:《婆罗多书》《罗摩延书》是其名称。二诗于欧土早有译本,《婆罗多书》以梵土哆君④所译最当,英儒马格斯牟勒(Max

---

① Spenserian Verse:即斯宾塞(Edmund Spenser,约1552—1599),16世纪英国诗人,其诗体每节九行,前八行五音诗体,末行六音部,被称为"斯宾塞诗体"。
② "Mahabrata""Ramayana"两篇:古印度长篇叙事诗《摩诃婆罗多》和《罗摩衍那》。
③ "Iliad""Odyssey"二篇:即希腊伟大史诗《伊利亚特》和《奥德赛》。
④ 哆君:印度女诗人陀露哆(1856—1877),译有《摩诃婆罗多》五卷,于1896年出版。

Maller）① 序而行之，有见虎一文之咏。

五四

迦梨达舍（Kalidasa，现译"迦梨陀娑"），梵土诗圣也，英吉利骚坛推之为天竺沙士比尔（现译"莎士比亚"）。读其剧曲《沙君达罗》（"Sakoonta1a"，《沙恭达罗》），可以觇其流露矣。

五五

《沙恭达罗》，英文译本有二：一、William Jones② 译；一、Monier Monier-Williams③ 译。犹《起信论》④ 有梁、唐

---

① 马格斯牟勒（Max Maller）：著名的梵文学家，生于德国，入籍英国，任教于牛津大学，其所著梵文法是苏曼殊编著《梵文典》的重要参考文献。
② William Jones：威廉·琼斯（1746—1794），英国东方学家、法学家、语言学家。1783年奉英政府派遣赴加尔各答任高等法院法官，其间译《沙恭达罗》剧本并于1789年出版。撰有梵文文法，也是苏曼殊编纂《梵文典》参考著述之一。
③ Monier Monier-Williams：即雷蒙威·廉斯，牛津大学教授，其译作《沙恭达罗》剧本于1887年出版。撰有梵文文法，也是苏曼殊编纂《梵文典》参考著述之一。
④ 《起信论》：指《大乘起信论》，汉文有新旧两个译本，旧译本为梁代真谛译，为1卷本；新译本为唐代实叉难陀译，为2卷本。现在梁译本流通较广。

二译也。

五六

《摩诃婆罗多》《罗摩延》二篇，成于吾国商时。篇中已有"支那"国号，近人妄谓"支那"为"秦"字转音，岂其然乎！

五七

印度古代诗人好以莲花喻所欢，犹苏格兰诗人之"Red Red Rose"，余译为《颎颎赤墙靡》①五古一首，载《潮音集》。波斯昔时才子盛以墙靡代意中人云。

五八

"涉江采芙蓉"②，"芙蓉"当译 Lotus③，或曰 Waterlily④。

---

① 《颎颎赤墙靡》：即一朵红红的玫瑰。曼殊译诗1914年7月发表于日本东京《民国》杂志第3号。原诗为苏格兰诗人彭斯所作。
② 涉江采芙蓉：出自《古诗十九首》。
③ Lotus：即莲花。
④ Waterlily：即睡莲。

非也，英人每译作 Hibiscus，成木芙蓉①矣！木芙蓉，梵音"钵磨波帝"，日中王夫人②取此花为小名。

六〇

梵土古代诗人恒言："手热证痴情中沸。"沙士比有句云："Give me your hand, this hand is moist, my lady, hot, hot, and moist."③（见 Othello，Act Ⅲ.Scene 4）

【导读】

苏曼殊一生交游广泛，且博学多识，在革命者、佛学家、翻译家与文学家等多重文化身份的转换中，感悟良多，他将这些日常心得、随想、部分生活纪实以及阅读笔记整理成册，在1912年前后，以《燕子龛随笔》为名刊行。苏曼殊以"燕子龛"比喻自己居无定所、漂泊无依的生活情状，其自号"燕子山僧"也即此意。

---

① 木芙蓉：木槿类植物。
② 日中王夫人：《阿育王经》曰："日中王夫人名钵摩婆底，翻云芙蓉花。"
③ 这句话出自《奥德赛》第三幕第四场，故事大意是身为意大利威尼斯将军的黑人奥德赛得胜回家，小人谗言其妻子与贵族白人有染，他忌妒之下而杀妻，酿成了一场悲剧。文中二句意思是："把你的手给我，这只手很湿润，我的高贵的太太。这手热热的，湿湿的。"

附录

附录1：SAKONTALA[①]

Willst du die Bluthe des fruhen, die Fruchte desspatereu Jahres, Willst du, wss reizt und entzuckt, Willst du was sattigt und nahrt, Willst du den Himmel, die Erde, mit einem Namen begreifen,Nenn'ich Sakontala, dich, und so ist alles gesagt.

Goethe

1791

---

① 此为印度著名古诗《沙恭达罗》歌德译本。此诗和附录2的E.B.Eastwick 译诗一起排印于《文学因缘》编译集《曼殊上人译 Goethe 题沙恭达罗诗》（该书录于《题〈沙恭达罗〉》）之前。

附录2：SAKONTALA

Wouldst thou the young year's blossoms and the fruits of its decline, And all by which the soul is charmed, enraptured, feasted, fed, Wouldst thou the earth and heaven itself in one sole name combine!I name thee, O Sakoontala! and all at once is said!

E.B.Eastwick

附录3：
汉译苏曼殊英文《〈潮音〉自序》

柳无忌

拜伦和雪莱是两位英国最伟大的诗人，同样创造性地把崇高的恋爱作为他们表达诗意的主题。是的，虽然他们大抵写着爱情、爱人，与爱人的幸运，但他们表达时的方式却有如南北两极遥远地离异着。

拜伦生长教养于繁华、富庶、自由的环境中。他是个热情真挚的自由信仰者——他敢于要求每件事物的自由——大的、小的，社会或政治的。他不知道如何，或在何处会趋于极端。拜伦的诗像一种有奋激性的酒，人喝得愈多，愈会甜蜜地陶醉。他的诗充满魅力，美丽和真实。在情感、热忱和坦率的措词方面，拜伦的诗是不可及的。他是一位心地坦白而高尚的人。当他正在追踪着伟大的前程时，他的末日就来临了。他赴希腊去，帮助那些为自由而奋斗的爱国志士。他整个的生活、事业和著作，都缠结在恋爱和自由之间。

虽然也是个恋爱的信仰者，雪莱审慎而有深思。他为爱情的热忱，从未表现在任何强烈激动的字句内。他是一位"哲学家的恋爱者"。他不但喜好恋爱的优美，或者为恋爱而恋爱，他也爱着"哲学里的恋爱"，或"恋爱里的哲学"。他有深奥处，但并不恒定，持续（的）毅力中没有青年人那般的信仰。他的诗像月光一般，温柔地美丽，睡眠般恬静，映照在寂寞沉思的水面上。雪莱在恋爱中寻求涅槃[①]；拜伦为着恋爱，并在恋爱中找着动作。雪莱能克己自制，而又十分专注于他对缪斯们[②]的崇仰。人们为他英年惨死[③]的悲哀，将与英国文学同样的永久存在着。

　　雪莱和拜伦两人的著作，对于每个爱好学问的人，为着享受诗的美丽，欣赏恋爱和自由的崇高理想，都有一读的价值。

　　在这本书里，我有幸把从《拜伦诗集》中译出的几首奉呈于诸位读者。此后，我将竭我的能力，把世界闻名的《沙恭达罗》那篇我佛释迦圣地、印度诗哲迦梨陀娑所撰的诗剧翻译出来，献给诸位。至于我赋予此书的劳力，如为读

---

① 涅槃：佛教名词。指佛教修习所要达到的最高理想，一般指熄灭"生死"轮回而后获得的一种精神境界。此处泛指崇高的境界。
② 缪斯们：希腊神话中掌管文艺、音乐、天文等的九位女神。此泛指诗神。
③ 英年惨死：雪莱在意大利海边溺死，年仅30岁。

者所欣赏,那就是作者恳挚的愿望了。

曼殊

附录 4：
《潮音》序（英文）（加注释）

W.J.B.Fletcher（弗莱彻）

The continuance of inherited characteristics from generation to generation maintains the organism, plant, man, or nation, in its status quo until some new force or circumstance intervenes, through which is produced a new type.

The new type of thought generated in the age of democracy following the American and French Revolutions found its poetics expression in English Byron as in German Schiller. Liberty, hitherto a classic statue, warmed into life, and was made popular by the world's thinkers and singers. For the poet, too, is vates, —seer, director of thought. Was it not an advance on the Horatian worship of Caesar to fit to the lyre the religion of humanity？ Thought, no longer fettered to single patria, grew cosmopolitan；and dared to imagine a universe, not of nations, but of men and women. Sympathy was extended to outer nations striving to be rid of tyranny ; and Byron gave £ 10,000. his mental influence, and his life to deliver Greece.For thousands of years isolated China has inherited undisturbed its ancestral characteristics : but as an organism which has grown quiescent may be rejuvenated by the assimilation of plasm from another cell, so the thought of a people may be refreshed by contact with new ideas.That Western and Eastern thought is producing this rejuvenescence in the Middle Kingdom can hardly be denied.The old monarchy of China is to acknowledge the vox populias the vox dei. Nerves and fibres of democracy are shooting through this unsuspectedly republican mass.

The growing popular party requires a mental pabulum such as the native literature possesses but sparingly.

Mr. Mandju in translating for the Chinese public Byron's well—known "Isles of Greece"and"Good Night"has, we think, made a desirable addition to the literature of popular liberty in China ; and can surely hope that the ideal thus presented will neither fail to find admirers nor to stimulate thought.

Shanghai, 6th October. 1909
W.J.B.Fletcher

附录5：题曼殊画册

W.J.B.Fletcher　朱少璋

The clear moon pouring through a ragged cloud：
The sunbeam-vestured Iris of the fall.
幽谷新雨后，掩映明月光。
清景何萧索，芦荻濯秋阳。

That dances, tinted, in a murmuring shroud：
The long gold gleam that moving over all
Stars the eve-purpled waters of the lake
Or phosphorescent ripple of the wake.
婷婷当风动，起舞现明妆。
粼光星星闪，渺渺水一方。
扁舟如蚱蜢，沧漪送归航。

The light and shade where shyly Beauty lurks
The unknown spirit sees, and ponders on her works.

Deserted balconies, where Love may dream.

山色羞湖影，冉冉怯潜藏。

感触轻如絮，比兴入思量。

有梦晤所爱，空房夜未央。

She sees the loved one mirrored on the mist,

And thinking of the lips she longs to kiss.

Doubt if the phantom live, or merely seem

To stir wild arms of longing to its bliss.

伊人露中立，檀口试馨香。

镜花临水月，绮梦属黄粱。

奋笔绘缣素，何如此意长。

The bridge that crosses to the Land of Thought

Or leaves us hanging o'er the pensive steam,

The skiff that bears us to the lone resort

Of contemplation's rainbow girdled dream,

The shadowy hands of zephyr haunted trees.

徘徊烟桥上，意象未曾忘。

双溪舟能载，载尔入孤厢。

梦有虹光绕，柳影郁苍苍。

Half uttered feelings of the solemn soul

That treasures up, unknowing, what it sees

To mould with love suggestions of the whole:

Such gleams of nature, heart instilled desire.

Such silent glory, cometary fire.

内蕴真灵意，胎息在高唐：

天道隐而晦，心神狂更猖。

静观情有待，如参复如商。

Such mystic contemplation, raptured gaze

The artist's soul perceives, and limns in secret ways.

此中具真义，欣悦欲参详。

艺灵不可即，巧拙两茫茫。

附录6：《文学因缘》目录[1]

曼殊上人译阿输迦王表彰佛诞生处碑

曼殊上人画九幅（附九则画跋）

梵文题字

英译诗经八章

英译古诗二首

英译木兰歌

英译李白诗七首

英译长恨歌

英译采茶词三十首

英译葬花诗

曼殊上人译 Goethe 题沙恭达罗诗

曼殊上人译 Byron 诗一截[2]

盛唐山民译留别雅典女郎诗四首

---

[1] 录自朱少璋编《曼殊外集》。
[2] 曼殊上人译 Byron 诗一截：即《星耶峰耶俱无生》。

曼殊上人序①

(原书无目录,《天义杂志》第十五卷刊有目录,但"英译李白诗七首"误作"六首")

---

① 曼殊上人序:即本书目录中的《〈文学因缘〉序》。此序所提及的篇目如《雄雉》《汉广》《击壤歌》《琴歌》《闺怨》等作品,在《文学因缘》原书中未见收入,这些作品出现在1908年《天义杂志》第十五卷所刊《〈文学因缘〉卷二目次》中,可见苏曼殊编有《文学因缘》第二卷,此序当是两卷的共用序文,但卷二未能刊行。为弥补缺憾,苏曼殊将卷二内容收录在几年后出版的《汉英三昧集》中。

附录7:《文学因缘》卷二目录①

南天竺婆罗门僧碑,曼殊上人校录

冷泉亭真景

曼殊上人画十幅

英译诗十章

英译古诗二首

英译伯夷叔齐采薇歌、懿氏谣、击壤歌、懿氏谣、百里奚妻琴歌、屈平渔父歌、东坡放鹤歌

英译曹孟德诗一首

英译班固怨歌行、杜秋娘金缕曲

英译杜甫诗六首

英译王维、孟浩然、王昌龄、张籍、翁缓、王勃、岑参、崔颢诗各一首

英译孺子歌八首

---

① 1908年《天义杂志》第十五卷所刊为《〈文学因缘〉卷二目次》,为格式统一,本书将"目次"录作"目录"。

附录8：《拜伦诗选》目录[①]

W. J. B. Fletcher 序

曼殊自序

去国行

别雅典女郎

赞大海

答美人赠束发毡带诗

哀希腊

(原书下接曼殊洋装像一页，与《潮音》所载相同)

---

① 录自朱少璋编《曼殊外集》。

附录 9：《潮音》目录[①]

卷首部分

拜伦遗像

SHE WALKS IN BEAUTY 等英诗两截

曼殊阿阇黎狮子国造像

英诗一截

六朝石像

正文部分

弗莱彻 (W.J.B.Fletcher) 论翻译 [英]

曼殊论翻译 [中]

---

① 录自朱少璋编《曼殊外集》。《潮音》内容非常驳杂，有拜伦、雪莱、彭斯、陀露哆等人的诗歌翻译，还有《英吉利闺秀诗选》邓绳侯寄苏曼殊的一首诗，等等。其中放在卷首部分的《弗莱彻 (W.J.B.Fletcher) 论翻译》[英]、《曼殊论翻译》[中]、《曼殊论翻译》[英] 这三篇文章在收入此集时并无题目，一般被视作《潮音》序文，朱少璋在整理出版《曼殊外集》时认为，其内容乃"泛论有关翻译及评论外国诗人的文章"，"并不像'序'"，因而放在了"正文部分"。本目录遵从朱少璋先生意见，但本书仍将这三篇文章按《潮音》序篇录入，以便研究者能按学界惯习查找。

曼殊论翻译［英］

中译《去国行》

英译《北风》

中译《冬日》

LOVE'S PHILOSOPHY 及《伍子胥河上歌》

中译《去燕》

中译《别雅典女郎》

中译《大海》

中译《乐苑》

素嘉女士水龙吟

题曼殊画册［英］

BANDE MĀTARAM 诗两截

英译《西厢警梦文》

中译《答美人赠束发毡带诗》

中译《颍颍赤墙靡》

中译《哀希腊》

拜伦年表［英］

英吉利闺秀诗选［英］

The Bhagavad Gita 诗一截

邓绳侯诗一首

附录10：《汉英三昧集》目录[①]

法译离骚四句

关雎五章

汉广三章

燕燕三章

雄雉四章

氓六章

竹竿四章

将仲子三章

子衿三章

七月八章

谷风三章

蓼莪六章

南山

车牵五章

召旻七章

---

① 录自朱少璋编《曼殊外集》。

击壤歌

尧戒

麦秀歌

采薇歌

盥盘铭

衣铭

琴歌

暇豫歌

宋城者讴

汉武帝秋风辞

落叶哀蝉曲

苏武留别妻

班婕妤怨诗

君子行

行行重行行

涉江采芙蓉

青青河畔草

回车驾言迈

驱车上东门

生年不满百

羽林郎

陌上桑

上山采蘼芜

十五从军征

魏武帝短歌行

魏文帝燕歌行

曹子建七步诗

陶渊明归园田居

乞食

责子

拟古

傅休奕车遥遥篇

鲍明远拟行路难

学刘公干体

梁武帝逸民

杜秋娘金缕曲

张籍节妇吟

李太白八首

杜甫十一首

张九龄二首

大乘起信论真如门

李陵答苏武书

附录11：
对"意译"末流的抵制
——苏曼殊译学思想论

黄 轶

在清末译坛，关于翻译的方法，各个流派各抒己见，重要的有以严复、林纾为代表的"意译"派和以苏曼殊（1884—1918）、鲁迅为代表的"直译"派。当时，翻译和创作的分野似乎并不重要，重要的是"措意于其命意"① "关切于日时局"②，激发爱国热忱和革命意愿。至于截长补短、改名换姓，甚至删易任情、另起炉灶都不鲜见，这就是"意译"习尚。五四运动后，梁启超沉痛地把"晚清西洋思想之运动，最大不幸者一事"归结为"运动之原动力及其中坚，乃在不通西洋语言文字之人"。他说当时"新思想之输入，如火如荼矣。然皆'梁启超式'的输入，无组织，无选择，

---

① 陈福康：《中国译学理论史稿》，上海外语教育出版社1992年版，第165页。
② 梁启超：《译印政治小说序》，见《饮冰室合集》（2），中华书局1936年版，第3页。

本末不具,派别不明,惟以多为贵",因此,"稗贩、破碎、笼统、肤浅、错误诸弊,皆不能免"。① 这种翻译界"驳杂迁讹"情况的存在有其历史的必然性和合理性:一与当时对翻译的政治期待有关,二与译者和读者外文水平和欣赏习惯有关,三与翻译界的拜金主义有关。但其对于西学东传和中国文学的现代转型的作用应当明确。"直译"派别具卓见,在当时是开风气的一支,我们常常把鲁迅作为"直译"的先驱,实际上,早期鲁迅并没有对这一论题提出明确的主见,即便是被今人誉为"中国近代译论史上的珍贵文献"的《域外小说集·序》,只是指出:"《域外小说集》为书,词致朴讷,不足方近世名人译本。特收录至审慎,迻译亦期弗失文情。"② 根本不是明确的翻译主张,况且发行方面鲁迅也自认"大为失败"③,倒是苏曼殊不仅在实践上还是在理论上都成为领衔人物。苏曼殊精通数种外文,以翻译走上文坛,他的翻译大致分为三个板块:(1)以"醉翁之意不在酒"的《惨世界》(即雨果《悲惨世界》)小说翻译初步译

---

① 梁启超:《晚清西洋思想之运动》,《清代学术概论》,上海古籍出版社1998年版,第96、99页。
② 鲁迅:《域外小说集·序》,见《鲁迅全集》(10),人民文学出版社1981年版,第155页。
③ 鲁迅:《致增田涉信》,见《鲁迅全集》(13),人民文学出版社1981年版,第474页。

坛;(2)以大量的西方浪漫主义诗歌翻译独步诗歌译林;(3)以印度文学及佛学经典译介名噪一时。柳无忌称誉苏曼殊为中西文化交流的先驱,陈子展在《中国近代文学之变迁》一书中对苏曼殊翻译相当肯定。但是长期以来,研究界恰恰忽略了苏曼殊的翻译成就和史学意义,特别是对其译学思想的梳理和厘定更是付之阙如。

苏曼殊论及翻译的文章有《〈文学因缘〉自序》《〈拜伦诗选〉自序》《致高天梅》《燕影剧谈》等。他明确提出自己的翻译主张是"按文切理、语无增饰,陈义悱恻、事辞相称"[①],我们把其散见于各处的翻译思想归整为以下几点:

一、选材精审,注重原文审美价值,反对"必关正教"

苏曼殊与王国维几乎是同时参与文学活动的,他们分别代表了文学审美现代性追求的理论与实践两个方面。王国维1902年开始写文学和美学的杂文,其中重要的观点就是"纯文学"的主张、文学的超功利性以及直观的美学观念。现存的苏曼殊最早的诗作《以诗并画留别汤国顿》和文章《呜呼广东人》都写于1903年,他自觉地把诗和文两种

---

① 苏曼殊:《拜伦诗选·自序》,见马以君编:《苏曼殊文集》,花城出版社1991年版,第302页。

体裁分开，表达不同的题材内容，由此可以看出他的诗歌美学思想。

作为一个深究内典的文学家，他在翻译中特别注重原文的审美价值，这主要反映在三个方面，一是翻译理论对"必关正教"的批评，二是译本选择有文学价值的原作，三是译笔对译文语言文学性近乎偏执。和梁启超、严复等对诗教传统的严守迥然相异，苏曼殊在评《摩诃婆罗多》与《罗摩延》(今译《罗摩衍那》)两篇叙事诗时称："虽颔马(今译荷马)亦不足望其项背……文固旷劫难逢，衲意奘公当日，以其无关正教，因弗之译，与《赖吒和逻》俱作《广陵散》耳。"从他对玄奘翻译标准即"必关正教"的评价来看，他看重印度文化的是其优秀的文学，他在《潮音·自序》中表达渴望能够翻译出世界闻名的诗剧《沙恭达罗》，他所译出的印度文学也是纯文学作品。正是从此观念出发，虽然他对辜鸿铭所译《痴汉骑马歌》给予肯定，认为其"辞气相副"，同时又发感喟"顾元作所以知名者，盖以其为一夜脱稿，且颂其君，锦上添花，岂不人悦，奈非为罗拔氏专为苍生者何？此视吾国七步之才，至性之作，相去远矣。惜夫辜氏志不在文字，而为宗室诗匠牢其根性也"。这些观念和林纾等名家"把外国异教的著作，都变成班马文章、孔孟道德"①的翻译针锋相对。

苏曼殊选材很精审,他说:"近世学人均以为泰西文学精华,尽集林严二氏故纸堆中。嗟夫,何吾国文风不竞之甚也!"②他把文风不正、文气不盛都归咎于翻译的不良影响,虽为批评,从一个侧面也可以看出他对翻译文学审美功用的强调。苏曼殊非常注重译文语言的文学性。我们以苏曼殊翻译的《颎颎赤墙靡》为例。该诗现译名为《红红的玫瑰》,是苏格兰著名浪漫主义农民诗人罗伯特·彭斯(Robert Burns,1759—1796)家喻户晓的爱情诗,也是英国文学史上的名篇。原诗语言清新明快,节奏回环流畅,感情纯正质朴。该诗在中国有晚清、五四期间和新时期三个译本,分别为苏曼殊的《颎颎赤墙靡》、郭沫若的《红玫瑰》③和袁可嘉的《一朵红红的玫瑰》④。对照三个人的译本,我们看到苏曼殊的译诗不由自主地融入了古典诗歌的艺术因子,用五言古体翻译,选字上只押平声韵,不押仄声韵,读起来悠长而响亮;选用大量精致典雅的词语,使诗歌意象丰富,增强了诗的表现力与和谐优美;情感和智慧交融,

---

① 周作人:《安得森的"十之九"》,《新青年》1918年5卷3号。
② 苏曼殊:《致高天梅》(1910年6月8日爪哇),见马以君编:《苏曼殊文集》,花城出版社1991年版。
③ 郭沫若:《英译诗稿》,见上海译文出版社1981年版,第27页。
④ 袁可嘉:《彭斯诗抄》,见上海译文出版社1981年版,第192页。

用不透明的语言抒发了诗中人物心灵深处最真切的恋情。郭沫若的译诗用的是人人可以看懂的白话,注意提炼韵律节奏,在形式和音节上相当完美,但复沓吟咏、拖泥带水,文字直白无味,虽然浅显易懂,却失去了"诗美",而且整个译诗好像不是翻译,而是"释诗"。袁可嘉以直译的手法,采用偶句押韵的韵律,几乎字对字地采用与原诗同样的自由体的形式,保留了原诗朗朗上口的节奏感,可能更符合现代人的审美心理和欣赏习惯,但其语言过分透明,直白的倾诉缺少心灵呼应的深情感,也失去了震撼人心的激情。可以看出,苏曼殊旧体译诗"幽怨绵缈,非浅人所能解也"[1],虽有损原诗热情奔放的基调,但其文学韵味最为醇厚,依然显其魅力。

二、精通原文和译入语,"按文切理、语无增饰",反对"浇淳散朴,损益任情"

本来,文学翻译就是一件非常不易的事情,因为"文章构造,各自含英,有如吾粤木棉素馨,迁地弗为良"[2]。

---

[1] 高旭:《顾无尽庐诗话》,见《苏曼殊全集》(五),中国书店1985年影印本。
[2] 苏曼殊:《致高天梅》(1910年6月8日爪哇),见马以君编:《苏曼殊文集》,花城出版社1991年版,第517页。

梁启超在谈到译诗之难时也说:"翻译本属至难之业,翻译诗歌尤属难中之难。本篇(指《端志安》,即拜伦的《哀希腊》)以中国调译外国意,填谱选韵,在在窒碍,万不能尽如原意。刻画无盐,唐突西子,自知罪过不小,读者但看西文原本,方知其妙。"①苏曼殊从文学审美而非政治教化的立场出发,对于晚清翻译者大抵于外国之语言,或稍涉藩篱,对各国古文词之微词奥旨,茫然无知;或仅通外国文字言语,而未窥汉文门径,语言粗陋鄙俚;有的人根本一点不识外文,根据稍通华语的西人或者稍通西语的华人的口述仿佛摹写其词中欲达之意,不通的地方,索性根据自己的感觉武断撰写等等弊端很为反感。他认为"凡治一国文学须精通其文字",翻译者只有通晓原著作文字,才能够"自然缀合,无失彼此"。他举例说:"昔日瞿德(歌德)逢人必劝之治英文,此语专为拜伦之诗而发。夫以瞿德之才,岂未能译拜伦之诗,以非其本真耳。"在同一篇文章中,他甚至对当时在翻译界盛名之下的严复和林纾提出了批评,他说林氏说部"《金塔剖尸记》《鲁滨孙飘流记》二书,以少时曾读其原文,故授诵之,甚为佩伏。余如《吟边燕语》《不如归》,均译自第二人之手。林不谙英文,可谓译自第三人

---

① 梁启超:《新中国未来记·第4回"著者按"》,见阿英编:《晚清文学丛钞:小说一卷》(上),中华书局1980年版,第61页。

之手，所以不及万一"①。苏曼殊以他的实践印证了他的理论。在苏曼殊翻译《哀希腊》之前，梁启超1902年在其创作小说《新中国未来记》中以戏曲曲牌《如梦忆桃源》合其一节，马君武也曾经以七言译之。苏曼殊精通英文，又是一个深受中国古典文学熏陶的文学家，他大概认为六行四音步的英文原诗，用中国的五言古体较合适，所以更改为每节八行的古诗形态。台湾的林静华在分析了各种译本之后认为："这种译法，必然会遇到困难，不过，效果似乎更佳。"②柳无忌曾经具体地论述了这种翻译方法的困难所在："以中文的五言译英文的四音步，一行对一行，尚不难安排，但把原来的六行英文诗，译成八行中文诗却需要巧妙的截长补短，尤其需要填衬得当，以安置多出的两行中文诗。"他认为在这一关键处，苏曼殊"改造得天衣无缝"，真乃天才与时代的撞击！③

关于汉文英译，苏曼殊在祇洹精舍任教时，白零大学的法兰教授曾登门拜访，谈及"英人近译《大乘起信论》，以为破碎过甚"。苏曼殊发表见解说："译事固难；况译以

---

① 苏曼殊：《致高天梅》(1910年6月8日·爪哇)，见马以君编：《苏曼殊文集》，花城出版社1991年版。
② 林静华：《西潮狂飙与五四文人专辑之一》，《当代》(台湾)第37期1989年第5期。
③ 柳无忌：《苏曼殊与拜伦〈哀希腊〉诗》，《佛山师专学报》1985年第1期。

英文,首尾刍竭,不称其意,滋无论矣。又其卷端,谓马鸣此论,同符景教。呜呼,是乌足以语大乘者哉!"李代桃僵式的译本也是苏曼殊那个时代中国社会普及文化的明确标志,而苏对于这种末流技法一向反对。他举例说:"古诗'思君令人老',英译作'To think of you makes me old',辞气相附,正难相得。"他批评有些译者,"浇淳散朴,损益任情",不足以胜"鞮寄之任"。① 即便对于佛经,苏曼殊的态度也一以贯之,他认为要图"佛日再晖"必须先习汉文,用以解经,次习梵文,对照梵文原籍,追本穷源,一究佛经的原意,而欧书(主要是英文)可以暂缓,他对日本僧俗人士赴英国学习梵文不以为然。② 从这些言论可见,苏曼殊对于翻译者解读原文和组织译文的语言能力要求是非常严格的。

三、"陈义悱恻、事辞相称",以使达到神韵与形式的统一

曼殊翻译非常注重神韵以及神韵与形式二者的统一。

---

① 苏曼殊:《〈拜伦诗选〉自序》,见马以君编:《苏曼殊文集》,花城出版社1991年版。
② 苏曼殊:《徼告十方佛弟子启》,见《苏曼殊文集》,花城出版社1991年版,第271页。

在《燕影剧谈》一文，曼殊谈到日本文学大师坪内逍遥翻译莎士比亚："夫以博学多情如坪内者，尚不能如松雪画马，得其神骏，遑论浅尝者哉？"如是看，苏曼殊将译文神韵定在一个极高的水平线上。当时的小说翻译是鱼龙混杂、泥沙俱下，张冠李戴已非奇闻，肆意篡改更是常见，能够用较为流畅的语言把西文小说的大致句意、故事梗概翻译过来已属不错，而苏曼殊对于被学界公认为最难把握的诗歌翻译却要求不仅要得西人之意，而且要非常重视重现诗词的意境，也就是说，他把翻译不仅看作一种语言活动，更当作一种审美活动。

诗歌翻译对译者语感和语言运用方面的要求远较其他文类翻译要高，要为译诗显现生命活力，译者应是"文"与"学"的两栖明星。费罗斯托（Robert Frost）甚至给诗下过一个定义，认为诗就是"在翻译中丧失掉的东西"。尽管成功地翻译诗歌比较难，但毕竟译诗是必要的也是可行的，诗歌通过翻译也还可以诱发读者对原诗的兴趣。曼殊尝谓："诗歌之美在乎气体。然其情思幼眇，抑亦十方同感。""诗歌之美在乎节族长短之间。"他谈道："友人君武译摆伦《哀希腊》诗，亦宛转不离其意，惟稍逊《新小说》所载二章，惟稍失厘毫耳。顾欧人译李白诗不可多得，犹此土之于Byron也。"他非常欣赏印度文章，认为"梵汉字体，俱甚茂盛,而梵文八转十罗,微妙傀琦,斯梵章所以为天书也"①。为了追求神韵,苏曼殊的译文除了初涉译坛的《惨世界》外,均为庄雅的古言,而且喜欢用高古的字词,这个特点使他的译文含混晦涩不流畅。马以君在《苏曼殊文集·前言》中写道苏曼殊的翻译"尤以译诗为佳,其语言凝练,节奏感强,'陈义悱恻,事辞相称'。但好用僻词怪字,显然是受章太炎的影响"②。这无疑是客观中肯之论。一代国学大师章太炎早年潜心"稽古之学",对中国古籍研读至深,其所创作文章皆以古奥为特点。他是曼殊的挚友,也是其作诗译诗的文字先生。

对一部作品神韵的把握,从来是"仁者见仁,智者见智"。沈雁冰在《译文学书方法的讨论》中谈到文学的翻译时主张在"神韵"与"形貌"不能两全的情况下,应考虑保留神韵,因为文学的功用在于以神韵感人。我们对苏曼殊的"神韵"追求也应当一分为二看。近人李思纯归纳20世纪初的译坛,其论述颇显见地:"近人译诗有三式。一曰马君武式。以格律谨严之近体译之。如马氏译嚣俄诗曰'此

---

① 苏曼殊:《〈文学因缘〉自序》,见《苏曼殊文集》,花城出版社1991年版,第294页。
② 苏曼殊:《与刘三书》(己酉四月日本),见《苏曼殊全集》(一),北京:中国书店1985年影印本。

是青年红叶书,而今重展泪盈裾'是也。二曰苏玄瑛式。以格律较疏之古体译之。如苏氏所为《文学因缘》《汉英三昧集》是也。三曰胡适式。则以白话直译,尽驰格律是也。余于三式皆无成见争辩是非。特斯集所译悉遵苏玄瑛式者:盖以马式过重汉文格律,而轻视欧文辞义;胡式过重欧文辞义,而轻视汉文格律,惟苏式译诗,格律较疏,则原作之辞义皆达,五七成体,则汉诗之形貌不失。"[①] 从 1903 年以《惨世界》图解社会政治、主观随意性很大的"改译",到 1908 年明确自己的译学思想,我们看到苏曼殊在对待文艺的观念上走向了成熟,对于文学审美性的关注在当时可谓空谷足音。他是"直译"的拥戴者,但是他既求忠实于原著,保留原文风貌,又求译笔之灵活生动,得其神髓,即"直译"为主、结合"意译",这种要求是极高的。即便在今天,这种抵制"意译"末流的译学思想依然可圈可点。

原刊《郑州大学学报》2006 年第 6 期

---

① 李思纯:《〈仙河集〉自序》,见陈子展:《最近三十年中国文学史》,上海古籍出版社 2002 年版,第 170 页。

附录12：论苏曼殊文学翻译的史学意义

黄 轶

苏曼殊是20世纪初中国翻译文学史上著名的翻译家。境外学者翁聆雨（Ramon Woon）、罗郁正（Irvingy）合撰的 *Poets and Poetry of China's Last Empire* 文中称誉苏曼殊和严复、林纾为清末翻译三大家，持此论者还有罗大鹏的文章。[①] 苏的翻译大致分为三大板块：以雨果《悲惨世界》为代表的小说翻译，这是该名著第一个中译本；印度文学及佛学经典翻译；西方浪漫主义诗歌翻译，尤以后者最为卓著。今天存世的有四个集子：1908年日本东京博文馆印刷的英译汉诗集《文学因缘》，为近现代以来中国最早的中英诗歌合集；1911年东京神田印刷所印刷的《潮音》和1914年东京三秀舍印刷的《汉英三昧集》，是苏曼殊将自己搜集到的西译汉诗、汉译西诗和自己的一些译诗合集出版；1914年三秀舍印刷的《拜伦诗选》，收录他翻译的40多首

[①] 参见马以君：《〈苏曼殊文集〉序》，花城出版社1991年版，第23页。

拜伦诗和葛循叔的《留别雅典女郎》，这是我国翻译史上第一本外国诗人诗歌翻译专集，影响最巨。在苏曼殊翻译研究中，由于《悲惨世界》直关政治的译介方式，被认定为以急迫的民族革命斗争的需要为圭臬；更由于一元论的文学史范式把对拜伦等所谓"摩罗"诗人的推介都归入历史现代性范畴，只强调其作为"中西文化交流先驱"的地位，荒疏了对其译学理论的梳理，对潜在的史学意义的开掘更是不够。

苏曼殊论及翻译的文章有《〈文学因缘〉自序》《〈拜伦诗选〉自序》《致高天梅》《燕影剧谈》《复萧公》等，他将翻译与中国文学兴衰联系起来，以翻译引进新的文化活力，意欲挽救的是中国"末世昌披"中的"文事弛沦"。他明确提出了"按文切理、语无增饰，陈义悱恻、事辞相称"[①]的译学理论，注重原文审美价值，反对"必关正教""浇淳散朴，损益任情"，追求神韵与形式统一。正是从翻译成就和译学思想出发，我们把苏曼殊文学翻译的开拓性史学意义归为以下几点：

---

① 苏曼殊：《〈拜伦诗选〉自序》，见马以君编：《苏曼殊文集》，花城出版社1991年版。

一、对"恋爱和自由的高尊思想"的标举，是五四"个人的发现"的前奏

日本学者藤井省三在《鲁迅比较研究》一书《鲁迅与拜伦》一章中，以对拜伦的接受为主线，给予苏曼殊高度评价，认为"鲁迅与苏曼殊切开了近代文学地平线"。苏曼殊的翻译对时人思想情感的影响是显著的。鲁迅在日本准备创办《新生》时曾经邀约已负盛名的苏曼殊作为同人，虽然多年以后他对曼殊的行动风度毁誉参半，认为曼殊是"古怪的人"，"与其说是个虚无主义者，倒应说是颓废派"；认为曼殊译诗"古奥得很"，很有不赞成之意，但联系上下文来读，实际上鲁迅要强调的却是曼殊译诗对他的影响，时隔久远，他还能清楚地记得曼殊把译诗编入"绿面金签的《文学因缘》中"[①]。

20世纪20年代著名的文学史家张定璜这样深情地评价曼殊译诗：

> 苏曼殊还遗下了一个不太容易认的，但确实不太小的功绩给中国文学。是他介绍了那位《留别雅典女

[①] 鲁迅：《杂忆》，见《鲁迅全集》（第1卷），人民文学出版社1981年版。

郎》的诗人 Byron 给我们,是他开初引导了我们去进一个另外的新鲜生命的世界。在曼殊后不必说,在曼殊前尽管也有曾经谈欧洲文学的人。我要说的只是,唯有曼殊才真正教了我们不但知道并且会悟,第一次会悟,非此地原来有的,异乡的风味。①

这段文字从艺术的、审美的角度谈到曼殊的功绩之一是"引导"当时的青年进入一个"新鲜生命的世界",让人们"第一次会晤""异乡的风味",所以"唯有曼殊可以创造拜伦诗"。

勃兰兑斯的《十九世纪文学主流》第四分册以整整七章来评述拜伦,并断言"拜伦的名声已经传播于全世界,并不取决于英国的贬责或是希腊的赞扬"②。确实在远隔重洋的中国,从 1902 年梁启超在《新中国未来记》中首开译介拜伦之风,到苏曼殊系统翻译其诗和鲁迅在《摩罗诗力说》中从理论上阐发拜伦的"复仇与反抗"精神,又到 1916 年刘半农与苏曼殊筹措拜伦学会,再到 1924 年《小说月报》杂志发行"诗人拜伦的百年祭"专号(第 15 卷 4 号),拜伦

---

① 张定璜:《苏曼殊与 Byron 及 Shelly》,见《苏曼殊全集》(四),北京书店 1985 年影印本,第 453 页。
② 勃兰兑斯:《十九世纪文学主流》(四),人民文学出版社 1997 年版。

诗以其现代个人的情感表达一步步成为这个古老国度渴望反抗的一代青年追摹的精神偶像。梁启超、鲁迅和苏曼殊虽然都身在20世纪初为民族和国家"别求新声于异邦"的知识分子行列,都意在通过拜伦发现现代意义上的"个人",但三位译者翻译目的、价值定向不同,译文侧重也不同。① 拜伦的一生诗人与政治家并重,他助希腊独立超越了一般种族和国家的概念。"拜伦能够像变更十九世纪欧洲地理的力量一样,震撼了仁人志士的心魄,就因为他的声音是天的声音,他的感觉是全人类的感觉。所以,他是超越时间和空间,跳出人种和国界的一大存在。"② 流亡中的梁启超感慨国家多难,图报国民之恩,他看重的是政治家的拜伦,可参看他《新中国未来记》中《哀希腊》一节:"玛拉顿后啊,山容缥缈,玛拉顿前啊,海门环绕。如此好河山,也应该有自由回照!我向那波斯军的墓门凭眺,难道我为奴为隶,今生便了?不信我为奴为隶,今生便了!"③ 这段文字隐喻了太深的革命意志,正如他下文借人物之口所言:"摆伦最爱自由主义,兼以文学的精神,和希腊好象有夙缘一

---

① 余杰:《狂飙中的拜伦之歌》,《鲁迅研究月刊》1999年第9期。
② 鹤见佑辅:《〈明月中天——拜伦传〉序》,湖南文艺出版社1995年版。
③ 梁启超:《新中国未来记》,见《饮冰室合集·专集》(十),商务印书馆1989年版。

般……他这诗歌,正是用来激励希腊人而作,但我们今日听来,倒像有几分是为中国说法哩!"此中梁启超把译诗夹在"文学之最上乘"的小说中,通过文体转换也提升了宣传力度。梁启超的"个人"实是民族的个人,是他理想的民族国家"群"中的"个人",他强调的是团体的自由,"新民"是走向"新国"的手段。所以,梁笔下的拜伦是在放逐了拜伦的个体生命意志之后宏大叙事的"梁启超式"的拜伦,是迎合他本人的功用主义的文艺观的拜伦。

在同期鲁迅论文《摩罗诗力说》中,这些浪漫主义诗人被称为"摩罗"。鲁迅将人性之"恶"与"野性"联系,"恶实强者之代名",呼唤人的自然本性,肯定野性在文明发展中的力量,这和培养国民积极进取精神和豪迈阳刚气质的思想启蒙是相符的。摩罗诗人将"国家之法度,社会之道德,视之蔑如","率真行诚,无所讳掩",又"厌世至极",绝望反抗,"奋迅如狮子","性复狷介","负狂人之名"。雪莱三十岁而终,鲁迅认为其以死亡来对抗无以消解的黑暗:"人居今日之躯壳,能力悉避于阴云,惟死亡来解脱其身,则秘密始能阐发。"① 鲁迅后来说《摩罗诗力说》"所说的几个诗人,至今没有人再提起,也是使我不忍抛弃旧稿的一

---

① 鲁迅:《摩罗诗力说》,见《鲁迅全集》(第1卷)。

个小原因。他们的名,先前是怎样地使我激昂呵,民国告成以后,我便将他们忘却了,而不料现在他们竟又时时在我的眼前出现"①。因此,鲁迅发现的拜伦是集现代反抗者、孤独者、知识者于一身,"颠仆有力之蠢愚,虽获罪于全群无惧"的个人,与"全群"对峙具有独立自由人道的个人,富有现代理性的个人。

苏曼殊作为禀赋灵性的诗人型文人,和梁启超、鲁迅有着共同的家国之痛,"美哉拜伦!以诗人去国之忧,寄之吟咏,谋人家国,功成不居,虽与日月争光可也!"②对于苏曼殊而言,"去国之忧"是无法释怀的情结;拜伦的"谋人家国,功成不居"也与苏曼殊以大乘佛教拯救世道人心的大悲愿有共谋性,这一点我们从他1913年发表的《释曼殊代十方法侣宣言》(俗称《讨袁宣言》)中可以看出,他声言:"昔者,希腊独立战争时,英吉利诗人拜伦投身戎行以助之,为诗以励之……衲等虽托身世外,然宗国兴亡,岂无责耶?"苏曼殊终其一生都没有放弃对引进拜伦的关注,在诗歌、小说、书信、札记、随笔中提到拜伦的地方非常多。苏曼殊与拜伦打上了"现代"烙印的共同的精神特征表现

---

① 鲁迅:《题记》,见《鲁迅全集》(第1卷)。
② 苏曼殊:《〈拜伦诗选〉自序》,见马以君编:《苏曼殊文集》,花城出版社1991年版。

在：他们都崇尚自然，忌恨虚伪；倾向感情用事，爱耽于幻想，而缺乏一种深入的理论思索的能力；性格时而坚强，时而脆弱；情感时而激愤，时而低沉；狷介孤高、忧郁纤敏、卑己自牧、愤世嫉俗是他们一以贯之的气质。①苏曼殊和拜伦性格气质中种种复杂甚或矛盾的精神特征和谐统一，使孤独者苏曼殊在异国文苑找到了相知，他从"声气相投"发现了感性的、审美的、艺术的拜伦，有着他个人的鲜明色彩，同时也从对对方的发现中"发现"了自我，他的翻译融入个人太多的生命感悟。

因此，如果说梁启超从政治启蒙的角度、鲁迅从理性的或者说文化启蒙角度重塑了拜伦，苏曼殊则是从艺术的、审美的角度重塑了拜伦。"山对摩罗东，海水在其下。希腊如可兴，我从梦中睹。波斯京观上，独立向谁语？吾生岂为奴，与此长终古！"②我们把曼殊《哀希腊》中这一节与梁启超译文对照，感觉在梦中睹见希腊兴衰荣辱的似乎是"秋风海上"的拜伦，也似乎就是绝代伤心的"沧波曼殊"，这是一个"情感个人"的拜伦。在100年前，苏曼殊就告诉我们："雪莱在恋爱中寻求涅槃；拜伦为着恋爱，并在恋爱中找着动作。雪莱能克己自制，而又十分专注于他对缪斯

---

① 邵迎武：《苏曼殊新论》，百花文艺出版社1990年版，第144页。
② 苏曼殊：《哀希腊》，见《苏曼殊文集》，第660页。

们的崇仰。""雪莱和拜伦两人的著作,在每个爱好学问的人,为着欣赏诗的美丽,评赏恋爱和自由的高尊思想,都有一读的价值。"① 毋庸置疑,五四"个人的发现"和这种对"高尊思想"的肯认一脉相承。

二、"超功利"文艺观的初步彰显

苏曼殊的译学思想和翻译实践都体现了他的视野是文学审美的视野,他是20世纪最早从审美出发,把"超功利"的文艺观反映到翻译实践中的文学家。苏曼殊对翻译的"文学性"特别注重,他对玄奘以《摩诃婆罗多》《罗摩衍那》和《赖吒和逻》等印度文学千古名篇"无关正教"而不加译述颇有微词;他肯定辜鸿铭所译《痴汉骑马歌》"辞气相副",对其"志不在文字,而为宗室诗匠牢其根性"不以为然;他对林纾等名家以儒家传统"史"观翻译小说,把外国优秀的纯文学作品"改制"成"班马文章"不胜惋惜。曼殊之所以钟情于拜伦,除了前文分析的人生审美因素以外,重要的还有拜伦诗的艺术魅力合乎苏的美学理想。他喜欢拜伦的诗"像是一种使人兴奋的酒,饮得越多,就越感到它甜

---

① 苏曼殊:《〈潮音〉自序》,见《苏曼殊全集》(四)。

美迷人的力量。他的诗里，到处都充满了魅力、美感和真诚。在情感、热忱和语言的直白方面，拜伦的诗是无与伦比的"[1]。在《致高天梅》中苏曼殊说："拜伦足以贯灵均、太白，雪莱足以合义山、长吉；而沙士比、弥尔顿、田尼孙，以及美之郎弗劳诸子，只可与杜甫争高下，此其所以为国家诗人，非所语于灵界诗翁也。"我们且不论其对比是否公允，单从评价标准言，他看重的是浪漫、高迈、自我的"诗人之诗"，这是一种从纯文艺出发的"纯粹"的诗歌观。正因如此，苏曼殊从不轻易落笔。1909 年，蔡哲夫获英人所赠英文《师梨诗集》（即《雪莱诗集》）一册，转赠曼殊，希望他译成汉文介绍给中国读者，但苏曼殊当时情绪不稳，难以把笔，于是写下《题〈师梨集〉》以表歉意，又将该书转赠黄侃，让他拨冗移译。苏曼殊"按文切理，语无增饰"的直译的长处和"陈义悱恻，事辞相称"的意译的神妙，得到众多翻译家的首肯。1923 年，北京师范大学的杨鸿烈说："中国这几十年介绍欧洲诗歌成绩非常之坏！有的作品里稍受点影响和变化的人，大概都直接能看原文，无待翻译了；现在白话诗盛行，诗体的空前的解放，虽说成绩尚无可观，但介绍欧美诗歌是目前最迫切的事，我希望大家在译诗上

---

[1] 苏曼殊：《〈潮音〉自序》，《苏曼殊全集》（四）。

面都要以曼殊的信条为信条。"① 陈子展在《最近三十年中国文学史》中对苏曼殊的译诗也非常推重。

另外,我们以往在谈论苏曼殊翻译成就时,只强调其西方浪漫主义诗歌翻译,忽略他对印度文学的推介之功,这里边有一个文化定位和文化选择的问题,一个世纪来我们一直向西方寻医问药,"西方中心论"使我们忽略了东方灿烂瑰丽的文学。今天作为学术研究的苏曼殊翻译,如果依然顾此失彼当然不是科学的套路。我国古代翻译印度典籍以佛学为中心,与佛教无关的纯文学作品都没有引起翻译家和学者的关注,也一直没有这方面的译文,连介绍的文字也微乎其微。苏曼殊虽然精通梵语,但他所译佛教经典与乔悉磨、章太炎、刘师培等师友的期待极不相称,倒是从不以经济利益为目的,在寂寞清苦中译介了大量品位高迈的印度纯文学作品,特别是少人惠顾的诗歌,他翻译了笔记小说《娑罗海滨遁迹记》和女作家陀露哆(1856—1877)的小诗《乐苑》,介绍了印度文学的不朽叙事长诗《摩诃婆罗多》和《罗摩衍那》、古典诗剧《沙恭达罗》以及抒情长诗《云使》,填补了近现代翻译史上印度文学译介的诸多空白。他指出:"文词简丽相俱者,莫若梵文,汉文次

---

① 杨鸿烈:《苏曼殊传》,见《苏曼殊全集》(四)。

之，欧洲番书，瞠乎后矣。"① 苏对印度文学的崇拜，除了身在佛门与不少印度高僧有密切往来、潜心佛学深知印度文化对中国文化的影响所致之偏爱外，更为主要的原因是印度文学优美的语言文字、丰富的文学想象、浪漫的艺术情调、浓艳的爱情故事、缠绵的感情表达合乎苏曼殊的艺术审美观，也正是印度文学的这些艺术特征潜移默化，参与了苏曼殊的艺术观建构，培养了苏曼殊的审美情趣。佛教文学"对于那最缺乏想象力的中国古文学却有很大的解放作用……中国的浪漫主义的文学是印度的文学影响的产儿"②。苏曼殊以后创作的诗歌和小说《断鸿零雁记》等在美学风格上即深受印度文学的影响。

梁启超的"三界革命"是传统诗学文艺观，文学要为国家和民族未来流经布史，"五四"后他曾反思："一切所谓'新学家'，其所以失败，更有一个总根原，曰不以学问为目的而以为手段……殊不知凡学问之为物，实应离'致用'之意味而独立生存。"③ 虽然此话有其偏激之处，文化启蒙的功绩实际上对于其时的中国功不可没，而在启蒙和革命的夹

---

① 苏曼殊:《〈文学因缘〉自序》，见《苏曼殊全集》(一)。
② 胡适:《佛教的翻译文学》，见《胡适文集》，人民文学出版社1998年版，第460页。
③ 梁启超:《清代学术概论》，上海古籍出版社1998年版，第98页。

缝中发出的为文学的声音,也值得珍视,正如王国维在《古雅之在美学上的位置》中所提"美之本质""可爱玩而不可利用"一样,今天不再重提那才是真正的埋没,因为这种思路正是五四浪漫主义的文学传统的引桥。

三、对中国文学外译事业的拓荒性贡献

作为将中国文学的优秀遗产推介给西方的先驱,苏曼殊也是杂采中外译诗出成集子的第一人。针对曼殊出版的中英诗歌合集《潮音》和《汉英三昧集》以及汉诗英译集《文学因缘》,柳无忌曾做过比照调查,发现苏曼殊搜罗材料范围之可观令人惊叹[①]。别说是在那样一个外国资料极端缺乏的历史条件下,就是在今天要扒出散落于西籍中的中国古诗,又谈何容易!苏曼殊并不认为这些汉学家的译诗多么地道,他将一百多首西方汉学家翻译的中国古诗汇集成册在海外出版,目的在于增强民族自豪感和自信心,在一定程度上弥补了近现代中外文学交流一边倒的缺陷,在知识界只知道"拿来"的时代,苏曼殊开展了一种"送出"的崭新事业,无疑他和当时将《论语》《中庸》译成英文在国外

---

① 柳无忌:《苏曼殊研究的三个阶段》,见《苏曼殊文集》。

出版的辜鸿铭一样，都是在中国文化现代转型初期具有世界眼光的文艺家。

这里我想重申的是：20世纪文学翻译史不应该只是一部译入史，文化转型是交流中的互动。做西方文学或中外比较文学研究的学者都知道，中国古典诗对20世纪英美现代诗歌的诞生和成长起过推波助澜的作用，印象派的成长和发展与此息息相关，庞德（Ezrapound）将自己英译的古典汉诗收集成Cathay出版，作为反英美诗歌传统规格和性质的一面旗帜。当然，庞德和意象派的诗人看中的是中国诗歌的意象，认为英美诗歌要想走上"现代"的大道，就应该效法中国古典诗歌才能摆脱种种束缚，他们体会不到古诗声韵、格律、形式的约束。这真是一个"美丽的误会"，它催生了中外诗歌一场美丽的碰撞。据爱克曼《歌德谈话录》记载，由歌德最早提出的"世界文学"这个概念就和中国文学紧密相关。我们探讨前几代知识分子为了谋求中国的现代文明所走过的路，认为苏曼殊在20世纪初的文化观至今仍然是积极而富有启发性的。中国文学的"外译史"应该被研究者充分关注，因为"走向世界"正是新文学的基本属性之一。

四、为中国比较文学的发祥提供了先例

翻译作为苏曼殊的自觉性文艺选择,不仅体现了他作为文学审美前驱者的姿态,也体现了苏曼殊作为文艺家的学者化追求。晚清民初的文学翻译正是以中外文学的对比拉动的,但一般是将域外小说与中国"史传"相比较,或者是盲目鼓吹小说在西方的文体地位,很少涉及诗歌领域,更缺乏在中外诗人、西方诗人间的比较论述,苏曼殊在文章中对这些诗人诗作进行了比较分析,通过对比阐释自己的翻译理论,表现出深厚的西方文学修养和不俗的审美鉴赏力。在《文学因缘》《潮音》《汉英三昧集》几个集子里,有的诗注出原译者的姓名,有的还略加批评或比较,可以窥见其对于文化交流、诗歌翻译的旨趣,如《〈潮音〉自序》中他对拜伦和雪莱的比较分析:

> 拜伦和雪莱是两位英国最伟大的诗人,同样创造性地把崇高的恋爱作为他们表达诗意的主题。是的,虽然他们大抵写着爱情、爱人,与爱人的幸运,但他们表达时的方式却有如南北两极遥远地离异着。拜伦生长教养于繁华、富庶、自由的环境中。他是个热

情真挚的自由信仰者——他敢于要求每件事物的自由——大的、小的，社会或政治的。他不知道如何，或在何处会趋于极端。拜伦的诗像一种有奋激性的酒，人喝得愈多，愈会甜蜜地陶醉。他的诗充满魅力，美丽和真实。在情感、热忱和坦率的措词方面，拜伦的诗是不可及的。他是一位心地坦白而高尚的人。

他说雪莱：

虽然也是个恋爱的信仰者，雪莱审慎而有深思。他为爱情的热忱，从未表现在任何强烈激动的字句内。他是一位"哲学家的恋爱者"……他的诗像月光一般，温柔地美丽，睡眠般恬静，映照在寂寞沉思的水面上。①

苏曼殊从出身、个性、思想、创作比较了二人诗风的异同，这种研究是科学而有见地的。他在《断鸿零雁记》里借"三郎"之口比较中外诗人："余尝谓拜轮犹中土李白，天才也；莎士比尔犹中土杜甫，仙才也；雪梨（雪莱）犹中土李贺，鬼才也。"他在《燕子龛随笔》里写道："英人诗句，

---

① 苏曼殊：《〈潮音〉自序》，见《苏曼殊全集》（四）。

以师梨（雪莱）最奇诡而兼流丽。尝译其《含羞草》一篇，峻洁无伦，其诗格盖合中土义山、长吉而镕冶之者。"以今天的文学理论鉴之，这些松散自由的中西文学比较还是很传统的批评，属于印象式的、妙悟式的赏鉴，偏重直觉和经验，缺乏抽象分析、逻辑思维，更无体系性、自足性，自然谈不上有多么深刻透辟，但却显示了作者宽广的文学视野，特别是他努力探求中外文学共同特质的尝试，可以说是中国比较文学史上最早的例证之一。

苏曼殊的翻译文本和理论与他的诗和小说一样，体现了他对于生命、个性、自由的理想和追求，也是他以文字救赎自我、抱慰生存悖论中个体挣扎的体现，由此我们把苏曼殊看作20世纪最初的欧化人物并不只是一种象征的意义，他重艺术、轻功利的审美理念和翻译实绩短长兼具，无疑为五四一代留下了可资借鉴的精神资源，其史学意义值得学界关注。

摘自《苏曼殊文学论》，上海人民出版社2008年版

后　记

黄　轶

《苏曼殊文学译作集》终于编纂完成了，了结了我多年来一桩夙愿。2019 年，我即开始着手此书的资料整理工作，后因疫情阻隔，一些文献不便查询；又因苏曼殊译作是文言文，其文字风格古奥深雅，而且文本还涉及梵文、英文、法文、日文等多个语种，这无疑也增加了工作难度。今天心愿达成，幸甚！

在此书编撰过程中，承蒙学界诸多先生鼓励和支持，尤其是香港浸会大学的朱少璋教授不吝赐教，感念不已。借此机会，也向为苏曼殊著译整理工作做出巨大贡献的柳亚子先生、马以君先生致以崇高敬意和深切缅怀！

感谢本书责任编辑李晓丽女士。因为她是我在郑州大学任教时所带硕士，校对过程中遇到一些语言问题时，我可以随时随地与她交换意见，她认真负责的态度也令我印象深刻。我的博士生徐振华（现任教于聊城大学）、刘栋（在读）等人也帮我核对了一些文字，一并向他们表示感谢。

又是一个草长莺飞的季节，我爱这春天的草木、山水、阳光以及醒来的溪流，我享受在这美好春光里阅读苏曼殊这些译作：《乐苑》的明快，《赞大海》的豪放，《哀希腊》的悲怀，《悲惨世界》的讽喻……让我暂时忘掉了蔓延燃烧的战火、不断涌起的国际纷争和街道上一栋栋不知几时空下来的豪华写字楼。

　　百无一用的书生，只能说：感恩文学，感恩自然，是你们在救赎我！

2024 年 3 月 8 日　春光明媚的午后